Un pianista
de provincias

RAMIRO SANCHIZ

Un pianista de provincias

RANDOM HOUSE

Papel certificado por el Forest Stewardship Council®

MIXTO
Papel procedente de
fuentes responsables
FSC® C117695

Penguin
Random House
Grupo Editorial

Primera edición: noviembre de 2023

© 2022, Ramiro Sanchiz
© 2022, de la presente edición en castellano para todo el mundo:
Penguin Randon House Grupo Editorial, S.A., Montevideo
© 2023, Penguin Random House Grupo Editorial, S.A.U.
Travessera de Gràcia, 47-49. 08021 Barcelona

Printed in Spain – Impreso en España

ISBN: 978-84-397-4227-2
Depósito legal: B-22.445-2022

Impreso en Liberdúplex
(Sant Llorenç d'Hortons, Barcelona)

RH 4 2 2 7 2

A Fiorella, Amapola y Margarita,
por esa única variación
que llena nuestros corazones.

Civilización, antigua y vil.
Conan el bárbaro

RUST: *Este lugar me da mal sabor
de boca. Aluminio y ceniza. Es como
si se pudiera oler la psicoesfera.*
MARTY: *Hagamos que a partir de
este momento el auto sea un espacio
de reflexión silenciosa.*
True Detective, S01 | E01

1

Una voz de mujer dijo que la tarde parecía la de un domingo, pero en el instante de mirar hacia atrás Federico pensó que no era una voz de verdad, un sonido con cuerpo, sino otro más de tantos ecos que traía el tiempo, voces ajadas y viejas. Después reparó en las doñas que conversaban a ambos lados de una reja, cada una en su jardín: pero si todas las tardes parecen de domingo ahora, y ambas rieron.

Era martes, en realidad, y ahí terminaba el pueblo. Las viejitas podrían ser fantasmas de un domingo eterno, pero todo lo que las rodeaba se doblaba ante el peso de su realidad hecha del calor del sol, la luz hinchada en la cara, los tonos anaranjados y olores a tilo, a hojas quemadas, leche hervida, tostadas y mermelada, una milonga tocada con un tempo de pacotilla y una voz tímida que quería cantar, más el golpe en el suelo de los zapatos y los gritos de entusiasmo de un montón de niñas y niños que jugaban a la pelota. Había sido fácil dar con la ubicación: estaban el edificio de ladrillo expuesto, la perpendicular a la avenida principal, las siete cuadras; un barrio apacible, de árboles grandes, sauces y eucaliptus, casas sin rejas y jardines amplios.

Y así Federico creyó que ya no vendrían a buscarlo. Guardó las manos en los bolsillos y se puso a mirar el edificio, ahora oscurecido o tiznado, que se paraba como una lápida al final del pueblo. Lo habían descrito bien: sin gracia y horrible, y por eso empezó a disfrutarlo. Se puso a imaginar la vida allí, las habitaciones hundidas y los pasillos vacíos; allí: las tardes que habían sido fijadas en el domingo o de vez en cuando una noche ocasional de viernes, cuando zumbaba energía en el aire, cuando la electricidad de las tormentas y la inminencia de algo maravilloso —un beso, alguien que reía— sonaban sobre el viento como una polonesa desde la banda sonora de una película grave y triste. Y las mañanas de los niños pequeños que bajaban con sus madres a jugar en el fondo, donde se mecían las hamacas, el subibaja y el tobogán, todo cercado por una reja apenas de la altura de una persona, pintada cuidadosamente con ese color que de todas formas le habría dado el óxido. Para Federico era fácil; siempre lo había sido, una empatía del paisaje, imaginar no solo estar allí, sino haber estado allí siempre: haber pasado la infancia, la adolescencia, haber levantado y socavado la rutina en ese recoveco de realidad. Bastaba un esfuerzo un poco mayor de concentración para imaginar el sol sobre el hormigón, el olor del pasto recién cortado, los juguetes de plástico que habían poblado su infancia, luchando entre las plantas. Y la tristeza, claro, pero eso a veces se demoraba un poco más en aparecer.

Esta vez lo que estaba más allá era el monte, sin embargo, como el alien invitado a la escena, y podía verse la entrada del camino, con las columnas y el arco. Eso no, pensó, eso no pertenece: parecía un collage de fotos viejas. Se lo habían contado en la cena, después de que las señoras y los promotores inagotables de la cultura insistieran en hacerlo hablar de su juventud, después de que Ramírez huyera antes de conocer el mejor restaurante del pueblo con una sonrisa cobarde, y le habían explicado que el monte era joven, de los primeros días de la maraña, porque antes allí solo había habido campo, granjitas y una estancia a lo lejos, y ahora quedaban el camino y las ruinas, una cosa hermosa de ver, aunque es una lástima que le hayan plantado ese edificio sin gracia y horrible, una locura, porque además no vive casi nadie ahí, qué desperdicio. Pero el bosque es una cosa hermosa de ver, repitieron, y se ofrecieron para acompañarlo al día siguiente, por la tarde mejor, porque para la poesía y la maraña esa era la hora correcta y eso no se discutía, él mismo se daría cuenta. Era una invitación cursi e incómoda, pero Federico jamás había aprendido a decir que no, de modo que, cuando le dijeron que más que llevarlo hasta allí lo esperarían donde terminaba el pueblo, no hizo otra cosa que asentir.

Al final apareció una de las mujeres, la más joven. María Fernanda era su nombre; se disculpó en nombre de los otros y Federico creyó entender que le habían hecho la invitación porque daban por sentado que no iba a aceptar.

—Pero a mí me gusta mucho venir acá —añadió ella como librándose de una carga—, y no vivo lejos.

—El hotel está acá nomás también; bah, a unas cuadras. En línea recta.

—Es que no es grande el pueblo; antes era un poco más, pero ahora.

Ahí terminaba la oración.

—Es por ahí, ¿no?

Era por ahí, sí, y en cuestión de minutos los dos caminaban entre los árboles como personajes de un cuento de hadas envejecido y gastado, rodeados por el olor de las hojas y la tierra fresca. La luz del día se había retirado y dejado en su lugar un fantasma, un halo plateado que rodeaba ramas y hojas, como si de pronto hubiesen pasado las horas y fuera la luna llena lo que iluminaba la noche.

El camino se ensanchaba y retraía, pero era fácil de seguir. Federico pensó que no podía haber otro lugar en el pueblo al que fueran las parejas jóvenes o los grupos de adolescentes, y se lo preguntó a María Fernanda, quien respondió que no, que la verdad allí no iba nadie, menos aun la muchachada, que prefería más bien juntarse en un baldío cerca del centro, donde había habido un teatro, demolido del todo después del derrumbe.

—O van a las afueras, pero las del otro lado, a la fábrica abandonada.

Federico imaginó el pueblo como una isla entre paisajes vagamente oníricos, descuidados, de una magia aburrida.

—No se oye un solo bicho. —Y de inmediato le respondió un grillo.

—Qué oportuno, ¿no?

—Bueno, yo quería decir animales grandes…

Qué estupidez, pensó.

Se quedaron un rato en silencio. Habían llegado a un tramo más ancho del camino, expandido de pronto como para dar lugar a una placita o una rotonda. Frente a ambos se levantaba una columna de alumbrado, altísima y verde.

—Qué raro esto, una luz acá.

—Esto era un parque cuando yo era chica. Pero después el pasto se fue comiendo todo. Algunas de las columnas se cayeron; esta justo quedó en medio del camino.

—¡Ah! Pero yo había entendido otra cosa, que acá había campo, granjas…

—No, lo que pasa es que los veteranos de la Cátedra se confunden. Con las chicas ya hace rato que no los corregimos cuando dicen estas cosas, así son los hombres con eso… Pero acá había un parque. Las granjitas estaban todavía más allá. Mire, acá lo más lindo.

Le señaló un camino borroneado, que divergía del principal a partir del ensanche o rotonda. El bosque era más espeso en esa dirección y la luz parecía atenuarse a la distancia.

—¿Se anima?

Había pasado hacía rato el momento de preguntarse a dónde lo estaba llevando esa mujer. Caminaron menos de veinte minutos, pero ya todo rastro del pueblo había desaparecido, como si el paseo por el bosque lo hubiese borrado de la historia y ahora se tratase de un mundo nuevo, hecho de bosques, en el que poco a poco irían olvidando de dónde venían, qué habían hecho esa tarde, cómo se llamaban. A la manera de los cuentos, estaba a la merced de una bruja. Y avanzaban inexorablemente hacia su casa en medio del bosque; una casa, pensó Federico, que bien podía estar hecha de troncos, hojas y ramas, pero que en realidad era una boca, espesa y tibia.

Bueno, todos los pueblos tienen sus historias de brujas. Federico había constatado que esos cuentos se habían multiplicado en los últimos veinte años o asomado desde abajo de la historia (la otra historia, la de los hombres), como si las brujas hubiesen estado allí siempre y solo ahora, que el resto de las cosas entraba en remisión, podían permitirse salir, caminar entre los árboles y llevar incautos a sus cuevas. Las historias se multiplicaban, como moho en la fruta pasada, sobre el cuerpo muerto de la historia.

—Me gustó mucho eso que dijo en el recital, cuando habló de Bach, *El arte de la fuga, La ofrenda musical*, y me gustaría, si a usted le parece, que me contara un poco más. No es que una no tenga su música conocida, pero es verdad que últimamente mucha oportunidad de escucharla no hay. Aun así, yo todavía tengo algunos discos. Los equipos se nos quemaron hace rato, pero cada tanto leo los librillos. ¿Se acuerda de los librillos?

—¿El CD? Era un plástico especial, lo retiraron al principio, ¿no? Eso debe valer bastante.

—El valor sentimental es más importante.

—Yo pienso lo mismo. De hecho —mintió—, todavía conservo mi colección intacta. En casa, claro.

—Claro, no va a andar cargando todo eso en sus viajes.

—Y, no.

—Además, si quiere oír algo, lo toca. Me hace acordar a mi hermano; de muchacho cada vez que quería…, bueno, usted se imaginará qué, se ponía a dibujar mujeres. A mí me hacían mucha gracia los dibujos. Tetas y culos, si me perdona el lenguaje… —Federico sonrió—. Pero qué le estoy diciendo: usted toca la música de Bach, cómo lo voy a comparar con…

—No, no, está muy bien el símil. Me imagino que a su hermano no le gustaba que le encontrara los dibujitos.

—Se cagaba de la risa… Disculpe.

La palabra le sonó incómoda, con un ligero toque amargo, y Federico pensó que todas las mujeres y los hombres que se reunían en esas comisiones de cultura o casas de la cultura o sociedad de amigos de la cultura estaban dañados irremediablemente, como gente incompleta, amputados del espíritu o heridos de guerra. En otra historia, en otro mundo, habrían sido miembros de una clase *snob*, se habrían reunido en inauguraciones, *vernissages*, presentaciones de libros, habrían integrado comités de museos o fundado ciclos de poesía en bares de moda, pero ahora solo les quedaban paseos al atardecer y bosques al borde del pueblo.

—Le gusta Bach, entonces.

—Muchísimo. ¿Qué fue lo que tocó ayer, si me hace el favor de recordármelo?

—Bueno, la verdad fueron bastantes cosas… Una giga, la de la *Suite francesa* número cinco; después una de las obras de teclado más conocidas, el preludio y fuga en do mayor de *El clave bien temperado,* el libro primero…

—¿Nunca tocó las *Variaciones Goldberg*?

¿Eh?

Y el bosque podría haberse desvanecido en ese momento y el pueblo convertido en un campo de guerra, la tarde en el engranaje de una conspiración y la mujer en una enviada de Ramírez para terminar de quebrarlo. O mejor no ceder a la paranoia. La coincidencia no esconde significado, no hay significado, Federico, una y otra vez estamos acá solos, tratando de imponer agencias y sujetos a los cambios en un universo indiferente, atentos entre los árboles y sin entender (porque no hay nada que entender ni nadie que entienda).

—No es tarea fácil. Las G son una pieza complicada. Piezas, mejor dicho. Es una, es muchas, como el demonio de Gerasa, decía un pianista famoso. ¿Las conoce bien?

La mujer se detuvo y extendió su palma derecha abierta.

—Llegamos. Después me cuenta.

Podría haber descorrido una cortina de hojas, lianas o enredaderas, pero en lugar de ello señaló un poco más allá de los árboles, donde se adivinaba un claro o un cambio en la luz, ya no el resplandor del bosque ni tampoco el naranja, rosado o violeta del atardecer. Era más bien una luz pesada y densa, estancada y podrida. Federico dudó antes de avanzar, por primera vez en el recorrido, pero María Fernanda no se dio cuenta. Caminaba decidida, como si hubiese sentido la urgencia de llegar, cansada del bosque.

La siguió y apuró el paso. Los árboles se terminaban de pronto y en su lugar había una casona abandonada y abierta. Debía datar de comienzos del siglo XX, aunque Federico no sabía leer la decoración y las estructuras para determinar estilos o épocas, sino más bien responder a una suerte de antigüedad evidente, de forma suspendida en un pasado con el que se han perdido todos los puentes. Porque no había nada en ese pasado que importara: la casa, o lo que quedaba de aquello que la había hecho una casa señorial, hablaba de la vorágine, de la naturaleza antigua, de la retirada de aquella historia en la que habitaciones, paredes, puertas, ventanas y ornamentos habrían sido la residencia de un gobernador, un oligarca, un noble, o en una de esas una embajada, un museo, un instituto de investigación fundado en la residencia patriarcal de un hombre importante. Y podía muy bien ser todavía más antigua, haber sido reconstruida a partir de una estancia colonial, el centro de una plantación, un fundo con sus esclavos y capataces. Pero ahora, mientras María Fernanda y Federico la rodeaban, había sido vaciada de todo pasado, como un árbol frondoso al que se le podó todo lo que hacía el significado de la historia.

Federico imaginó perros corriendo por el suelo de grava, niños que venían del bosque y jugaban ante la fachada, paredes enteras cubiertas por musgo o enredaderas llenas de insectos.

—Ahí está.

Del otro lado de la casa había una pared, la ruina de una construcción diferente, un galpón o una caballeriza, invadida por la maraña. Las lianas y zarcillos habían roto los bloques, abierto agujeros por los que fluir y multiplicarse, y lo que en algún momento habría sido ladrillo revocado y pintado había dejado paso a un sedimento verde, contaminado por la maraña. El bioplástico brillaba en aquella luz empozada, pero no estaba claro si reflejaba el resplandor o si era más bien su fuente; había algo húmedo y fino, un aceite sutil que se dejaba ver en las superficies. No era la primera vez que Federico contemplaba un pedazo de maraña, pero jamás lo había visto así, libre y salvaje, gritando entre las paredes.

—¿Y qué hay detrás?

María Fernanda no se había detenido. La maraña manaba hacia el bosque y, como en tantos otros lugares del mundo (aunque nunca tan al sur), la vegetación se había fundido con el bioplástico, como un plantío infectado por un hongo sin que estuviera claro qué infectaba qué, la vida lo sintético, lo sintético la vida, otra cosa misteriosa (y más real) a ambos.

Federico pensó en los lugares comunes de siempre: la catedral, los nervios, las arterias, el cuerpo de un mamut o un mastodonte atrapado por la vegetación y atravesado por las ramas y las lianas. Había visto fotografías: reliquias que pasaban de mano en mano, algunas de los primeros avistamientos y otras ya posteriores, en las grandes ciudades, haciendo añicos el hormigón y el cristal. Pensó en todas las historias que había escuchado en los últimos treinta años, una acumulación no tan distinta a la maraña. Pero se había detenido, ¿cuándo? 2013 era la respuesta consabida. A partir de ese momento ya no se propagó más, sino que se mantuvo allí, donde ya había estado, apenas desplazándose, fluyendo de aquí a allá, como la frontera complicada entre un mundo cercano a lo humano y otro que había comenzado para Federico, de pronto, a pocos metros de su cuerpo, una tarde de martes. O domingo. Sintió el perfume del que hablaban las historias, esa carga dulce y decadente en el aire, un olor que se sentía en la piel, un susurro casi infrasónico, un halo brillante que desenfocaba los bordes de las cosas y las tenía en ese laberinto de bioplástico verde, esa cosa que en realidad no era plástico ni tampoco vegetación, ni mohos ni hongos, sino una cosa nueva, la primera vida realmente *nueva* en la tierra desde hacía miles de millones de años.

María Fernanda seguía caminando y Federico pensó en las historias de alucinaciones, todos aquellos efectos a los que, se decía, quedaban expuestos quienes se internaban en los bosques de la maraña. No se podía quemar, además; lo habían intentado como si se tratara de arrasar un campo para someterlo después a un monocultivo, la vieja solución neolítica. Pero aquello se había negado siempre. Había resistido: el fuego no prendía, las ramas, tallos, zarcillos o tentáculos se ablandaban como si estuviesen a punto de derretirse y de pronto se dividían, se multiplicaban para aglomerarse en una blástula deforme, cerrada en desafío a la invasión. No había manera. Habían intentado abrirse camino con máquinas, con explosivos, y nada funcionaba. En otro momento de la historia habrían estallado bombas atómicas, pero a comienzos del siglo XXI nadie estaba dispuesto a correr ese riesgo o, si alguna vez alguien lo hizo, nada se supo. ¿No debía haber surgido la maraña de una mutación? ¿No había empezado a crecer aquel plástico vivo o desvivo desde el fondo de un atolón, un campo de pruebas nucleares en Kazajistán, una central atómica colapsada en Ucrania o en Cuba, de núcleo fundido, invadido por la lluvia, el aluvión, los ríos desbordados? Probablemente no. Nadie lo sabía. Podía haber sido así, pero también pudo tratarse de una espora, una bacteria, un virus atrapado en el permafrost, una semilla de caos que se abrió camino por las tuberías de un complejo petrolífero e infectó un oleoducto, navegó los océanos en ciudades flotantes, el moho mutado adherido al plástico de los CD porque había aprendido a comérselo. Nadie llegaría a saber de dónde había venido, y el mundo era suyo.

No iban a internarse; no era posible, después de todo, y Federico pensó que, atravesado cierto umbral, ese punto de no retorno del que se vuelve convertido en otro y por lo tanto no se vuelve, María Fernanda iba a dejar de ser su guía e iba a perder todo conocimiento de aquel lugar, volviéndolo nuevo para ambos, siempre nuevo, diferente y extraño. Se detenían a cada rato, conectados de pronto los sistemas nerviosos de manera que la conjunción de sus neuronas respondía a cambios sutiles en la maraña, lugares que debían contemplar de otra manera, que debían detenerlos para pensar si seguir, si retroceder, si simplemente estar allí un rato más, inmóviles. Y quizá ella sentía algo especial, algo que a Federico se le escapaba, siempre al borde de alcanzar la certeza de una sensación o un significado. Pero estaba allí, o al menos eso creía; quizá de eso se trataba, de esa inminencia, y Federico entendió que en eso la maraña era igual a otras tantas entidades (el piano, Bach, la crisis) que se habían comido su vida.

Estaban de pie ante un tramo más denso, en el que ya no se veían hojas o ramas sino apenas la cosa plástica, verde y fractal, alta como un muro de roca en un desfiladero, y Federico comprendió que las palabras se le abrían camino, dejaban atrás sus pensamientos y manaban hacia María Fernanda. Le empezó a hablar de las *Variaciones Goldberg*, como si todas sus defensas hubiesen caído por fin.

—Yo las hubiese querido tocar, pero tuve que jurar no intentarlo más. Porque supe, tarde, pero lo supe, que era algo que había que entender, entender de verdad, y yo jamás las había entendido y por eso nunca pude tocarlas bien, tocarlas como debe ser. Cualquiera va y las toca, era fácil grabar un disco, con las repeticiones, sin las repeticiones, con clave, con piano, con tal o cual temperamento, tal o cual afinación. Pero tocarlas de verdad, como supongo que muy pocos las han tocado, Gould, Landowska, es otra cosa. Cada variación tiene que llevarte a la otra, tiene que volverse necesario, tres voces, dos por cuatro, luego cuatro por cuatro, pero yo…

—Ahí mismo; perdone, pero estuve hasta este momento pensando si me había perdido, y no: ahí está, ¿lo ve?

Federico miró hacia donde señalaba la mujer y vio un rectángulo de madera, un hueco, un par de cajas y lo que parecía un mostrador. Había carteles, letras, números y una mujer detrás. Se acercaron para descubrir más cosas: metal pintado, grandes rectángulos de vidrio, puertas de mosquitero verde. Allí, comprendió Federico, había o había habido un invernadero, parte de aquella mansión, completo en su momento con flores exóticas, tropicales, plantas carnívoras, orquídeas; ahora estaba vacío y no del todo intacto, con partes del techo abiertas e invadidas por la maraña.

—Bienvenidos —dijo la mujer al frente de la construcción, donde había quedado dispuesto un mostrador de almacén.

Y notó Federico que en el centro del invernadero crecía un árbol, o quizá una planta muy grande, de cuyas ramas o tallos pendían frutas más o menos parecidas a pelotas de rugby, del tamaño de melones y color entre amarronado y anaranjado, algunas, y verde amarillento otras, más pequeñas, más esféricas. El perfume se había vuelto denso y agobiante; Federico sintió que los ojos se le cansaban y le costaba enfocar. Quiso hablarle a María Fernanda de la presión en sus sienes, pero una nausea lo detuvo. La mujer alargaba un brazo hacia él. Pruebe, decía, dicen que ni en el Valle son tan buenas, y le tendía una de las frutas, partida a la mitad para exponer el interior carnoso y pálido. Las alucinaciones son reales, pensó, porque la fruta latía, se comprimía y relajaba, se derretía en la mano de la mujer y extendía los zarcillos hacia su boca. Pensó en una perforación en el fondo de un cráter; la perspectiva era errónea, las distancias, imposibles de precisar; y todo podía ser apenas un diorama o una foto vieja. Pensó también en un globo, en una playa y en las ruinas de un gran hotel, como el de Punta de Piedra.

Fueron apenas diez o quince segundos de desmayo y para Federico no hubo sino una discontinuidad perfecta, estar en un momento de pie ante la mujer que le tendía la fruta y saberse en el piso, con las piernas abiertas y las manos moviéndose en el aire. Le pareció que su cara estaba tensa en una expresión de asco u horror y trató de componerla mejor. Estoy bien, tartamudeó. María Fernanda lo ayudaba a levantarse y la mujer del mostrador se reía, ya sin la fruta, que debió haber sido guardada del otro lado. Pero el olor persistía, más suave, más amable.

—No se preocupe, mire que le pasa a todo el mundo, la primera vez siempre es así.

—A mí todavía me pasa de vez en cuando.

De pronto había más personas, todas ante la tienda y al borde de la maraña.

¿De dónde habían salido? Federico pensó que tenían que haber estado cerca, en la mansión o de paseo por el bosque, y que en lo que le duró el desmayo (¿había gritado, había hecho ruido al caer?) se habrían acercado para ver qué pasaba. Un hombre joven y barrigón se había adelantado hacia el mostrador y pagaba a la mujer con pilas de monedas. Fruta 20 pesos, corazón 25, cogollo 30, mermelada 40, jalea 30, leyó Federico en las maderas, escrito con tiza. Dos por uno, 100 pesos la esencia.

2

Es una mañana de aluminio. Federico está esperando fuera del hotel; Ramírez aún no ha llegado, pero no debe tardar. Esa misma noche tienen planeado un concierto a trescientos quilómetros de allí, en la mansión de un mafioso del transporte, a mitad de camino entre la costa y el interior, y Ramírez le ha repetido demasiadas veces que será su puerta de entrada definitiva a los balnearios, donde multiplicarán los ingresos por los recitales y la gira alcanzará, al fin, el nivel prometido. Son palabras de Ramírez, pero vaya uno a saber. A Federico últimamente no le importa demasiado. Se desata la colita del pelo algo grasiento y se lo vuelve a atar; se desabrocha un botón del saco, mete la mano en el bolsillo interno y saca el playmobil. Lo mira un instante y acaricia el plástico suave y azul de la espalda.

Pasan los minutos y Ramírez no aparece. Federico se entretiene mirando cómo descargan leña al costado del hotel, en un galponcito conectado por una pasarela de chapa y maderas al fondo, donde debe estar la caldera. ELECTRICIDAD 24/7 dice el cartel, en tiza sobre tablón negro. Es un hotel de los buenos, le había asegurado Ramírez, baño privado, desayuno y electricidad; en el interior no se puede pedir más que eso, pero en la costa, ah, la costa…

Uno de los hombres que descargan la madera es enano y Federico cree recordarlo del concierto de la noche anterior, sobre todo por el peinado, un *mullet* cumbiero de fines de la década del ochenta. Había aplaudido con entusiasmo y gritado al final de cada una de las piezas, sumido en el megashow rockero de su disfrute. Ahora se esfuerza como si la tarea lo superara, pero no descansa. Se ha quitado la camisa de leñador y Federico entrecierra los ojos para ver, a la distancia, el tatuaje que hay en un brazo izquierdo gordo y liso. Es difícil darse cuenta, podría ser el escudo de un cuadro de fútbol, y desde lejos lo único seguro es que esa tonalidad verdosa habla del tiempo que lleva la tinta en la piel. No parece muy preciso, tampoco, como esos tatuajes hechos en las prisiones; quizá (Federico entrecierra más los ojos) sea un revólver rodeado por una corona de laureles. ¿Por qué no? Hay unas letras, además. Parece que dijera *pensando en bailes,* aunque quizá sea *pasando en bares,* que tiene todavía menos sentido. El enano ha descubierto que sus compañeros ya terminaron de descargar la leña, así que saca un pañuelo del bolsillo trasero de su pantalón y se lo pasa por la frente, recostado contra el carro. El jopo permanece, sólido. Solo entonces repara el enano en que Federico ha estado mirándolo, y lo saluda con una sonrisa hermosa y el movimiento de su mano izquierda, más un gesto que Federico no entiende.

El ruido de un vehículo que estaciona ante el hotel lo rescata de la obligación de saludar, y es Ramírez, apenas impuntual, quien lo llama desde el asiento del copiloto de una camioneta un poco más pequeña de lo acostumbrado, nueva señal de que los fondos están en efecto agotándose y de que solo la conquista de la costa podrá sacarlos a flote. El olor del motor a caña invade el espacio, demasiado intenso. Algo debe haberse averiado, piensa Federico mientras se acerca, y Ramírez se lo confirma: demoramos porque tuvimos un percance, habrá que traer al técnico.

—Es una demora de una hora y media, dos horas como mucho, así que no nos afecta gran cosa. ¿Qué querés hacer? —Federico se demora un instante y Ramírez repara en el playmobil—. ¿El chupete? Si lo vendiéramos andaríamos mejor que en estas cacharrias, ¿eh?

Se ha bajado de la camioneta, alto, nervioso, mal afeitado, el ojo izquierdo un poco más desviado que de costumbre, la vieja remera de algodón con un Sputnik pintado a mano, tensa en la panza cuadrada, la sonrisa sardónica:

—¿Y anoche qué tal? Nada de lisztomanía, ¿eh?

Federico le dice que se va al restaurante del hotel a tomar un café, y Ramírez fuerza una carcajada, mientras asiente con la cabeza, se rasca la nuca y luego le pide al conductor que lo siga, seguramente a buscar al técnico.

Una vez adentro, Federico sienta al playmobil en la mesa, ya casi como un gesto de desafío, y ordena un café y una porción de pastafrola. La moza le pregunta de qué la quiere, membrillo, dulce de leche o arándanos, y Federico piensa que debe ser un buen momento para probar algo nuevo, así que la pide de arándanos. ¿Y el café? Expreso doble, contesta, con la mirada fija en el azucarero. La moza mira el playmobil y sonríe. Hace tiempo que no veo uno de esos.

Meses atrás, pasadas apenas las primeras fechas de la gira, Federico descubrió que una mujer algo más joven que él estaba esperándolo junto al mostrador, después del recital. La cantina del club se había llenado de pronto, como si todos aquellos parroquianos hubiesen estado afuera, en el aire tibio y húmedo, esperando a que las últimas notas del piano y el silencio breve que precedió al aplauso les abrieran las puertas y despejaran la entrada. Se habían acomodado de inmediato, ocupando lugares que debían ser los de siempre, y con ellos había llegado otra música, más alegre que el repertorio de fugas y piezas de vanguardia al que Federico había decidido someter en esa oportunidad a los incautos, con apenas un par de explicaciones y recuerdos de adolescencia. Pero nadie bailaba todavía, y Federico pensó (como siempre) que por una vez podía quedarse, pedir una cerveza o un vasito de grapa y ofrecer a la gente del pueblo su lado amable, humano y simpático. Eso jamás ocurría, por supuesto, y él volvía solo al hotel, cabizbajo y arrepentido, para leer un poco antes de dormir, anotar algunas ideas que jamás llegaría a desarrollar, pero que le darían algo de alegría en esas últimas horas de la noche ante su teclado portátil, que lo acompañaba fielmente desde que autorizaron algunos tipos de plástico y fue a buscarlo a los depósitos del Estado, cerca del puerto; cada media hora había que hacer girar la manivela del dínamo, como el rito obligado de un monje tibetano ante su máquina de orar, y el sonido no se parecía en nada al de un piano o un órgano, o al de los sintetizadores hogareños que recordaba de su infancia y adolescencia, pero aquel teclado se había ganado su respeto.

La mujer, sin embargo, auguraba una noche distinta, de esas que sucedían una vez cada siete u ocho conciertos, cada siete u ocho pueblos, y ya podía imaginar qué le respondería a Ramírez, si se la había cogido, si lo conocía *de antes*, si estaba buena, si guardaba incluso entre sus tesoros de los buenos viejos tiempos alguno de sus discos, el de Chopin y Liszt, el de las *Suites francesas* o quizá, incluso, por qué no, el de Scriabin. Pero todo fue más simple, o infinitamente más complicado, porque la mujer, sin mirarlo a los ojos, le dijo que era la segunda vez que lo escuchaba y que desde la primera había estado pensando en hacerle un regalo. ¿Qué regalo?, se atrevió a preguntar Federico, al borde del tartamudeo. Y la mujer prescindió de las palabras: le tendió una cajita de cartón blanco, susurró en su oído, asintió con la cabeza y se fue. Tan simple como eso.

En la semioscuridad de la cantina le llevó un instante comprender las palabras y el regalo depositado en sus manos. Abrió la caja y encontró un hombrecito. Al principio lo tomó por un muñeco cualquiera, pero después vio que era un playmobil, tan viejo como él o quizá más, de pelo marrón claro, ojos un poco despintados y una medialuna de sonrisa. Los dedos de Federico supieron de inmediato (porque era lo que habían tocado tantas veces en el fondo de su memoria) que era plástico antiguo, de los setenta, y que por eso el juguete valía quizá no una fortuna, pero sí una suma importante. Dejó la cajita sobre el mostrador y le pareció que el cantinero estaba espiándolo. Una cerveza, ordenó, como para conjurar la atención del hombre, y se sentó en un taburete. Le dolió la rodilla derecha, libre de pronto del peso del cuerpo, pero la sensación se disipó bien pronto. Sus dedos seguían acariciando el plástico suave, y Federico se descubrió moviendo los bracitos y girando las manos color crema y con forma de pinza, las formas intactas de una reliquia bien guardada. En su momento debió pertenecer a un set del Oeste, pero ya no tenía ni el sombrero de vaquero ni el pañuelo anudado en el cuello, todos accesorios fáciles de perder o vender. El cuerpo era azul y las piernas celestes, y todavía se movían con firmeza. Federico apoyó el muñeco en el mostrador, sentado como si contemplara la colección de botellas vacías, y tomó su vaso de cerveza. El cantinero silbó al ver el juguete.

—Yo tenía como quince de esos de chico; ahora hace años que no veo ninguno. Hasta tenía un barco, con cañones y un bote. Remos tenía el bote.

Federico asintió y levantó su vaso como si brindara con el recuerdo del hombre. Él nunca había tenido un barco de playmobil, sus padres no habrían podido pagarlo o, de haber dispuesto del dinero, lo habrían gastado en otras cosas, en él, como decían siempre, en su educación. Le habían comprado no pocas cosas todavía más caras y raras que un playmobil, sin embargo, y Federico encontró en la luz dorada de la cerveza el recuerdo de su primera computadora: una Sinclair Spectrum 48k, que apareció en su casa cierta tarde de 1986, cuando él volvía de la escuela o de la psicóloga y descubrió a su padre y a un vecino adolescente sentados ante su escritorio, la mirada fija en el televisor blanco y negro de doce pulgadas que le había regalado su abuelo el año anterior y, lo más importante, las manos (del vecino) articuladas como las de un autómata sobre una caja de plástico negro de la que sobresalían teclas de goma gris. Las teclas cuyo olor todavía podía sentir a veces, al igual que la sensación en sus dedos, la resistencia rara que ejercían cuando tecleaba, cuando su pulgar temblaba sobre la tecla que hacía las veces de barra espaciadora y parecía capaz de torcerla, de inclinarla hacia atrás o adelante en lugar de presionarla.

Aquella Spectrum pertenecía a un futuro que nunca llegó, un mundo de computadoras en todos los escritorios, en todas las casas; un mundo de juegos vertiginosos, de tecnología que aceleraba hasta una supernova tecno, ese mismo mundo en el que él habría triunfado, en el que no debía rebajarse noche por medio a tocar «La campanella» para las señoras de provincias. Pero al menos había una historia: 305 millones de años atrás, en el Carbonífero, aquel tiempo de libélulas y escorpiones gigantes, de un aire sobrecargado de oxígeno y aguas poblados por tiburones y crinoides, había comenzado la acumulación lenta de cadáveres en el fondo de los mares, toda esa materia orgánica en descomposición sepultada por el peso del agua, los sedimentos y también las rocas, en el movimiento de las placas tectónicas, de los continentes que se deslizaban, las cadenas montañosas que se levantaron como olas de piedra en la película en avance rápido de la geología, esa misma que permite oír a la Tierra gritar. Después se lo llamaría *carbón* y *petróleo*, combustibles oportunamente calificados de fósiles, dispuestos a entrar en contacto con esos primates que se habían abierto camino por el mundo para bajarles del cielo el fuego definitivo, la chispa que propulsaría sus máquinas, llenaría sus laboratorios y cambiaría la piel del mundo una vez más. Ellos, los primates, lo llamaron *modernidad*, lo llamaron *capitalismo*, pero el verdadero agente de los cambios, el sujeto de la historia, era la vida, muerte o desvida del petróleo: esas criaturas sepultadas millones de años antes de que el primer pozo petrolero en Pensilvania diera comienzo a la marea de cambios que enlazó continentes, cubrió al mundo en monocultivos bañados por pesticidas de la industria petroquímica y llenó los cuartos de los niños con juguetes, entre ellos aquel playmobil y aquella computadora. Era una forma de simbiosis, quizá, la del plástico y los primates, pero cuando fue alcanzado el pico de la producción de petróleo y los pozos empezaron o bien a secarse o bien a expulsar el virus, al tiempo que la maraña se manifestaba por el mundo, esa simbiosis llegó a su fin, de modo que el petróleo y el plástico debieron encontrar caminos nuevos para prolongar su historia natural.

Esta era una manera de explicarlo, pero ya casi nadie la daba por cierta; había otras tantas teorías: que la superproducción de plástico había torcido a la biósfera y habilitado un nuevo nicho ecológico para aquellos microorganismos que pudiesen metabolizarlo e incluso fundirse con él, replicarlo como se replican los virus en las células y con las células. Involucrar a los virus podía explicar la enfermedad que se desató como una pandemia, aunque nadie, en rigor, supo aislar en verdad qué la producía y se habló de alergias, de receptores habilitados de pronto para ciertas sustancias patógenas. Eran demasiadas teorías, en realidad. Federico recordaba las noticias de aquellos días de 1998 en que el virus, la maraña y el colapso de la industria asolaron el mundo como la última noticia capaz de atravesar continentes. La era global se terminaba como un sueño breve e incómodo, pero el playmobil azul y celeste que permanecía sentado en la barra de la cantina equivalía a ese barco pirata soñado que supera la barrera entre sueño y vigilia y aparece en nuestras manos al despertar.

Federico pidió otra cerveza.

—¿Y qué te dijo la mina? —le preguntaría Ramírez, mucho después.

—Lo único que entendí fue *ser todo y a la vez no ser.*

—Tocate un vals. Esa, mi querido y descomunal Stahl, no juega con todos los jugadores. A esa le faltan un par de cartas. Esa tiene que alinear sus palmípedos… Eso sí, son las que cogen mejor, ¿eh?

La música seguía, una música que ya no iba a entender. Pensó que debía dejar el playmobil sobre la barra como un desdén definitivo hacia toda esa vida de posibilidades no tomadas y teorías, los futuros que se dispersaron como el recuerdo de un sueño en las primeras horas de la mañana. Además, demasiadas veces se había preguntado por qué, en la vasta historia del mundo, el gran colapso y derrumbe de la civilización tuvo que suceder precisamente en *su* tiempo de vida y, todavía peor, al final de su adolescencia portentosa, cuando todo estaba pronto para que sus manos sobre el piano se comieran al mundo. Había grabado discos, había tocado en Europa; un niño prodigio, la más brillante de las jóvenes promesas, el despunte de un compositor de vanguardia. El 1999 iba a ser su año, o el 2000, o el 2001, pero nada de eso sucedió y aquel futuro de fama, genio y fortuna se desvaneció para siempre. O permanecía encerrado en la cabeza de aquel playmobil: quizá podría verlo aún, como un diorama diminuto o una de esas estereoscopías que coleccionaba su abuelo, rueditas de cartulina con vistas de la torre inclinada de Pisa, la Alhambra, el Taj Majal y el Monte Rushmore, si acercaba sus ojos a los círculos negros que hacían la cara del muñeco y lo volvían, en su humanidad tan efectiva de caricatura, ese sujeto perdido de una historia fantasmal. Sería una suerte de diálogo, pensó Federico, una transferencia de información, como el nexo entre la partitura, su mirada, sus manos, las teclas y las notas en el aire o en los tímpanos del público, y el playmobil le dejaría ver al menos un atisbo de aquel mundo perdido, de sus viajes por el mundo, de todos los discos que habría grabado, ahora sombras y fantasmas.

Pero él no era así y, de hecho, habría sido una estupidez fingirse capaz de ese desdén, porque el playmobil era un regalo demasiado deslumbrante como para dejar pasar así nomás, sobre la barra de una cantina en un pueblo olvidado de un rincón más del mundo. Lo tomó, le desdobló las piernas, lo miró a los ojos y lo guardó en el bolsillo interno de su saco. Claro que no habría diálogo, claro que no habría información: si aquel mundo fantasmal de todo lo que había perdido estaba en alguna parte, el vórtice no podía trazarse en los ojos de un playmobil.

Él no creía en esas cosas: había concluido mucho tiempo atrás que cada vez que lo asaltara aquella pregunta de *por qué,* de por qué *a él,* lo único en el fondo verdadero y útil que cabía responderse es que no le había pasado a él, en verdad, sino *a todo el mundo,* a ese *todos* que en realidad es *nadie,* porque no hay un significado que le dé forma, un destino, una maldición o los años de soledad de una estirpe. Todos los planes, todos los años de tantas mujeres y tantos hombres jóvenes o maduros se habían desvanecido en el aire caliente que, cabía imaginar, brotaba como una exhalación espasmódica de los pozos secos, exhaustos, comidos por el virus de la maraña o lo que fuese que en verdad había pasado con el petróleo (y no empecemos a teorizar otra vez). Además, ya estaba viejo, a todos los efectos. ¿Para qué alimentar los parásitos de la posibilidad, de la alternativa, cuando siempre estuvo claro en qué se mete quien mezcla memoria y deseo, como decía aquel poema que una vez quiso musicalizar a la manera del Debussy infectado por Mallarmé?

Las circunstancias, sin embargo, lo habían arrojado a esa necesidad de enfrentar la realidad más dura o ciega del destino tanto tiempo atrás, a los veintiuno, veintidós años. No tenía que ser todavía su momento de envejecer, pero así fue, en esa zona de la vida en que, según la literatura, todo hablaba o debía hablar del futuro, ese tiempo en que los sueños, dicen, están al alcance de la mano; pero ahí, justo ahí —bienvenido, Stahl—, él había tenido que concluir que el futuro se había desmoronado para siempre. Otros se suicidaron, otros terminaron en manicomios, después abandonados por falta de fondos, locos que vagaban por los nuevos bosques del mundo. Él, más práctico, más mediocre, había sobrevivido en su vida pequeña y resignada del barrio Atahualpa, en Montevideo.

Por eso no cabía otra cosa que volver a resignarse, todavía otra vez más, y guardar el playmobil. El cantinero lo miró, o no lo miró, o miró más allá, hacia la gente que bailaba y se acercaba al mostrador para pedir más alcohol, y Federico, como todas las noches, volvió solo al hotel.

A la mañana siguiente le mostró el muñequito a Ramírez; allí aconteció lo que Federico había sospechado desde el comienzo de la gira o incluso antes: entender que, tarde o temprano, los dos no solo iban a terminar detestándose, sino que, de hecho, *debían* hacerlo, que ya lo habían hecho hacía tiempo y que solo faltaba terminar de escribir esa historia en retrospectiva: era algo así como una obligación moral para sus años de peregrinaje. Dos personas con esas diferencias fundamentales solo podían odiarse, después de todo; solo estaban llamadas a ser enemigos. Entonces Federico terminaría varado a cientos de quilómetros de su casa, despojado de todo lo que tenía, herido y loco. La otra opción, con mejor suerte, era que después de tocar en los peores restaurantes, clubes sociales y deportivos, casas de la cultura y demás instituciones sedimentadas de lo que alguna vez había sido una civilización, saliera de la experiencia más cansado, más enfermo, más quebrado y con todavía menos dinero, pero devuelto por las olas del nuevo mundo a su casa en Montevideo, como si nada hubiera pasado excepto un pulso acaso más intenso de aquella larga erosión. Significaba volver a las clases de piano, a vender antigüedades y comerse lo último que quedaba de los ahorros, y en su momento *ese* había sido el argumento para preguntarse por qué no dar el salto y meterse río arriba, hacia el corazón de tinieblas del Interior y del Valle.

Ese era el comienzo, en cierto modo: a Ramírez se lo había presentado Valeria, una de las dos o tres exes que seguía viendo sin ganas, tras uno de tantos conciertos de barrio (había sido en un club barrial o cafetería o confitería de nombre tan improbable como La Giralda) que le permitían ganar unos pesos tocando muy de vez en cuando un repertorio hecho de Beatles, Serú Girán, Spinetta y otros viejos himnos hippies. Después de escucharlo tocar (Federico se las había arreglado para colar al final del concierto algunas cosas más interesantes, entre ellas piezas suyas, compuestas demasiado tiempo atrás), Ramírez le habló de jazz, le contó que había conocido a Wayne Shorter en los ochenta, que había dejado Uruguay poco después del fin de la dictadura, que había militado en la Federación de Estudiantes, que era marxista-leninista. Y pronto, desde atrás de la niebla de todas esas historias, Federico empezó a sentir la presencia de la gira, ese fantasma del futuro narrado en las últimas transmisiones desde el moribundo planeta Anthea, la gran recorrida que estaba a punto de proponerle Ramírez como si fuera una expedición a una montaña de la Luna o, mejor, al océano Pacífico en busca del gorila gigante que viene de las montañas, lo adoran los isleños y se lleva a su guarida una rubia de vez en cuando; es una de las historias más consabidas, por cierto: el monstruo singular llevado al centro del mundo para que encuentre la muerte; salvo que fuera esa otra variante en la que el gorila o el autómata o el jorobado o el replicante o el joven con manos de tijeras regresa a su casa y se queda allí hasta el final de los tiempos, no haciendo otra cosa que ser él mismo, *tel qu'en Lui-même enfin l'éternité le change:*

—Nunca debí salir de acá —se repite, contento con sus bananas o sus dinosaurios o esculturas de hielo—, al fin de cuentas estoy bien, en el centro de mi propio laberinto, en mi complejo militar demente río arriba, mi Fortaleza de la Soledad —etcétera, etcétera.

Pero estas cosas en realidad no se eligen, pensó Federico después de aceptar esa misma noche el proyecto de gira; estas cosas *pasan*, siguen pautas con las que nada tenemos que ver y mucho menos que hacer.

—Ser todo y no ser —repetirá Ramírez tantas veces a lo largo del camino—, te salió filosófica la groupie, ¿eh?

Lo había comprendido, había que concederle eso; había usado las palabras justas sobre aquellas piezas que, como dijo con lo que parecía sinceridad real, no eran en el fondo *geniales,* ya que después de todo Federico no era un genio, sino más bien un delantero habilidoso —y me entenderás la metáfora futbolística, acotó Ramírez— que sabe hacer sus gambetas y romperles las bolas a los cracks del equipo contrario. Pero eso ya es decir bastante, añadió, y el talento es siempre el talento, quizá lo más firme, lo más seguro, más allá de esa fantasmagoría del genio.

—El talento es lo que queda al final, estimado; por eso, nunca se pelee con la gente que sabe reconocerlo. Somos los que ganamos siempre, en el largo plazo.

(¿Qué largo plazo?, pensó Federico, si desde que todo se fue a la mierda no queda más que el mediano, el corto, quizá menos que eso).

Seguramente lo había investigado o quizá era verdad que lo había seguido en sus mejores momentos. A Federico fama no le había faltado a fines de los años noventa y, si Ramírez, que debía tener entonces treinta y pico de años, era ya el melómano que después diría ser, no habría sido difícil que lo escuchara, que leyese sobre sus logros. ¡El Descomunal Stahl!, dijo apenas los presentaron, ¿o era Stahl, *el Descomunal*, por la rima más fácil? En fin. No hace falta añadir que a Federico aquello del «delantero habilidoso» le cayó especialmente mal; tampoco que jamás lo olvidó.

Mucho después, en un parador de la ruta cuarenta, Ramírez, un poco borracho, se puso a hablar de la derrota, primero de la personal y después de la colectiva, la «humana», y empezó a presentarse como un *restaurador*, alguien determinado a dejar atrás cualquier forma de resignación y tomar de nuevo las riendas de la historia, del destino. *Destino*, esa palabra. Federico no pudo evitar una sonrisa, que Ramírez detectó y comprendió al instante.

—Quién sabe, Descomunal, dónde estarías ahora; seguro no en un antro como este, en el medio de la nada o el culo del mundo. —Y *en el medio de la nada o el culo del mundo* se convirtió en un chiste recurrente, medio irónico, medio amargo y siempre resignado, que se presentaban el uno al otro como una contraseña o salvoconducto para meterse en las zonas más complicadas de la conversación: para presentarse esos lados espinosos y pedir permiso para agredirse.

Así, cuando Federico se descubría inflado hacia la confesión de todo aquello que lo había hecho brillar de niño y lo había convencido de ser no un delantero habilidoso sino un genio de verdad, empezaba a contarle a Ramírez las tantas historias de niñez y adolescencia que por su propio movimiento orgánico terminaban por desembocar en los fracasos inmanentes: ser (o no poder ser) un compositor, ser capaz (o no ser capaz) de crear todas las Grandes Obras que aguardaban desde el reino de la potencialidad indefinida y la Gran Promesa. Pero si Federico no hubiese visto su carrera detenida por la catástrofe global, aquella Gran Pausa Apocalíptica en la historia de la civilización humana, su fracaso inevitable, y él lo sabía y Ramírez lo sabía, no hubiese sido el de *todos*, sino el *suyo,* el específico, el irremediable, ya que tarde o temprano esas Grandes Obras no llegarían, la potencialidad se dispersaría en negativa actualidad y de la Gran Promesa solo quedarían cenizas, no por culpa del fin del petróleo o de la maraña. Y todo porque Federico no era el genio que había creído ser o el genio que tanta gente le había dicho que era, una y otra vez. Aunque él se había sentido siempre encantado de creerlo, por supuesto. Y no solo creerlo como un estado general de su mente o una atmósfera leve de su vida: ¿cuántas veces había usado ese disparador, ese trampolín, para tantos vuelos de Ícaro en los que imaginaba su carrera en un mundo ucrónico libre de la ruina de la civilización, toda su vida a partir de aquellos discos y su éxito, las obras que compondría, las giras mundiales, la fama, la desolación inevitable, el aburrimiento, la impotencia, la esterilidad, la fase de gigante roja en la que su obra se llenaría de referencias esotéricas, inextricables e ilegibles —los peregrinos en la brea, las cicatrices que nadie puede ver—, seguida por una dilatada etapa tardía de ímpetu renovado y solo comprendida mucho después de su muerte (en 2061, con el Halley), cuando los exégetas del futuro la replicarían densa en significados, Grandes Fugas y estrellas negras, astros musicales que se derrumbaban sobre sí mismos en la catástrofe y el desastre de sus núcleos de diamante?

—De niño no me gustaba alardear —le confesó un día a Ramírez, como si abriera espontáneamente una vena ante un vampiro que justo cinco minutos atrás había decidido contenerse—. Mi madre me enseñó que había que ser humilde, pero que, si no había más remedio, uno podía jugar esa carta como última medida para desautorizar a un contrincante potencialmente peligroso y decirle *sí, pero yo aprendí a leer a los tres años* —cosa que Federico había hecho muy pocas veces, hay que concedérselo, aunque, como siempre sucede, nadie le creyó jamás la falsa modestia.

De muy pequeño comprendió, en realidad, que a todos los demás, sus padres incluidos, les encantaba agarrarlo en algo que le salía mal o algo que no sabía —*ah, pero ¿cómo puede ser que no sepas que la capital de Sudán es Jartum, con lo capaz que sos, con toda esa capacidad que tenés?*—, dado que parecía lógico esperar que lo supiese todo. Y era un placer quemarlo, como le explicó un compañero de escuela, verle la cara enrojecida, cambiada, y ese gesto suyo, incontrolable, se reflejaba o compensaba en el que podía reconocer en la gente, una suerte de suspiro de autoafirmación, de triunfo. Así, poco a poco fue condicionándose a sí mismo para evitar situaciones de este tipo, para hacer aparecer su don como si fuese el de un *idiot savant*, fingiéndose un poco tarado o admitiendo ignorar cualquier cosa que no tuviera que ver con la música. Era mejor así, porque la gente prefiere a los idiotas o, por lo menos, a los que parecen más idiotas que ellos, para ser la fuente de inteligencia en el diálogo y no su receptor en esta sodomía machirula intelectual. Entonces, si Federico rompía sin querer el personaje y respondía bien una pregunta que pasaba volando por la conversación —o daba a entender que comprendía tal o cual alusión a, pongamos, el cine neorrealista italiano o la interpretación de Copenhague de la mecánica cuántica—, sus interlocutores lo miraban como a un marciano o a un impostor y la conversación se quebraba, se volvía evidente el engaño. ¿O era más complejo que eso y la técnica más refinada implicaba precisamente esas rengueras abstraídas de pronto, señales del artificio más vasto, arte que revela el arte en lugar de ocultarlo?

Federico aprendió en el conservatorio y recordó en la academia que a veces debía errar una nota o apurar una semicorchea, hacer temblar ligeramente el tempo de la pieza, pasarse unos segundos sin cuidar la separación de las voces, como si en efecto se hubiese distraído; eran cosas más *humanas*, le había dicho una profesora de primer año en la academia, Susana, que pasaba los ratos libres ante el clave de la sala del fondo, en el olor a humedad, bajo la mala iluminación y las telarañas. A Federico le gustaba oírla, o le gustaba ella, una treintañera regordeta que se teñía el cabello alternativamente de celeste, rosado y amarillo, y que lo enamoró apenas se conocieron, después de que ella le dijera que tenía los mismos ojos que Frescobaldi en un grabado de 1619. Era fanática del barroco temprano y de David Bowie, según se encargaba de contarle a todo el mundo, con las remeras de *Low* y *Aladdin Sane* tensadas al límite por sus tetas inmensas, y guardaba luto todos los nueve de mayo, aniversario de la muerte del cantante, que se había subido al avión equivocado en 1982 después de grabar lo que Susana consideraba su obra maestra, un EP de canciones de Bertolt Brecht y Kurt Weill que jamás fue publicado, pero que todos los fans de verdad atesoraban bajo la forma de una copia de tercera o cuarta generación o casete o, para los que tenían las verdaderas credenciales de coleccionistas (como Susana), atesorado en un *bootleg* en vinilo, la foto de portada tomada de la revista que había publicado en 1984 un artículo sobre esa joya perdida, *Baal*. Se decía también que el cantante había actuado en una versión televisiva de la obra de Brecht; la grabación de su performance, de hecho, se había convertido en un verdadero Santo Grial para los fans, que soñaban (como soñaba Susana) dar con un VHS que reproducir en sus caseteras una y otra vez, hasta que el loop desintegrara la imagen y Bowie pudiera ser más o menos cualquiera, imposible de determinar por las facciones borroneadas, excepto quizá los ojos, hasta último momento los ojos. Susana le contó una vez a Federico la historia de cuando leyó en esa revista que la televisión británica había llegado a transmitir un fragmento de la obra, a modo de avance, dos o tres días antes del accidente aéreo; y en ese avance Bowie/Baal contaba que pocos días antes del Diluvio Universal el ictiosaurio se había negado a subir al arca y los otros animales le insistían, por compromiso, en que lo hiciera (porque todos detestaban al ictiosaurio, un borracho insoportable), a lo que el ictiosaurio respondía siempre *allá donde llueva más fuerte iré yo*; y Baal refería esta historia para concluir que, si se diera el caso, él haría lo mismo, lo cual para Susana era de alguna manera, en el fondo inexplicable, una premonición de la propia muerte, que emergía de las palabras de Brecht y que adquiría un sentido nuevo en la actuación de ese Bowie de barba desprolija que aparecía en las fotos del *bootleg*. Sin embargo, le dijo una vez Federico, el ictiosaurio era un reptil acuático, ¿para qué querría subirse al arca? O, más interesante aun, ¿por qué se extinguieron los ictiosaurios en el Diluvio? Entonces Susana se sentaba ante el clave y tocaba «Ashes to Ashes» como si fuera una marcha fúnebre y le explicaba a Federico sus trucos más evidentes, el juego de una melodía de cuatro compases hecha circular sobre tres acordes, la armonía sugerida en la introducción, que después cambia en la primera estrofa, y Federico simplemente seguía pensando en el ictiosaurio mientras se quedaba mirando a su profesora, observando sus dedos afilados esforzarse por arrancar del clave una expresividad que el instrumento no podía ofrecer. Pero el de Susana ante el clave, el del culo de Susana en la pollera algo justa que llevaba siempre, el de las tetas de Susana bajo la remera blanca con la portada de *Low*, la voz de Susana hablando de Bowie, esos habían sido siempre los mejores recuerdos de la academia.

Federico había pasado dos años allí, entre 1992 y 1994; después simplemente no aguantó más: el ambiente, la soledad, todo eso era demasiado para un adolescente que, como sentenció memorablemente una de sus compañeras, no se enteraba de nada. Y el director les dijo a sus padres, con lo que parecía una sinceridad deslumbrada, que en verdad no había mucho más que pudieran enseñarle, queriendo decir *nada que él no pudiera aprender solo*, con sus libros y sus discos, o en cualquier conservatorio de buen nivel, no necesariamente uno europeo, ni en un internado ni nada tan rimbombante. Le hicieron una pequeña fiesta la víspera de su partida, algunos de los profesores y todos sus compañeros, esos que él siempre había dado por sentado que lo odiaban. Le vendaron los ojos, lo hicieron tocar con las manos cruzadas, le pidieron imitaciones, lo desafiaron a improvisar una fuga a partir de un galimatías melódico que le garabatearon en el teclado, lo desafiaron a que improvisara arreglos de canciones pop, «Billie Jean», «Hotel California», y él se lucía, complicaba las melodías, proponía rearmonizaciones, no porque hubiera prendas o se arriesgara a perder algo valioso, sino porque no podía, en sus últimas horas en la academia, permitirse otra cosa que no fuera la perfección. Entonces, una de sus compañeras, tres años mayor que él, se lo llevó a un rincón a bailar cuando todos se cansaron de las tonterías en el piano (su archinémesis, un niño ruso de once años con cara de ratón al que llamaban Rodrigo —aunque obviamente se llamaba de otra manera, un nombre ruso, Radoslav o Raisa, más un apellido raro, Chicherín, Sirisquín o algo por el estilo—, había estado cerca de tocar *esa* fuga con el metrónomo en 170 y prometía estar a punto de terminar sus propias variaciones sobre aquel vals de Diabelli) y las canciones pop empezaron a sonar como debían, desde los parlantes. Así, en cuestión de minutos, Federico se descubrió con la chica en el no tan apretado interior de un closet, y ella, que se llamaba Gimena y venía de Madrid, le bajó los pantalones y los calzoncillos, le agarró la pija ya erecta por el besuqueo y empezó a pajearlo, susurrándole de paso al oído *quieres que te la chupe, quieres que te la chupe, quieres que te la chupe.* Federico acabó en cuestión de un minuto, Gimena se limpió la mano en una campera y le ordenó que bajara él, *ahora me la chupas tú*, separó las piernas y lo guió hacia su coñoconcha. Él no supo qué hacer, así que ella se encargó de agarrarle la cabeza, pedirle que se aflojara, que no opusiera resistencia y, a falta de mejor opción, frotó su clítoris y labios en labios, dientes (las paletas todavía algo salidas y separadas) y lengua hasta que algo parecido a un orgasmo se presentó. Ve a limpiarte el olor a coño, le dijo mientras se subía las bragas y la falda de jean. Federico se quedó inmóvil un instante, con los pantalones y el calzoncillo sobre los pies, la pija parada de nuevo y moviéndose como un perrito que araña la puerta para que lo saquen a pasear. Pero Gimena le puso cara de *apúrate, vamos,* él se acomodó la ropa y los dos salieron a la oscuridad del salón, apenas revuelta por los ciclos de las luces de fiesta, azul, rojo, lunares aquí y allá. Todos los demás apretaban en los rincones:

—Mira, yo sabía que Pedrito era maricón. La próxima, si hubiera una próxima, lo ponemos a trabajarte la polla a ti. —Y después agregó—: Mira que eres capullo, ¿eh? Te vas de aquí cuando empieza a ponerse bueno.

Claro que, en tantas ocasiones, Federico había forzado el recuerdo para que la que se lo dijese fuera Susana, abierta de piernas junto al clave, ante la partitura de las *Goldberg, red shoes and dance the blues.*

¿Y dónde habría estado, si todo aquello no hubiese sido como fue? La verdadera fama comenzó poco después, cuando Federico ganó un certamen en Buenos Aires y el niño prodigio más o menos conocido en su Montevideo natal se convirtió en un virtuoso adolescente que tocaba en Lima, Buenos Aires, Bogotá, Madrid y Ciudad de México. Fue entonces que empezó a hablar de sus propias composiciones, aunque siempre con la prudencia de señalar que no estaban terminadas, que les faltaba todavía bastante trabajo (como aquella fuga rarísima con si - mi - si - mi - si bemol - mi - si - mi - do como sujeto), pero que pronto grabaría su primera sonata para piano. Era 1995 y el mundo estaba por acabarse; en esas postrimerías de la civilización, Federico grabó tres discos (el *Liebesträume* de Liszt y una selección de nocturnos de Chopin, las *Suites francesas* y las primeras cuatro sonatas para piano de Scriabin) y salió de gira dos veces. El primer golpe de la crisis lo encontró en Montevideo, con los recortes de vuelos y el racionamiento de combustibles, y también el segundo, medio año más tarde, cuando empezó el contagio, y también el tercero, con la primera mutación importante del virus en 1999, y finalmente la última, la de la maraña. Su madre y su abuela murieron de un día para el otro y su padre empezó a bajar hacia la bodega de la locura, primero escalón tras escalón y después simplemente rodando escalera abajo. En ese momento no les faltaba el dinero, pero los gastos de la institucionalización se llevarían lo suficiente como para que la vida demandara, a partir de ahí, una austeridad que imitaba el lento replegarse del mundo con los cortes de electricidad programados —que pronto se volvieron de diez o doce horas, día por medio, y finalmente todos los días—, los cierres de fronteras por el virus, las cuarentenas obligadas, las paranoias del plástico con sus idas y sus vueltas y, cuando todo se acabó con la segunda gran mutación y la retracción de la maraña, el descubrimiento de que debía lidiar ahora con un mundo nuevo en el que la maraña había cortado las carreteras y los viajes en avión y en barco se habían vuelto virtualmente imposibles. La humanidad se había salvado, se decía por ahí, pero por poco; otros se preguntarían si valía la pena haber sobrevivido, haber terminado en un mundo como aquel.

Cuando parecía que la humanidad había llegado a su fin, me reconfortaba pensar que al menos habíamos logrado crear el siglo XX, dicen que dijo el escritor Stanislaw Lem, sobreviviente en Cracovia.

Federico mandó construir un generador y dos paneles solares de pésima calidad y rendimiento, instaló una caldera en el fondo de su casa y resistió hasta que la pretensión de mantener las viejas comodidades se volvió una carga. Si todo hubiese pasado un año o dos después, pensaba; si hubiese llegado a hacer la fama real, la fortuna necesaria…

Ahora se ha terminado el capuchino y la pastafrola y guarda el playmobil en su bolsillo. De pronto, repara en que el enano de la leña ha entrado al restaurante y está saludándolo. La carita enmarcada por el mullet estalla en una sonrisa.

—¡Federico *faquin* Sthal! No me perdí el concierto de anoche, maestro, qué cosa más impresionante, *rocanrol*; qué digo *rocanrol*, ¡*jevi métal*, vieja! Bernardo Brennschluss. —Le tiende la mano y sonríe ya sentado ante la mesa, renovado, cambiado de ropa, con una remera blanca en la que puede verse la cara de Brian Jones agrisada por los años, chaleco por encima, sombrero gris rugoso de ala discreta, como si hubiese caído en un personaje. Ha pedido un capuchino y empezado a hablar, con un buen humor explosivo que afecta a Federico, lo obliga a expandirse un poco y a sonreír. Bernardo lo había escuchado la noche anterior y también lo conocía de los *buenos tiempos*, sobre los que empezó a improvisar una suerte de comentario o análisis. No es que sea un tipo nostálgico uno, aclaró, y señala ahora que no hay ser humano sobre la Tierra capaz de dar la espalda a la idea de que siempre tendremos un tiempo que recordar con un suspiro, esos años en que éramos jóvenes, flacos, teníamos pelo, no sufríamos las resacas y podíamos pasar la noche entera en pie, cuando echábamos tres polvos al hilo y no dolían las articulaciones ni temíamos que dolieran más en el futuro, porque el cuerpo no era esa cosa medio rota que intenta compensar la creciente deformidad y seguir funcionando; todo ese esfuerzo, esa energía puesta en lo que antes, cuando éramos fabulosos, cuando éramos jóvenes, la dedicábamos a tareas más interesantes. Pero después están los hijos, dice el enano, y con ellos uno piensa en el futuro, los quiere ver de grandes, el cumpleaños de quince de la nena, el primer trabajo, los nietos, ¿por qué no?

—Pero al mismo tiempo uno piensa en ese tiempo que vivía cuando no tenía hijos y no estaba esa obligación, la responsabilidad. ¿Vos tenés hijos? —Federico dice que no con un gesto discreto y cuidadosamente resignado—. Bueno, ¿no? Pero igual me entendés. Al principio no hacés más que cuidarlos, los primeros años sentís que todo el tiempo se te fue con ellos. Pero te lo devuelven con el futuro, ¿sabés? Te pagan así, con futuro, con la idea de futuro, porque hacen que el futuro tenga significado, y es justamente eso, me entendés, como recuperar el futuro. Entonces tenés el pasado que recordás con nostalgia y tenés el futuro, y el miedo siempre va a ser no llegar, no poder vivir para ver todo lo que sabés que se te va a escapar, quieras o no, pase lo que pase. ¿Y qué te queda? ¿Qué es el presente? Yo cargo leña, arreglo baterías de heladeras, rescato plástico por ahí en el bosque, convierto motores. Es un hobby. ¿Te acordás? Los autos viejos, mirá que había cosas hermosas, ¿eh? La Ferrari…

¡Por favor! Los Cadillac de las películas, el Camaro del 68. La conversión a etanol la aprendí hace como ocho años. Tuve que ir cambiando de ocupación toda la vida, y no me quejo. Al contrario, vieja, ¡brindo por eso!

Después resultó que Bernardo había sido actor porno en los noventa, en la que cabría llamar la Era Heroica del porno argentino, los días del VHS. Se podía ir muy atrás, de hecho, hasta *El Satario* o *El Sartorio* (1904), un corto de cuatro minutos y medio filmado en Rosario, para llegar después a esos años en los que *casi,* dijo Bernardo, *casi* llegó a existir una industria del porno en la Argentina. *Casi,* repitió, entrecerrando los ojos mientras terminaba su capuchino y llamaba a la moza para pedir otro (qué más te tomás, dejá, yo invito) y un expreso para Federico, con medialunas que no eran tan malas, no las mejores de la zona pero *correctas,* ha dicho, y retoma su historia refiriéndose a los diferentes nombres que adoptó hasta elegir el definitivo, *Pistolita,* descartando *Pildorita,* que después de todo era más bien nombre de payaso, y *Pistoncito,* que hacía una metáfora demasiado mecánica y llamaba la atención más sobre el movimiento que sobre la pieza en sí, que no es que sea gigante, aclara, pero para mi estatura y proporciones (Federico pensó en su momento que Bernardo debía ser un enano acondroplástico con un caso relativamente leve del padecimiento, las piernas no tan cortas, la cabeza no tan grande), bien filmado, pudo haberse convertido en leyenda.

—Y eso estuvo a punto de pasar, vieja: yo hubiese podido ser grande; pero para fines de los noventa todo terminó, el punto más alto en la trayectoria del porno argentino había quedado atrás y solo podíamos estrellarnos de cabeza contra la pampa o bajo el Riachuelo, pero había estado a punto.

Y ahora se refiere a él mismo, Bernardo Pistolita, y no al porno argentino, porque decía que *él* había estado a punto de llegar, de romperlo todo, de irse al norte, a Los Ángeles, para hacer miles de dólares tras cambiarse de nombre a algo en inglés, *Little Hammer*, por ejemplo, o por qué no *Little Bighorn*, más históricamente, un nombre que habían pensado para el eventual doblaje de la que terminó por ser su última película y también la más compleja, metaporno, podría decirse, ya que contaba la historia de un enano (yo, aclaró) que salía de la Villa (mentira, me crie en Caballito, clase media gorila y a mucha honra) y llegaba a los mejores estudios yanquis para cogerse a las divas de su era, la aristocracia del porno, Ginger Lynn, Traci Lords, Victoria Paris (el mejor culo) o Moana Pozzi (ah, la Pozzi, suspira Bernardo, llevándose los dedos en montoncito a los labios para hacer sonar un chasquido, *bocatto di cardinale*, ¿sabías que era espía de la KGB y la envenenaron con polonio?). Habían buscado chicas parecidas a las divas y no había sido nada fácil, todas tenían su estilo, sus maneras de moverse, sus movimientos *signature*, porque no era lo mismo cómo chupaba la pija Lynn Lemay, por ejemplo, que Jenna Jameson o Asia Carrera. *Pistolita da la talla* iba a ser el título, pero para 1998 era imposible: los costos, los recortes, y, si bien cabía pensar que la gente necesitaba entretenimiento simple y directo —ver gente cogiendo, como siempre—, una industria tan precaria no podía sobrevivir. La tecnología seguía ahí, dijo Bernardo, pero ¿quién tenía acceso?, ¿quién podía pagarlo, los aparatos en sí, la energía? Y qué decir de la manufacturación de los casetes, la impresión de las cubiertas, la distribución…

—Pero mirá qué futuro habríamos tenido, ¿eh? Yo leía mucho de pendejo, todo sobre futurología. Lo tenía clarísimo a Alvin Toffler, un crack, *La tercera ola, El shock del futuro* y *El cambio del poder,* porque en 1990 se podía tener miedo a todo lo que al final pasó, lo venían diciendo desde antes, no solo Alvin Toffler, también Asimov, Sagan… Pero antes que eso estaba el futuro, y qué lindo que era el futuro, che, las computadoras, los videojuegos… En fin, uno no puede dejar de pensar en qué habría pasado. Nostalgia del futuro que no fue.

Nostalgia del futuro que no fue, se repetirá Federico horas más tarde, en la camioneta, durante el viaje en silencio a través de los campos de molinos que separan al mundo de Pistolita del de los ricos, ese lugar que terminó de aprender a llamar el Valle, con resonancias místicas, mágicas, maravillosas: toda esa extensión sudamericana cercada por la maraña que cortó las rutas, que separó para siempre las ciudades. Y aparecían cosas extrañas, de pronto, en la noche de la historia. Era fácil imaginar que antes de la catástrofe el Valle había sido una megaciudad y después de la maraña todo había quedado en ruinas, excepto los pequeños núcleos, antiguos barrios devenidos pueblos, ciudades más discretas, separadas por caminos retrabajados día a día y paredes de maraña o bosques o selva. Pero después uno andaba por ahí, pensaba Federico Stahl, y no encontraba nada de eso, como si esa megaciudad sudamericana terminara por convertirse en un mundo paralelo dejado atrás, proyectado por la inmensidad de la catástrofe y la caída subsiguiente, nunca históricamente *real*. O quizás las ruinas sí estaban ahí, ocultas, y entonces reconocer ruinas de megaciudades en los contornos de los bosques y las colinas del Valle no era otra cosa que leer la presencia de los fantasmas, su encantamiento en los caminos, como huellas digitales de un mundo que se ha perdido para siempre.

—El pasado, llegado el momento —le dijo un día a Ramírez, que se rio como si todo hubiese sido un chiste, sin apartar la mirada de la carretera ni las manos del volante—, puede ser cualquier cosa, todas las posibilidades imaginables y no solo eso que nos dicen que pasó.

La respuesta, en realidad, se demoró unos cuantos días, hasta que Ramírez, malhumorado por una falla en el motor de la camioneta y tratando de no resignarse a que tendrían que hacer dedo para que los levantara algún grupito de hippies cazadores de ovnis, lo palmeó en la espalda con la peor de las malas ondas y le dijo:

—Qué cosa que un tipo tan capaz como usted, Descomunal, pueda vivir tan por fuera de la realidad. Da un poco de lástima, ¿vio?

Ahora son las tres de la tarde y se mantiene el mismo frío cristalino de la mañana; Ramírez respira profunda, teatralmente, esto sí que es aire, dice, algo bueno tuvo que salir de todo esto, una naturaleza recuperada, a salvo de la contaminación. Federico no entiende si se trata de otro juicio tardío sobre la catástrofe petrolera o si está hablando de la gira y sus vueltas, pero ¿quién podría saberlo y a quién debería importarle, a estas alturas? El plan original había sido demasiado lineal, demasiado optimista. Habían salido de la casa de Federico casi un año atrás; Ramírez lo había pasado a buscar en un micro, con espacio para más o menos todo lo que quisiera llevar. Incluso tenía un chofer, que se abrió de la gira cuando empezó a quedar claro que las cosas no iban a salir tan bien. Recorrieron pueblos, atravesaron fronteras, entraron al Valle, fueron y vinieron como una bolita de pinball (el símil había sido de Ramírez), haciendo más o menos el dinero justo para seguir pagando hoteles y etanol. Los lugares se llenaban, eso sí, pero eran pequeños, cien personas, ciento cincuenta como máximo.

—Toda esta gente entiende a la perfección qué es lo que estamos haciendo. Vos pensá que hay una generación completa, los que nacieron en 2004, 5, 6, que están cumpliendo veinte años y nunca en la puta vida escucharon un disco. Vos y yo somos melómanos, pero hay que tener en cuenta a toda esa gente a la que la música siempre le chupó un huevo y, como mucho, escuchaban los diez más pedidos en la radio, se acordaban de los tanguitos que oían sus padres o sus abuelos y, si son de *nuestra* generación —y Federico siempre sonreía cada vez que Ramírez (¿o era la historia misma, comprimida en retrospectiva?) se sacaba veinte años de encima—, de haber bailado de pendejos tal o cual bandita o el pop dorado de los ochenta. Eso y nada más, ¿me entendés? ¿Qué idea de la música pueden transmitir? ¿Quién se acuerda de Beethoven? ¿Quién tararea una melodía de Mozart? Por no decir nada de Dvořák o de Schumman, ¿no? Pero ahí es justo, justito, donde venimos nosotros. Vos podrías haber llegado a ser, quién sabe, un talento de la composición y un virtuoso del piano, pero ahora estás cumpliendo otra misión, ahora estás implicado en lo que realmente importa. ¿La música? Sin duda siempre fue importante. ¿El arte? Seguro, pero también vivíamos en una civilización donde el capital era tan vasto y fluía tanto que se podían permitir esas cosas, a costa del sufrimiento de las clases populares, con las que teníamos el mayor compromiso. ¿Los programas de humanidades de las universidades, cosas totalmente inútiles? Ahí entraba todo. El capitalismo lo pagaba, lo hacía posible. Pero ahora, ¿qué pasa ahora? Y de pronto no era tan inútil todo, o no lo era la música. La música es de las cosas importantes, y nosotros, a pequeña escala, a fuerza de brazo y de piernas, vamos pueblo tras pueblo, llevando las notas. Nosotros somos los que decimos bueno, la cosa se complicó, se volvió a la casilla cero, pero hay que seguir. Nosotros, y si no quién, la puta que los parió, oligarcas de mierda.

La tesis era siempre la misma, difusa siempre, incomprensible en ocasiones, reducible a un esquema simple y trivial la mayor parte de las veces, y Ramírez la repetía con pequeñas variaciones cada vez que buscaba el apoyo de los mafiosos del transporte. El aborto de la épica, pensaba Federico cuando lo oía declamar tan nobles objetivos.

Una vez, meses atrás, habían acudido a Hans Neumeyer, un alemán que había terminado en medio de la nada y en el culo del mundo, entre pueblo y pueblo, amasando una fortuna en cinco años.

—Y no se sabe por qué no se fue a la costa, ¿eh? —dijo Ramírez mientras recorrían la carretera, ya avanzada la noche, para la cita curiosamente pautada a las diez—, porque desde ahí, con todas las comodidades, igual podría dirigir lo que hace acá. Un misterio.

—A lo mejor cuenta con irse pronto.

—También puede ser. Tiene una hija y dos hijos, parece que la cosa de la sucesión no está del todo clara. Pero acordate, eso sí, de que no podés tocar nada estrambótico, ¿eh? Lo simple, lo básico. *Para Elisa, Marcha turca,* si querés un toque esotérico metele algo de Bach, de las suites de tu disco, o mejor lo más sencillo y tarareable. Si piden, bueno, ahí vemos. Se supone que puede estar la mujer, la hija.

—¿Alemanes? Puedo tocar Wagner o Brahms.

—Ni debe importarles que toques Wagner o Brahms o Beethoven porque son alemanes. Vos tocá lo clásico-clásico, lo que todo el mundo conoce, y tocalo bien… Bueno, qué te digo a vos que toques bien… Pero me entendiste.

Había entendido. Lo básico, con fuegos artificiales: ah, pero qué bien que toca este hombre. Ramírez siempre pedía lo mismo: en este pueblo del culo del mundo tocá los clásicos de lo clásico, dejá para otra oportunidad lucirte con algo raro. Y siempre añadía: pero tocalo de puta madre, y Federico exprimía todas las posibilidades del teclado que tuviera enfrente, pianos viejos de afinación dudosa, pianos verticales con olor a profesora de música, la sorpresa de un media cola fuera de lugar en un pueblo de río, entre las ruinas de lo que alguna vez, no hacía tanto tiempo, debió ser una ciudad. Y algún día, pensaba siempre Federico, se toparía con un Steinwey, un Bösendorfer Imperial, negro como un sarcófago, y los imaginaba siempre del mismo modo, con la maleza crecida en derredor, pianos que habían sobrevivido a la catástrofe (¿y cómo sería, después de todo, tocar en un piano hecho de maraña, esculpido en la maraña?), pero que habían empezado a ser conquistados por la naturaleza. ¿Y eso se abría camino hasta el sonido, hasta los martillos y las cuerdas? Claro que sí, pero él, como hacía siempre, le encontraría en cuestión de minutos los problemas, las afinaciones endebles, las limitaciones, los viajes microtonales, las resonancias verdes, los desórdenes de esos mundos sonoros y la entropía en el registro agudo o la expansión del registro grave; y se las arreglaría para adaptarse, para aprovechar esos límites, explotarlos en beneficio del sonido, eligiendo las piezas, permitiéndose indulgencias, impurezas, contaminaciones, porque quizá, y qué placer sería, alguien del público podría abordarlo en plan purista: ah, pero en épocas de Mozart los pianoforte no podían…

Había que entrar por un camino privado, que se abría de la carretera entre muros de arbustos para meterse en la oscuridad más densa. La casa no estaba muy lejos, en medio de un círculo de sauces y cipreses, recortada contra un cielo expresionista alemán. Un pequeño castillo, de hecho, con antorchas y todo. Eran las nueve y media, así que habían llegado temprano. Adentro había una fiesta, a juzgar por las luces que parpadeaban en las ventanas, pero los que bailaban ciegamente en los salones podían ser monstruos o fantasmas. Qué gasto, qué gasto, repitió Ramírez mientras se bajaban del micro, embelesado de pies a cabeza.

—Porque uno puede ser de izquierda, pero hay que ser un tarado para pensar que por eso uno debe prohibirse las cosas buenas… ¿Eh, Descomunal?

Un portero salió a recibirlos, indumentaria medieval y todo. Los hizo rodear la casa hasta una entrada de servicio y les pidió que esperaran en lo que parecía una cocina vacía y oscura, de paredes de revoque grueso y gris. No estaban solos. Afuera había un fondo vasto y vacío, enmarcado por las curvas de árboles más negros que la noche. Ramírez saludó de inmediato al hombre sentado ante una mesa con una jarra de jugo de naranja y un plato con un sándwich. Federico sintió un escalofrío: el hombre, que parecía unos años mayor que Ramírez, estaba disfrazado de Michael Jackson, pero no del Michael Jackson de *Thriller* o del Michael Jackson de *Bad*, sino del Michael Jackson de la visita a Ronald Reagan en 1984: chaqueta militar, banda dorada y charreteras, más el guante blanco en la mano derecha y los mocasines con polainas. El hombre parecía agotado, además, a punto de dormirse allí, sobre la mesa, pero devolvió el saludo con algo parecido a la alegría, mirando a Ramírez por encima de los lentes de sol. Tenía las manos sobre un mapa que parecía impreso en papel de diario o, mejor, que parecía haber sido impreso décadas atrás en papel de diario, y sobre uno de sus costados descansaba una bolsa cilíndrica de la que salía una nube de algodón amarillento. Ahora bien, de no haber sido por la piel extremadamente blanca y arrugada, el parecido entre el viejo y Michael Jackson habría sido notable. Pero era también un dictador centroamericano, un Noriega, un Somoza, imitado por un cantante y bailarín del pop global ochentero, imitado a su vez por un hombre viejo y blanco sobre el que pesaba entero el glorioso siglo XX de Lem, apresurado hacia su ápice, que fue también su final. El hombre parecía tener la misma edad que habría tenido Michael Jackson si no se hubiese suicidado en 1998, y Federico diría después, mientras Ramírez manejaba de madrugada hacia el hotel, que verlo había sido como estar en medio de una de aquellas leyendas de avistamientos de Elvis. Mirá si no murió, le respondió Ramírez, mirá si Michael Jackson terminó acá, en el Valle.

—Siéntense, ya les van a traer algo para comer.

—Gracias —dijo Ramírez y se sentó.

Federico se quedó de pie, mirando hacia afuera. Dos empleados de la casa habían encendido poderosos reflectores que iluminaban los árboles con luz verde, aplastante, y Federico pensó en las hojas y helechos prensados en las enciclopedias de su tío abuelo Hilario, tantos años atrás.

—¿Usted es el pianista?

La voz era suave y algo cascada, igual que la del concebible Michael Jackson septuagenario. Federico asintió y trató de precisar qué territorio representaba aquel mapa.

—Es admirable. Yo siempre quise aprender, ¿sabe? Tocar un instrumento, componer algo como Maicol, poder proponerle a la gente cosas nuevas, pero ya me ve, acá estoy.

—¡Negro! —se escuchó un grito desde adentro de la casa.

—Ahí me están llamando, pero que esperen, a mí me encantaría poder conversar con usted.

Sacó una caja de metal del bolsillo derecho de la casaca militar y la abrió sobre la mesa. Después arrancó una bola de algodón del paquete y empezó a meterla en la caja en un movimiento de vaivén, como quien moja un bizcocho en el café con leche. Federico sintió que ante sus ojos estaba aconteciendo un truco de magia, con cartas o con copas y monedas o algo por el estilo, y se acercó más o menos inconscientemente, tanto que, mientras el viejo se pasaba por la cara el algodón tiznado de marrón, pudo leer las letras que formaban la palabra *el Valle*, evidentemente manuscritas.

Mientras seguía con su camuflaje, el viejo hablaba de música, de Quincy Jones, de Motown, del solo de Eddie Van Halen. Pero Federico, saciada su curiosidad inicial con respecto al mapa, se dejó fascinar por la transformación que borraba el tiempo con maquillaje y hacía aparecer, desde un sustrato blanco y arrugado, la piel tersa y oscura del Michael Jackson de 1984; y debía haber algo más —una propiedad neuroquímica, nutriente, antientrópica— en uno de los componentes de aquel polvillo, ahora absorbido por la piel, distribuido por la sangre y los nervios de imitador para renovarle los movimientos, el brío de su mera presencia, la determinación de su voz, que hablaba de amores perdidos y de las casitas en un barrio remoto. Entonces se levantó, como un golpe de rayo. Gritó uno de esos auillíditos de Jacko, se llevó la mano a la entrepierna y se dobló una vez, dos veces, rítmicamente, para retroceder/avanzar en una *moonwalk* perfecta por los pasillos de la casa, hasta que lo recibieron con aplausos de entusiasmo. La música sonó fuerte. Si alguien estaba tocándola en vivo, el simulacro era perfecto; si no, quizá todavía perduraban allí los viejos discos o cintas de los ochenta. Y el imitador de Michael Jackson hizo su rutina ante las mujeres y los hombres, jóvenes y viejos, que lo acompañaron en su baile, aplaudiendo, moviéndose, rodeándolo, festejándole los saltos, los gritos, el pulso rítmico duro de sus caderas, «Beat It», «Billie Jean», «Don't Stop Till You Get Enough».

—Ni se te ocurra. —Federico miró a Ramírez, cuya sonrisa de tiburón resplandecía en la luz negra, dientes azulados, fantasmales—. Ya te veo tocando «La Bestia Pop», «Modern Love», «Take On Me»… Ni se te ocurra. Solo clásicos. Esta gente espera a Michael Jackson cuando está Michael Jackson; si estás vos, es Mozart y Beethoven.

Después Federico se vengó de la orden de Ramírez improvisando un contrapunto sobre el *riff* de «Sweet Child O'Mine» en medio de una partita de Bach, pero nadie se dio cuenta. Era otro público, a todos los efectos. Se habían sentado en sus mesas y bebían con impostada delicadeza de sus copas de vino blanco, mientras la servidumbre renovaba sus bandejas de canapés. Y si el imitador de Michael Jackson había logrado la mutación perfecta entre su vejez arruinada y el cuerpo hiperelástico del cantante ochentero, ahora la misma magia había convocado a aquel público capaz de pensarse refinado e intelectual, aunque después otro cambio en la música, a las dos o tres de la mañana, hizo levantarse de sus sillas a los bailarines repentinos de plena o de cumbia. Federico, al dejar la mansión, esta vez por la puerta principal y extraordinariamente borracho, fue capaz de darse vuelta, como Orfeo o la mujer de Lot, para deslumbrarse con la visión esplendorosa de una fiesta veneciana, orgiástica y enmascarada a la luz creciente del alba, mientras, en las mazmorras del sótano, el dueño de casa y sus hijas desangraban una cabra en el centro de un misterio mitraico. Y pensó que podría volver, que podría proyectar también ese mundo, regresar a la mansión y sentarse ante un archicémbalo de Nicola Vicentino para tocar su propio arreglo de alguno de los madrigales de Gesualdo o la *passacaglia* en sol menor con que culmina el ciclo de los *Misterios* de Biber.

Ramírez, mientras tanto, había logrado su objetivo: la contratación de transportes y combustibles a cambio de un porcentaje que jamás reveló a Federico y la promesa de otros tantos conciertos en la zona.

—Capaz que tenés que tocar acá un par de veces más. Y por un par quiero decir cinco o seis, ¿eh, Descomunal? Pero gracias a esta chance que tiene usted de hacerse un poco el payaso con Guns N'Roses para que nadie entienda nada, vamos a poder extender la gira con mucha más comodidad.

—¿Y va a venir Michael Jackson también?

Después recordaría un episodio previo al estallido de la cumbia, que involucró a la hija de Neumeyer rodeada por gigantescas fisiculturistas cuyos nombres, por alguna razón, eran fáciles de retener: Shauna y Dzuba. En medio de una discusión entre la hija de Neumeyer y dos hombres muy altos y muy rubios, las guardaespaldas se volcaron a un despliegue de fuerza por el que derrotaban en pulseadas a otros tantos guardaespaldas hombres, los golpeaban, los masacraban eróticamente contra sus pechos tensos e hinchados. Y uno de los rubios, enojadísimo, decía, o más bien gritaba, que con guardaespaldas así nada iba a detenerla, que allí estaba la legítima sucesora de su padre; aunque los otros hijos, los hijos varones, que a veces decían llamarse Parhypate y Lichanos (o así creyó entender Federico), ya iban a pretender derribarla, envenenarla, encerrarla en quién sabe qué sótano o altillo y allí, si ella lograba imponerse y escapar, habría guerra en el Valle y todo sería convocado en un Ragnarok de piratas del camino, sicarios y quizá incluso ninjas. El imitador de Michael Jackson también estaba en la escena, hablando de los ochenta y de cómo había sido el Valle en aquellas épocas. Ramírez reía a carcajadas y el dueño de casa, pelado, gordo y puto a la manera de la aristocracia gay sesentera, los saludaba dos o tres veces, feliz y admirado, agitando en el aire las uñas pintadas de verde escarabajo sagrado y parpadeando los ojos delineados como los de Aleister Crowley en una ceremonia ridícula y siniestra.

Nostalgia de un futuro que no fue: semanas más tarde, en la ruta, perdido en el centro de otra mañana de aluminio, Federico pensará en Bernardo y en el imitador de Michael Jackson, mientras la bañadera avanza hacia el crepúsculo verde y violeta, como en una película lisérgica jamás estrenada en el cine comercial. Y en ese momento Ramírez se pondrá a hablar de la revolución y los dedos de Federico repasarán la digitación de una fuga sobre el caucho de la guantera, esa misma fuga que no va a tocar esa noche en otro pueblo de mierda perdido en el Valle, y quizá esa vez sí un Bösendorfer, quizá esa vez sí se quedará a bailar, un rato al menos, para que la mujer fea y flaca que recién hacía un rato se apretaba contra su cuerpo le dijera ya te vas, justo ahora, cuando empieza a ponerse mejor.

3

Mucho tiempo después, Federico pensaría en su vida sedentaria, hecha añicos por la colisión con el nomadismo modernista de Ramírez. Valeria había alcanzado a contarle algo de su historia, lo que ella sabía o había armado con paciencia, pero no era suficiente. ¿Dónde lo había conocido, en realidad, y bajo qué circunstancias? Una tarde, simplemente, le habló de él. Su trayectoria se había cruzado siempre con la de gente rara: Lorena, por ejemplo, que tocaba la guitarra con un virtuosismo que siempre asombró a Federico, o aquel tal Mantarelli, que pasó casi dos horas una noche explicándole a Federico sus teorías sobre la conspiración del (falso) fin del petróleo. Pero hay que admitir que Ramírez no parecía ese tipo de gente rara, sino otro tipo de personaje de la colección de Valeria: un payaso o una modulación de la idea del payaso, quizá un arlequín desenfrenado que agredía la tendencia de Federico al equilibrio. Se configuraban así dos polos: la tristeza, la rabia aplacada y amarga, por un lado, y el viaje y la acción, por otro; solo cabía esperar que, como es inevitable, los sanchos se aquijotaran y los quijotes se asancharan. Y eso también se llama *entropía*.

Federico conoció a Ramírez el día exacto en que se cumplían cinco años de la muerte de su padre, y no iba a ser fácil escapar a esa sincronicidad. Pero el padre de Federico, a diferencia de su hijo —quien había caminado toda su vida como si careciera de peso, con el centro de gravedad demasiado alto, nervioso y de expansión voluble—, fue siempre un bloque: duro y compacto, y por eso tan fácilmente quebrable. Su historia, por tanto, era la de esa grieta prolongada, la de esos pedazos que se le fueron cayendo mientras caminaba por los pasillos de una casa que nunca había sido suya, abandonados después del virus, de la enfermedad y la locura: aquí este recuerdo congelado, allá el diorama de aquellos días, acá este otro pedazo de tiempo desgajado, inerte, incapaz de echar raíces y hacer brotar plantas u hongos. Eran los órganos de una vida, sus épocas, sus estratos. Ramírez, en cambio, era un enjambre de texturas y densidades distintas, una novela autobiográfica incompleta, sin índice ni clave. En un principio, Federico había sentido que la mejor imagen para describirlo era la de un tomo vuelto a encuadernar, en un proceso en el que se habían perdido algunas páginas y que además había dejado como resultado un libro en el que nada había sido reunido en el orden correcto: la tapa debía ser ajena a las páginas y su discurso, o quizá un pedazo de cartón en el que había sido pegada una imitación de la tapa original, más un lomo confeccionado de la misma manera y una contratapa igualmente falsa, para que todo armara un artefacto de agujeros o túneles que no terminaba de contar una historia. Aunque Federico se había esforzado en contarla, en contársela para sí. ¿Cómo evitarlo, después de todo? Había que hablar, sobrellevar esos viajes larguísimos por carreteras horribles en bañaderas, combis, autos o camionetas que olían a ginebra, a pasto podrido.

Federico hablaba y el sentido de lo dicho venía después, cuando paraban el auto y todo se aquietaba en el tiempo más lento del final de la tarde (ah, y yo le dije que…, y quizá debí decir…), esas noches a las que se entraba como a un desierto en paradores de ruta cuidados por perros a los que les faltaba una pata, en moteles, en campings oscurecidos. Y después Ramírez dejaba a Federico en un hotel, desaparecía y regresaba al día siguiente, lo pasaba a buscar durante el desayuno o poco antes del almuerzo, le hablaba de planes nuevos, de finanzas a las que siempre podía encontrárseles la vuelta. Hablaba con gente de AMRITA, la empresa de transportes de Neumeyer, para la que había trabajado no quedaba claro cuándo, años atrás; o se encontraba con mecenas de las artes, como los llamaba, siempre dispuestos a invitar a Federico a sus casas para que tocara ante las tías y sus niños. Así iban juntando sus dineros, nunca demasiado, apenas suficientes. Pero siempre estaban las cuentas: daba para esto y para aquello, iban a ganar tanto más o habían ganado tanto menos, y siempre sería mejor después. ¿Pero qué quería Ramírez en realidad? Esas páginas centrales habían sido omitidas por el encuadernador. A veces parecía que no necesitaba nada más que los oídos de Federico, público resumido en aquel pianista virtuoso. O había que creerle cuando daba a entender que él mismo creía en su cruzada restauradora. Pero si había una explicación, si algunas páginas alguna vez la habían detallado, seguramente el proceso de encuadernación había hecho de ellas un libro aparte, como un tratado filosófico cuyos capítulos más o menos independientes podrían publicarse por separado y bajo títulos sugerentes.

Durante uno de esos primeros viajes, Federico habló de su padre. Contó del velorio breve y del entierro. Allí había estado su primo, con su hijo pequeño y su esposa, y no más de un par de amigos a quienes llevaba demasiado tiempo sin ver. Uno de ellos, Adrián, lo llevó de vuelta a su casa, y en el camino hablaron de otras tantas muertes. Él había sido adoptado y en algún momento de su adolescencia llegó a conocer a su madre biológica, con quien desarrolló una relación tan distante como persistente. La mujer se mudaba todo el tiempo, de un barrio carenciado a otro más difícil. A veces Adrián llevaba meses sin saber de ella; pasaba de ganar unos pesos vendiendo porro y de vivir en una pieza al fondo de lo de una amiga, a compartir un rancho de lata con su nueva pareja, a la vez que se las arreglaba siempre para dar techo a sus hijos y sus nietos. Pero en 2013 se suicidó uno de los hijos más chicos, contó Adrián en el auto, y la madre cayó en una depresión tremenda. Esas fueron las palabras elegidas por Adrián. Su madre además no podía medicarse, porque los psicofármacos eran demasiado caros y no tenía acceso a terapia alguna, excepto la improvisada por su familia y sus amigas. Adrián, no sin cierta vergüenza, confesó que se había mantenido al margen, que no había podido lidiar con la situación. Había entendido que era un fantasma en la vida de su madre biológica; aparecía y desaparecía, tanto como ella aparecía y desaparecía de la suya. Pero los otros hijos, sus medio hermanos, estaban plantados en ese fondo como pinos altos y flacos. Nadie en esa familia había muerto por el virus; habían resistido en sus barrios de la periferia, en sus casas de un ambiente y techo de chapa. Y Adrián agregó que eso le parecía admirable.

—¿Quiénes murieron, ponete a pensar? No los más ricos, que pudieron siempre pagarse toda cura que saliera por la ventana de un laboratorio chino, ni los más pobres, que en realidad se las arreglan siempre, inmunizados a todo. Murió la clase media, uno por uno, o terminaron como tu viejo.

Después Federico descubrió que a sus treinta y ocho años estaba solo, como si hubiese llegado a sentarse en el fondo de una piscina, entre murmullos apenas audibles. Su padre era un desaparecido más: de un día para otro, todos aquellos pedazos de su vida se habían desvanecido y la casa —aquella casa de los abuelos, aquella casa a la que Federico y sus padres habían sido invitados a vivir— se había vaciado como después de una mudanza. Pero Federico no pudo sino sentirse más real, en lugar de volverse él también un fantasma. Claro que los fantasmas están en esos vacíos y se alimentan de los vivos y los vuelven fantasmas a su vez, cada día un poco más. Así, Federico podía haber nutrido día tras día, semana tras semana y año tras año aquel fantasma de su padre, y quizá lo hizo, hasta que la partida junto a Ramírez lo arrancó de las paredes blancas y lo obligó a volver a aquella idea de su padre como cosa sólida, un hombre resuelto, cerrado sobre sí mismo como un personaje de novela. Cosa que él también deseó ser, como si también fuese evidente que no hay salida de ese proceso tan mentado por el que terminamos reconociendo a nuestros padres o nuestras madres al mirarnos en el espejo. Y será por eso que Federico quiso entenderse sólido y solitario. Su padre había pasado buena parte de la locura sin hacer otra cosa que pequeños dibujos en las paredes, parecidos a pinturas rupestres, que repasaba día tras día o contemplaba durante horas. A veces añadía una línea aquí y otra allá, un trazo más al mamut o al cazador, y en ese proceso a veces los dibujos dejaban de representar o representaban monstruos, cosas incomprensibles. Federico siempre terminaba pensando que podía tratarse del despliegue de un alfabeto, pero no había cómo avanzar en esa dirección. Muerto su padre, los dibujos llegaron a decirle todavía menos: era como si no estuvieran allí. Él caminaba por la casa sin mirarlos y con una taza de té en la mano, esperando a que llegaran sus alumnos de piano, y se sentaba ante el teclado, abría la tapa y olía el perfume de las teclas, el «olor a vieja», como le había dicho Agustina aquella vez, poco después de que se conocieran.

—Ahora entiendo por qué: siempre me pareció que vos olías a vieja, a casa de vieja, y ahora que vengo a tu casa me doy cuenta de que ese es el olor que hay acá, en todas partes.

—Pero yo también lo siento, es como si brotara del piano.

La casa de Agustina no olía a vieja ni a piano, sino a los sahumerios que encendía la madre, una exhippie que solo decía sentirse *a pleno* en las playas de Rocha, en el área de influencia de Punta de Piedra, o a la grasa de motor con la que trabajaba el padre en su taller mecánico, pegado a la casa. Y eran también personajes de una novela montevideana, conocedores de la filogenia de las murgas y los recorridos en el paisaje histórico uruguayo de las comparsas de negros y lubolos. Federico no dejaba de maravillarse ante la capacidad de esa familia —numerosa, por cierto, llena de primos, de tíos abuelos, de vecinos que habían compartido crianza, de hijos adoptados por el corazón, como decían ellos mismos— para ser feliz o al menos comportarse de esa manera que Federico, por contraste con la sobriedad de su familia, tendía a entender como una forma de la felicidad. Una felicidad ruidosa, sin duda, pero capaz de dar todo de sí y de irradiar a metros a la redonda, como el aura mágica de un personaje de videojuego; aunque a él no lo afectara, por supuesto, con su humor de gimnopedia lenta y grave.

Pero si Federico leía los signos de la felicidad en la familia de Agustina, esa lectura lo recortaba, lo ponía al margen, incapaz de divertirse. Pasaba siempre los sábados: Federico llegaba a las siete de la tarde y encontraba la música a todo volumen, los preparativos para el asado, los vecinos que entraban y salían de la casa y lo saludaban como al pariente raro, pero no por ello menos adorable, y él quería siempre poner la mejor de las expresiones, la mejor de las actitudes, aunque rara vez lo lograra. ¿Por qué tenía que superarlo de esa manera la tarea?, ¿por qué tenía que ser *tan* difícil? Se lo preguntaba todo el tiempo. ¿Por qué la música tropical lo ponía de tan mal humor o lo arrinconaba contra la necesidad de vencer esa tendencia primaria, esa reacción fosilizada de fruncir el ceño y desear que no se pusieran a bailar, a gritar, a tomarse el pelo? ¿Era un problema de clase, como le querría explicar Valeria años más tarde?, ¿o había algo más, algo de estirpe, algo genético?

Lo peor había sido aquella fiesta de Año Nuevo, el final de 1997. Federico había logrado que le prestaran la vieja camioneta del abuelo, y llegó a la una menos cinco, después de brindar en su casa, mirar el reloj y ponerse impaciente. En lo de Agustina habían conseguido unos parlantes gigantescos, que plantaron en el jardín mientras el padre alimentaba el fuego de un mediotanque para asar serie tras serie de chorizos. Había también una mesa de metal, madera y cárnica sobre la que habían dispuesto los panes, la mayonesa, el chimichurri, el tomate y la lechuga, ante lo que se esforzaba la madre, ya notoriamente borracha. De la música se encargaba el hermano de Agustina y uno de sus amigos del barrio, que intercalaban tropical de fines de los ochenta o principios de los noventa con rock argentino. Pronto sonaron las lentas y Federico creyó entender —en esa burda simplificación de la escena que terminaba por volverse su única manera de entender ciertas interacciones sociales— que todos esperaban que sacara a bailar a su novia, que si no lo hacía sería uno de los deplorables del barrio quien lo hiciera, mientras todos, todos, todos lo miraban a él, hombrecito deficiente y medio tarado, esperando que se decidiera, que pusiera fin a la situación, quizá, por qué no, llevando la cosa a los golpes.

Pero había que bailar, y así se compuso la escena mentalmente: lo haría mal, sin ritmo, sin gracia. Y ahí sí que uno de los bárbaros le arrancaría a su novia de las manos y él *seguramente* tendría que soportar la escena y, peor, tendría que sobrellevar la idea de que Agustina se riera de sus estupideces de primate macho, de su amargura de rata, y se confirmaría una vez más como parte de su familia, capaz de esa forma de felicidad y ligereza que a él, homínido demasiado consciente de sí, le estaba vedada. Podía beber, eso sí, pero el vino no le gustaba y la cerveza lo afectaba enseguida y lo ponía de peor humor. El padre le traía whiskys y trataba de arrimarlo al mediotanque, pedirle que lo ayudara y ponerlo a cargo de los chorizos, o la madre intentaba el mismo recurso pidiéndole que se encargara de la mesa del pan y los complementos. Pero enseguida aparecía alguien de la familia a protestar, a señalar que así no podían tratar «al invitado», por lo que Federico se veía de nuevo a la deriva entre los cuerpos que bailaban y se paraba ante Agustina para tratar de imitarle los movimientos (un momento: quizá no es así cómo bailan los hombres) en medio de una canción de Karibe con K o Sonora Borinquen, con las que se distraía buscando las armonías, los polirritmos de la percusión y algún arreglo interesante. Porque no podía apagarse, entendió, no podía dejar de ser quien le habían dicho que era: el niño prodigio del piano, que tocaba música de vanguardia y que tocaba a Frescobaldi y Couperin y que vivía, respiraba y se fundía con la música. Con esa otra música, al menos.

Había días en que era más fácil. Si no había música ni baile, si se limitaban a cenar conversando de cualquier tema imaginable, Federico podía sentir que se acercaba a sus propias formas de la felicidad. El padre de Agustina le preguntaba por su abuelo, a quien había conocido años atrás en Punta de Piedra, y Federico repasaba —porque sabía que así complacería a su público— todas aquellas teorías conspirativas sobre la oligarquía y el petróleo y cómo generación tras generación de políticos corruptos y aliados del gran capital habían arruinado Uruguay y saqueado sus riquezas en secreto. Al padre de Agustina le encantaban esas hipótesis y a su manera las creía tanto como el abuelo de Federico. Eran, después de todo, la solución al problema de Uruguay, lo demostraban como un país válido, usurpado de su futuro, pero en última instancia esencialmente vivo.

No mucho después, esos discursos sobre el petróleo adquirirían un nuevo significado. Una tarde, en la carretera, Federico le contó a Ramírez las hipótesis de su abuelo y todas aquellas obsesiones de sobremesa. Resultó que Ramírez las conocía bien: sabía del Pozo de los Olímpicos en las afueras de Punta de Piedra y del presunto fracaso de las excavaciones durante la dictadura de Terra. Uruguay siempre había tenido petróleo, por supuesto, y ese petróleo hubiese significado la entrada del país a la modernidad industrial, al Primer Mundo, por qué no. Una verdadera Suiza de América, que ya no dependería de los grandes flujos económicos del mundo, de los imperios. Un Uruguay que no se vería reducido jamás a la crianza de vacas, a su extremo sur de la cadena imperialista o a su conversión en un montón de tierra, pasto, vacas, peones y cuatro o cinco familias que se llevaban todo el dinero a los países de verdad. El Uruguay que debía ser, el que la clase dominante, los oligarcas de mierda, aliados del Fondo Monetario Internacional y el Banco Mundial y del imperialismo yanqui nos habían usurpado a nosotros, el pueblo.

—Y ahora nos tenemos que preguntar…: ¿qué pasaría si el petróleo estuviese allí ahora mismo, todavía ahí? Si pudiéramos excavar y sacarlo, y de pronto Uruguay se convirtiese en el primer productor de petróleo del mundo, ¿eh? ¿Qué pasaría, Descomunal? Usted vería que su abuelo, al que toma por un viejo loco de las conspiraciones, en realidad tenía razón. ¿No le gustaría eso, ver vindicado el delirio de su antepasado? —Federico sonrió con tristeza—. ¿Y si el agotamiento del petróleo fuera otra mentira? ¿Y si el caso de Uruguay no fuera el único?, ¿y si en todo el mundo hubiera petróleo? ¿Y si los combustibles fósiles no se agotasen? Es más, ¿y si ya estuvieran extrayéndolo en secreto?

Ramírez empezó a hablar de un científico llamado Thomas Gold. En los años cincuenta, contó, Gold propuso un modelo inorgánico para el origen del petróleo. Según su teoría, eran los minerales presentes en la corteza terrestre los que producían los hidrocarburos bajo ciertas circunstancias de temperatura y presión, y no aquellos restos orgánicos compactados y cocidos por la deriva tectónica.

—Pero la ciencia corporativa lo bloqueó siempre y, por eso, si se buscaba información sobre la teoría de Gold, lo único que aparecía eran advertencias de que «la comunidad científica» no compartía esas ideas. Incluso, una vez, un geólogo argentino me dijo que Gold tenía algo de razón, pero que los hidrocarburos que se formaban inorgánicamente eran escasos, de bajo valor y difíciles de extraer. ¿No lo ve, Descomunal? Es el mismo argumento que con el petróleo uruguayo. Tu abuelo tenía razón, querido: ahí siempre cagaron al pueblo.

Y añadió que, más adelante en el viaje, seguramente llegarían a conocer a Enrique Wollfig, un amigo suyo, lobo estepario de la ciencia académica, que había investigado sobre el tema.

Después Federico intentaría imaginar a Ramírez como un *prospector*, uno de esos buscadores de minerales que fueron atraídos al Klondike en todas aquellas historias de la Fiebre del Oro. O, mejor, como uno de esos dementes de los detectores de metales que recorrían la playa de Punta de Piedra porque habían oído que, tantos años atrás, habían naufragado barcos cargados de tesoros y que los Mendizábal —la familia que fundó el Pueblo Nuevo y convirtió a Punta de Piedra en algo más que un puñado de casitas de pescadores— habían enterrado cofres con oro y joyas en la década de los sesenta. Un hombre tan gastado por la intemperie como incansable, tan amargo como feliz. Iba de pueblo en pueblo con sus máquinas, olía la tierra, miraba las plantas, probaba los frutos, el olor de las flores, el gusto del agua y de la miel. Quién sabe. La máquina nómada, dando vuelta el suelo, poniendo arriba lo que estaba abajo. Debía haber gente así, después de todo, gente tan diferente a él como lo había sido la familia de Agustina.

En esta historia, entonces, Ramírez recorría las ruinas de los estados en busca de esas claves del petróleo oculto capaces de poner en marcha, una vez más, los motores del Gran Proyecto de lo Humano. La gira, claramente, era su pretexto para moverse y la fuente de recursos para no detenerse jamás. Federico, por su parte, se había visto arrancado de su propia vida por esa máquina nómada; eso debía ser parte de la historia omitida (o ignorada) por Valeria: Ramírez como un superviviente del viejo orden que no puede hacer otra cosa que vagar por las islas del nuevo, incapaz de asentarse, de perdurar, como Federico, en las mansiones del pasado.

Ramírez, una vez más, se aparecía como un *antifederico*, un reverso exacto, complementario, que además se las había arreglado para arrancarlo del fondo de la casa y sus fantasmas y lanzarlo al camino. Había ganado de antemano, cabía pensar, aunque concierto tras concierto las cuentas empezaran a ponerse más magras y los planes de tocar en la costa no se concretasen. Federico se repetía entonces que esa vida errante debía ser mejor que la anterior, porque nada podía ser más terrible que persistir en sus tardes de Montevideo, solo en su casa, envejeciendo sin hijos ni obra, paseándose por el tiempo empozado en las habitaciones a oscuras, esas tardes en que se sentaba en el sillón del living, miraba las cortinas anaranjadas de la ventana que daba al oeste y se abstraía de todo lo que no fuese la luz oblicua que iluminaba las motas de polvo en el aire, tan lentas como su tiempo, tan suspendidas en la casa como él mismo. Podría haber seguido así, podría haber persistido, haber retrocedido progresivamente hacia la misma nada en que se habían convertido su padre, su madre y su abuela, muertas por el virus, su abuelo, acabado por un cáncer antes de que todo se fuera al demonio. Y quizá allí emergerían los fantasmas, que esperaban a Federico como si su aparición en el dominio de esa desvida fuese la chispa que necesitaban para manifestarse, para encantar aquella casa y aparecérseles a los dueños futuros años más tarde, hacer sonar el piano en las madrugadas (quizá ahora sí las *Goldberg*), torcer los cuadros, arrastrar los pies por las alfombras, cerrar de golpe la puerta cancel y fijar a las paredes el olor a vieja, a las teclas del piano, mientras afuera el mundo seguía adelante y hacia ninguna parte. ¿Escuchaste eso? Los niños se asustan, ven algo en la rendija de la puerta entreabierta, un movimiento, un soplo, una distorsión en la luz. Mamá, papá, ¿vieron eso? Y los padres quizá sí vieron algo, no pueden descartarlo del todo, o quizá la llamada de los niños los despertó y no atinaron a otra cosa que a contestar con fastidio no, nena, no es nada, es esta casa vieja, es el viento, es la lluvia, volvé a acostarte, no asustes a tu hermano, vas a ver cómo te dormís enseguida si te quedás quietita. Pero la niña no se mueve. Está clavada en la puerta del cuarto de los padres y, para colmo, el hermanito también se ha despertado y se aparece él también con su osito en la mano, como en las viejas películas, arrastrándolo por el suelo. Mamá se levanta, finalmente; se pone un buzo sobre los hombros porque hace frío (un frío algo peculiar, después de todo, inesperado) y lleva a los niños a uno de los cuartos, los deja dormir juntos, en la misma cama, y les improvisa un cuento. No tardan en dormirse, así que apaga la lámpara de la mesita de luz y deja encendida la veladora. Pasa por el baño o toma un vaso de agua, recorre la casa sin saber por qué, quizá más dormida de lo que supone, y está por entrar a su cuarto cuando cree ver algo, un movimiento con bordes plateados, una zona de aire translúcido, un dibujo cristalino como de pintura rupestre, que ha aparecido en una de las paredes. Pero decide que no importa, que no estaría mal vivir en una casa encantada. Después de todo, eso haría más interesante la vida. Quizá, piensa, mientras se acuesta y mira a su marido dormido, tendrán más historias para contar.

4

Comenzó como un chasquido, se repitió, ensayó reverbe-
raciones y ecos, se estabilizó en un tableteo, un golpecito
recurrente que le fruncía el ceño a Ramírez mientras
manejaba con Federico sentado a su lado, codo apoyado
en el borde de la ventanilla, contando los árboles que
pasaban, los molinos en la lejanía como pequeñas velas
blancas y las llamas de la tarde abierta, y pronto hubo
que parar. El paisaje se desenvolvió apenas pusieron los
pies en la carretera, vaciado de cosas, hecho de las mismas
cosas, pero más remotas y espaciadas. Entonces Federico
buscaba algo en el horizonte y sabía que lo que pasaba
con el motor escapaba por completo a sus conocimientos
y también a los de Ramírez, que había abierto el capó
y retrocedido de golpe, como si el olor que manaba del
motor le hubiese pegado una patada en la boca. Qué
porquería, dijo, y Federico se acercó a mirar lo que no
iba a entender.

—Igual aguanta unos quilómetros más; no le va a
hacer bien, pero acá no podemos quedarnos.

Por suerte no estaban lejos de un pueblo, podía ser
Penurias, Miserias, Mercedes, cualquier nombre daría lo
mismo, aunque pronto sabrían, o sabría Federico, que
había algo más en la historia que estaba a punto de

fagocitarlos. Para empezar, el pueblo —un pueblo que había sido de frontera cuando había ahí una frontera, desaparecida ahora, movida quién sabe hacia dónde, pero presente como fantasma, la marca o imagen indudable de una frontera en un pueblo polvoriento, con sus calles llenas de bosta, árboles terrosos y niños que juegan a la pelota todo el día, todos los días, con las rodillas mugrientas, los pelos enmarañados y las remeras teñidas de sepia, vestidos siempre de esas fotos viejas en las que siempre hay un muerto mantenido en la postura de quien se durmió una siestita en el sofá— parecía más hondo que los que llevaban meses visitando, como si sus calles, plazas, casas y edificios hubiesen sido arrojados a un cráter y se acomodaran en un orden emergente que evoca la pauta de la gravedad, las cosas más grandes en el centro, alrededor de una plaza curiosamente cerrada por rejas, las más pequeñas en dispersión concéntrica. En cualquier otra parte los habrían visto a los dos caminar por la calle principal, un poco fuera de foco y con andar cansado, como si buscaran dónde anunciar un concierto, dónde dar con un piano y un escenario, el promotor y la estrella, el mánager y el luchador veterano, gordo y abombado. Ahora, sin embargo, los miraban como si no hubiera manera de hacerlos encajar en el mundo.

Se separaron en ese punto más hondo, que bien podía haber sido el fondo de un mar muerto o el centro de una salina. Ramírez murmuró algo sobre Neumeyer y salió en busca de un mecánico. Federico entró a la plaza atravesando un portón altísimo, de metal pintado de verde y decorado con motivos aviares, solo que quizá no aves de este planeta, pensó, aunque no se podía desestimar la torpeza del herrero encomendado a retorcer tantos fierros para hacer un buitre-dinosaurio-dragón-serpiente o algo por el estilo. Toda la plaza era rara, además, ridícula e inquietante, o era quizá uno de esos días y nada le serviría a Federico para olvidar sus pretensiones de que la vida lo tratara mejor. En el centro había una escultura; bien podía tratarse del objeto hipermasivo en el centro gravitacional, una estatua ecuestre múltiple, un entrevero que le recordó a Federico aquel otro de Montevideo; pero este era negro y las caras de los jinetes eran problemáticas. Podía conmemorar dolorosamente la matanza de los indígenas en las tantas campañas del desierto, o bien celebrar esas muertes; no quedaba del todo claro, en parte porque los indios eran monstruosos y los otros jinetes, bueno, tampoco era que pudiera entenderse bien quiénes eran, no europeos, ciertamente. ¿Gauchos quizá? Había algo bastante cruel en representar gauchos en el acto de matar indios o indios en el acto de matar gauchos, y siempre cabía preguntarse por qué algunas figuras parecían tener agallas y otras los ojos demasiado separados. En cualquier caso, allí estaba aquel monumento, rodeado por una canaleta o acequia de la que surgían cuatro canales, los cuatro puntos cardinales o algo por el estilo. Toda la plaza, pensó Federico, debía verse como un arreglo de cuadrados o cuadrantes si se la pudiera ver desde arriba. Cada zona tenía su árbol, además, unas higueras gigantescas que le recordaron aquella que trepaba de niño en el fondo de su casa y a la que una vez, a los nueve años, se había trepado más alto que nunca, con sumo cuidado, porque no había sido un niño lo que se dice *valiente* para esas cosas, y descubrió una infestación de bichitos ahí nomás, en las ramas de las que se había querido aferrar. No eran los pulgones que conocía de las acacias en Pinamar, sino otra cosa, entre insectoide y arácnida e innumerable, en ebullición de horda zombi, probablemente larvas o juveniles de algún bicho que parasitaba la madera. Un asco. Y Federico estuvo a punto de caerse del susto, se deslizó torpemente por el tronco, se pegó aquí y allá con las ramas más gruesas, se raspó las piernas y la espalda y, finalmente, puso los pies en el suelo para jurar que no volvería a trepar nunca más.

Pero de pronto el viento cambió y trajo un zumbido. Si la plaza estaba, en efecto, dispuesta como una rosa de los vientos, aquello venía del sur o quizá del sureste y fluctuaba entre lo audible y la paranoia, eléctrico y obsesivo, como si en alguna parte del pueblo hubiese un conjunto de esos grandes transformadores que Federico recordaba por algunas esquinas de Montevideo, más notoriamente en Ramón Anador y Washington Beltrán, allí donde pasaban con su abuelo en el auto, de vuelta del conservatorio. Federico había soñado muchas veces con esa esquina y, por alguna razón, siempre lo inquietaba pasar por allí en las horas de la noche: imaginaba un cielo nublado, sin estrellas ni luna, y las columnas del alumbrado opacadas por una nube de humo o alguna otra forma de influencia perniciosa aferrada al espacio como una garrapata. Había dibujado las bobinas gigantescas, los postes con cables, el entramado de conexiones, la caseta de hormigón con aquel diseño modernista y su cartel de prohibido el paso, calavera incluida, rayo incluido, siempre en medio de aquel zumbido. Pero este era distinto, el del pueblo tantos años después, y a medida que Federico se internaba por las callecitas en busca de su fuente, cobró más definición y volumen, se le configuró una medula crepitante, como si por debajo de su superficie hubiera una capa o relleno hecho de leños en combustión, con el equivalente sónico de las chispas volando y los leños que se partían y desmoronaban en la parrilla o la estufa, los chasquidos de las piñas o el siseo de la pinocha arrojada a la fogata. Y había aun más. Ya plenamente audible, rastreable en su paralaje y, por ende, tridimensional, resultó que por debajo del crepitar había un tuétano de viento y madera, más áspero que un oboe, más seco que un fagot, más frío que una flauta; un pulso persistente en fa justo por encima del do central, pero con unos microtonos hacia el sostenido, 353 Hz pongamos. Y si se tomaba por válida o cierta esa teoría fácilmente evocable que equipara la mente a una vibración y, por tanto, a una serie de frecuencias, Federico llegaría pronto a sentir que ese fa apenas estable replicaba perfectamente su propia vibración o, mejor dicho, la atraía, la forzaba a replicarlo, lo afinaba con el zumbido que sonaba por todo el pueblo; y él, como un zombi sónico, caminaba por aquellas callecitas de un empedrado azulado, violeta en algunos bordes, a medida que el tiempo, libre de la pauta estándar, seguía su ritmo de serpiente y lo empujaba hacia el atardecer.

Resultó que el zumbido venía de una máquina en el interior de lo que en algún momento debió ser un hangar. En cuanto a Federico, sus funciones cognitivas más especulativas no habían sido dominadas ni cubiertas por el pulso oscilante en fa, sino más bien exacerbadas, al borde del desborde alucinatorio, tanto que caminar por las calles del pueblo había sido como atravesar una cadena de variaciones del cuento del flautista de Hamelin, cuya versión final o atractor del sistema variacional era un relato en el que, ya no contento con ratas y niños, el flautista se encargaba de afectar a la humanidad completa porque no era otra cosa que un alien, el emisario de una especie extraterrestre con ansias de imperio o, por qué no, una reliquia de otros tiempos, anteriores al dominio humano de la naturaleza, anteriores a los mamíferos, quizá a la vida terrestre, tiempos precámbricos, habitados por seres de pesadilla finalmente extintos por sus guerras inconcebibles o sepultados en lo más profundo del desierto australiano o de las montañas de la Antártida, dioses inconcebibles que habrían de regresar algún día, cuando el fa fluctuante del flautista se impusiese sobre las frecuencias mentales de la humanidad entera. Federico, entonces, pensó que debía tratarse de un edificio de la industria aeronáutica, ya que no podía haber otra explicación para el techo altísimo, tanto que en algún momento debían formarse nubes allí, en lo alto, un verdadero microclima. Y fue pensar en esa lluvia apenas real o entrar un poco más a aquel recinto para que algo en lo más hondo del zumbido girara como un interruptor y el fa se apagara y diera paso a un si bemol más alto e inofensivo, pero no menos significativo, cercano, como una buena imitación del ruido de fondo de las ciudades en los años noventa, aunque más lineal, más uniforme, sin *clusters* de armónicos extraños, sin sumas tonales que tendieran a esa abstracción conocida como *ruido blanco*. Y Federico sintió que el zombificador lo había soltado, como un sonámbulo que despierta de pronto y descubre qué calamidades ha hecho bajo el dominio del Caligari de turno. Estaba en un hangar, en efecto, y había una máquina en el centro, eso no lo había alucinado —o más bien en lugar de alucinaciones, se dijo para intentar tranquilizarse, había que hablar de una forma intensa de sugestión—, aunque cabía preguntarse si no estaba otra vez bajándose de la higuera solo por la presencia de unos bichitos molestos, justo cuando había logrado llegar más alto que nunca y podía ver de qué ramas agarrarse para seguir subiendo. La recordó, entonces, la cajita con dulces que llevaba en el bolsillo del saco junto al playmobil. ¿No se suponía que tenían propiedades alucinógenas? Bueno, podía muy bien ser una estafa, después de todo, pero por qué no. Sí, estaba Ramírez en el pueblo, quizá ya buscándolo, pero toda sensación de lealtad y obligaciones había quedado atrás y, hasta donde podía recordar, esa noche no tenían compromisos, así que, en el caso de que aquellos caramelos le hiciesen algún tipo de efecto, ¿por qué no dejarse llevar? Sería cuestión de horas, seguramente, no más; Ramírez no iba a dejar el pueblo sin él y sería fácil encontrar la camioneta, así que, una vez más: ¿por qué no? Eligió uno de los caramelos y se lo llevó a la boca. Por un instante fue como si hubiese pretendido degustar un pedazo de corcho, pero pronto apareció el dulzor y también algo más, ligeramente amargo, una textura gomosa de cactus o planta de aloe por debajo de la miel o el azúcar o lo que fuese que endulzaba las frutas para preparar la golosina. Y no pasó nada, así que Federico siguió dándole vueltas al caramelo mientras miraba la máquina, una suerte de motor o turbina cuya función no era evidente ni tampoco su alimentación. En definitiva, y a juzgar por el zumbido y los gruesos cables de los que surgía como un minotauro enredado en su propio laberinto, aquello debía servir o haber servido de generador, la fuente de electricidad del pueblo; y esta hipótesis, por más que pareciera cercana al sentido común, era justamente eso: una hipótesis, sin verdadera evidencia que la confirmara, porque la máquina podía no tener otro uso que estar allí, otro objetivo que el de ser máquina, producir el zumbido y atraer a los extraños.

Federico miró en derredor, por si había alguien a quien preguntar, pero no encontró a nadie, lo cual era raro, pensó, en un hangar tan enorme con una máquina que parecía importante. Retrocedió para verla mejor. No había calibrado exactamente su tamaño, o quizá el caramelo había empezado a hacer efecto, porque de pronto le pareció todavía más grande, como un galpón en el fondo de una casa, más que el viejo automóvil que había evocado apenas entró, todavía bajo el influjo del zumbido. Y había también detalles que no parecían pertenecer a una máquina, sino más bien a una escultura, como aquella de los indios y los gauchos, solo que ahora los indios lo habían dominado todo y esta vez, claramente, no eran indios de verdad —indígenas *humanos*, es decir—, sino unos monstruos extrañísimos con plumas en la cara, alrededor de los ojos, y cabelleras hechas de zarcillos, que lo hicieron pensar a Federico en la maraña y preguntarse una vez más si no sería el efecto de los caramelos o, incluso, si en verdad los había empezado a chupar recién (ya no quedaba resto de ellos en su boca, por cierto), si había tomado uno solo o si de paso los había tomado todos en la camioneta cuando pararon en la ruta ante la advertencia de aquel chasquido que bien pudo en realidad ser un zumbido, *el* zumbido, ya entonces, ya ahí. Había tomado el primero en el auto, concluyó, y eso había dado tiempo suficiente para hacerle efecto, para nutrirse después de un segundo caramelo, porque en su bolsillo interno solo estaba el playmobil y le había comprado ¿cuántos? a la mujer de la tienda junto a la maraña aquel domingo, dos, tres, cuatro, y le había dado un par a Ramírez y se había comido ahora los que quedaban —lo cual, por cierto, explicaba retrospectivamente el zumbido misterioso, sus capas, las texturas evocadas en su memoria y toda aquella historia o suma de historias tan complicada sobre el flautista de Hamelin, aunque hay que admitir que no recordaba haberla imaginado completa, de haber *alcanzado* esa suerte de estadio final de un proceso que le recordó a las *Goldberg*—. Y fue como si de aquella máquina surgiera un latigazo o relámpago que le golpeara la espalda y lo hiciera retroceder, lo convenciera de que el chasquido había sido del motor y que el zumbido lo había escuchado por primera vez recién ante el hangar, que había vagado al azar por las calles del pueblo porque estaba aburrido y Ramírez demoraba. Pero estaba el recuerdo de la plaza, también, y todo volvía a comenzar: Federico se preguntaba por el número de caramelos, por el tiempo que había pasado desde su último recuerdo más o menos sólido, que ya, de hecho, no era siquiera el de parar en la autopista, porque había recordado que, mientras Ramírez estudiaba el motor, él se había puesto a contemplar unas luces en el horizonte que resultaron después verdaderas figuras humanas, altísimas dada la distancia —y estamos hablando de quilómetros—, seres que podían muy bien haber sido ángeles y que después, cuando Federico volvió a mirar en su dirección, los encontró más cercanos, pero del mismo tamaño aparente, lo cual evidentemente los volvía ya no inmensos en su altura, sino, por decir algo, del tamaño de edificios. Y quizá ya habían llegado, porque venían del sur y él había seguido las calles de la ciudad hacia esa dirección en busca del origen del zumbido, así que salió del hangar y miró hacia allí, y fue como si la ciudad (que ya no se acomodaba en aquel cráter o pozo de gravedad, sino que era móvil, capaz de desplazarse y reintegrarse como un moho mucilaginoso) se hubiese amontonado hacia el norte, desnudando el campo para que pudiera ver mejor a las criaturas, ahora mucho más cerca pero una vez más del mismo tamaño, dos reyes o reinas de tarot o príncipes o princesas, andróginos ambos, con tocados en sus cabezas de forma de coronas ramificadas, mantos que ondeaban y vibraban hasta fundirse con el paisaje, como si todo lo que Federico veía —horizonte, cerros, árboles, campo— estuviese proyectado en una gran pantalla y las dos entidades que se acercaban fuesen dos perturbaciones 3D en la superficie, tan moldeadas a la perfección como ajenas a lo proyectado, en definición altísima y detalles —la forma de los ojos, el corte de los labios—, a la vez que seguían avanzando, clavadas en el mismo tamaño aparente. Pronto quedó claro, sin embargo, que no venían por él, que él nada tenía que ver con su historia, porque pasaron de largo a unos quilómetros de allí, en dirección a quién sabe qué; y Federico pensó en un vasto desfile que los humanos percibían bajo máscaras distintas, fuegos artificiales durante una noche de su adolescencia, tormentas que pasaban en la lejanía, lluvias de meteoritos que avanzaban hacia el norte, aves migratorias, enjambres de coleópteros diminutos capaces de moverse como si integraran una consciencia única, una mente supraindividual, todo disperso a lo largo de una vida que ahora intersectaba lo que podía ser el final del desfile, las entidades que lo presidían desde la retaguardia o, por qué no, sus pastores encaminados hacia un destino que no guardaba relación alguna con la vida de los humanos y que Federico había llegado a atisbar gracias a la acción de alguna sustancia psicotrópica presente en la pulpa de aquellas frutas hechas caramelo en contacto con la maraña. Y recordó que una vez le habían dicho que la maraña tenía esos efectos, que había gente que se llevaba un pedacito de maraña a la boca para chupetearlo y eso les daba sueños maravillosos y enigmáticos, pero lo había descartado como una más de tantas historias ridículas, muchas de ellas originadas en la matriz de leyendas posturbanas del Valle, las mujeres con brazos comidos por la maraña, los niños con cabello de maraña y tantas cosas por el estilo. Así que volvió al hangar y se propuso comprender la máquina, que después de todo había sido hecha por humanos, ¿verdad?, y debía, por tanto, conservar algún rastro de funcionalidad comprensible por él, algún fin, algún uso. ¿Por qué alguien haría una cosa así, después de todo? ¿O sería que la habían encontrado en la orilla después de que la civilización se retirara en su bajamar postpandémica, resaca de viejas arquitecturas olvidadas, prehistóricas, prehumanas, todo listo para la inundación de cucarachas, de ratas y de lobos?

Así, una vez más, aquel galimatías de los Grandes Antiguos le ocupó la percepción y la imaginación, aunque esta vez de otra manera, más turbia, quizá porque ya estaba cansado, porque la vista se le había saturado con los gigantes que venían del horizonte y ahora no entendía del todo lo que lo rodeaba en términos de tamaños relativos y cercanías. El hangar se había convertido en un garaje y la máquina en una computadora ochentera dispuesta serenamente sobre un escritorio. Pero, si retrocedía un poco, comprendía que se había equivocado, que tenía el tamaño de una vieja cocina, y así empezó a marearse, a perder el equilibrio, y tuvo que sentarse en el piso, sentir las palmas de las manos contra esa superficie rugosa y algo sucia, después dejarse caer, recostarse, estirarse, los ojos cerrados, la respiración volcada al intento de recuperar una forma segura de ritmo, UN-dos-tres, UN-dos-tres, y las manos se le movieron por un teclado imaginario, sol, si, re, un trino, una melodía familiar, UN-dos-tres, UN-dos-tres.

Cuando abrió los ojos todo había cambiado una vez más, o quizá las cosas se habían coagulado en la manera en que fueron siempre o que *debían* ser, porque la máquina seguía allí, una caldera particularmente grande con un tanque de metal oscurecido o tiznado y una suerte de pico del que surgían nubes de vapor. Por delante de la caldera, y justo frente a Federico, había un hombre sentado ante una mesa. Era un anciano, de cabello blanco ceniciento, duro y vertical, electrificado. Tenía los ojos vendados por un paño o arpillera sucia y sus manos nudosas tocaban la superficie de la mesa como si pretendieran adivinar qué objetos habían sido dejados allí en un juego de percepción extrasensorial. Una muchacha vestida con uniforme de azafata permanecía a su lado, de pie, y le acariciaba ocasionalmente el hombro derecho. Federico reparó en la piel de la muchacha, quemada y cicatrizada, y en los dos dedos que faltaban en la mano posada sobre el hombro del viejo. Cuando se movió, al cabo de unos minutos, lo hizo rengueando y lentamente, como si cada movimiento le costara la suma de su voluntad. Y el viejo seguía allí, moviendo las manos sobre la mesa, como si accionara un teclado invisible. El hangar se había oscurecido, excepto por un pequeño círculo de luz que rodeaba al viejo, que ahora, de pronto, mantenía las manos suspendidas sobre la mesa y temblaba. Había abierto la boca, en una mueca que podía ser de dolor o de miedo. El círculo de luz que lo rodeaba se fundía con la oscuridad como en una fotografía antigua, las cosas se desenfocaban a pocos centímetros y la imagen daba la ilusión de algo muy viejo y muy roto, desencajado del tiempo. Los halos que rodeaban la salida de vapor de la caldera empezaron a latir y Federico apartó la vista. Había un ritmo deliberado, una vez más, una pauta. Algo estaba hablándole en la luz, en el vapor iluminado, en los rastros del resplandor.

No es que después haya despertado, porque en verdad jamás alcanzaría la sensación de haberse quedado dormido, ni mucho menos la de que todo —hangar, máquina, gigantes en el horizonte, la procesión y el viejo de los ojos vendados— no hubiese sido otra cosa que un sueño o ensueño o fantasía drogona. Pero el interior del hangar y la caldera dieron paso a una habitación pequeña, medio miserable, con piso de madera percudida y paredes manchadas de humedad; había también un ropero vacío y una mesa con lo que parecía el folleto de un hotel. Federico estaba acostado en el piso, pero se levantó y pasó las manos por la frazada áspera y verde que cubría la cama. Pronto recordó que lo habían ayudado a llegar allí, que lo habían encontrado vagando por las calles, o quizá eso *sí* había sido una fantasía drogona. Alguien le había preguntado cuántos se había comido, evidentemente haciendo alusión a los caramelos, y luego quedó claro que no era para nada poco común que pasara algo así, un extraño perdido en el pueblo y con la cabeza dando vueltas entre pedazos de mundo real y pedazos de cosas raras. O al menos eso le dijeron. Pero ¿cómo lo habían dejado entrar en el hotel? ¿Llevaba dinero en los bolsillos? Curiosamente nada de eso importaba, pero, aunque se sentía más tranquilo y la idea de dormir unas horas más le envolvió el cuerpo con cierta voluptuosidad, resultó que no había manera de conciliar el sueño por más de quince minutos, tanto por los gritos que retumbaban en los pasillos (y comprendió estar en un hotelucho cutre y brutal, lleno de gañanes y malandras), como por los bichos que infestaban la cama y le dejaban un rastro rojo y picazón en la piel. Parecían ciempiés, de uno o dos centímetros de largo, pero tenían seis patas, y Federico recordó aquellas larvas de la higuera con una intensidad tan abrumadora que no tardó en concluir que seguía bajo los efectos de los caramelos, aunque quizá ya descolgándose de su final, en el bajón insondable, tal como había escuchado una vez, en la academia, sobre ciertos alucinógenos que persistían por todo el resto de la vida de quienes los probaban, agarrados como parásitos tristes y viejos de la médula espinal y liberando pequeñas cargas psicotrópicas cada vez que su ciclo químico alcanzaba un máximo y pasaba un umbral corregido después por quién sabe qué neurotransmisores. Debía ser mentira, pero tenía sentido pensar que no había una verdadera extinción del efecto y que, en última instancia, podía operar algo así como una distribución estadística. ¿De qué otra manera explicar los bichos, además? Bueno, podían ser bichos y nada más que bichos. Federico trató de matarlos, pero no logró otra cosa que ahuyentar a los más pequeños. Solo cuando acercó accidentalmente el playmobil (cuya presencia en el bolsillo interno del saco había verificado antes incluso de levantarse del suelo) pasó algo: una de las criaturitas retrocedió y con ella todas las demás, que se mantuvieron a una distancia prudencial del playmobil, un círculo de bichos alrededor del juguete, no tan grande como para permitirle a Federico dormir dentro de sus límites, pero sí para asegurarse al menos de que, si lo picaban (aunque era más bien una suerte de irritación, el mero efecto de aquellas patitas en su piel en oposición a la verdadera mordida o succión de las pulgas o las chinches), fuera solo en las piernas. Se tendió en la cama con el playmobil apoyado sobre su pecho y trató de dormirse, aunque después de todos los intentos de matar a los bichos iba a resultarle difícil. Había un olor que no lograba precisar, además, y que lo mantenía atento. Era un revés dulzón del aire, que bien podía estar dentro de su nariz y no tanto en el espacio de la habitación; un olor que le recordaba *algo*, quizá en la línea de los bichos y la higuera, un olor de su infancia, es decir, y trató de pasar revista a sus recuerdos olfativos más intensos, casi todos vegetales o culinarios: el jazmín en la casa de sus abuelos, las papas fritas y la pólvora de la pirotecnia en Navidad y Año Nuevo, nada que pudiera parecerse a este olor químico, sintético, que le ha invadido el sistema de neuronas responsables del olfato y la memoria. En fin. Todo pasó rápidamente. Federico, que después de todo estaba inmerso en el anochecer de un día agotado, volvió a dormirse sin bichos que lo despertaran, hasta que reparó en que los gritos seguían allí, incluso más cerca. Le golpeaban la puerta con insistencia, lo amenazaban desde el pasillo:

—¿Pedro? Dejame entrar, Pedro.

—Me quiero quedar tranquila con que vos te quedaste con la mercadería, Adela.

—Decile a Alfonso que se olvidó del diccionario.

O, más insistentes:

—¡Abrime, por favor, necesito entrar!

—No, váyase, acá no está el que usted busca.

—¿Quién está ahí?

—Qué le importa, váyase por favor.

—Te vamos a agarrar y romper las piernas, pelotudito.

—A vos y a tus amiguitos, putito, qué te pensás, que vas a poder cagarle los planes a la Mami. Te la creíste, comilón. ¿Te pensaste en serio que cinco de ustedes pueden contra todos nosotros?

—Habría que arreglar el hidroavión, eso sí.

—Y menos aun van a poder sacar a Miguel de la sombra. ¿Sabés dónde está? ¿Ves qué no?

—Dale, dejame entrar, te vamos a romper todo si no abrís la puerta.

—¡La concha de tu madre, Empanada!

—Mamita, mirá; el sillón de abuelita.

—¿Ah, sí? ¿Vos y cuántos más?

Eso podría haberlo dicho otra persona, todo esto podría haber estado pasando en el pasillo, contra otra habitación. Después se estiró un rato, en blanco; las voces se retiraron, los ruidos se replegaron o permanecieron guardados en sus propias habitaciones. Federico soñó con los fantasmas de un hotel, finalmente inofensivos, amigos de dar un susto a los incautos. Uno de los fantasmas entró a su habitación por una rendija y le habló por mucho y mucho y mucho y mucho tiempo de Bach, Goldberg y el conde Keyserlingk, tanto que estuvo a punto de revelarle el secreto, o incluso quizá empezó a hacerlo, a desenrollarlo sobre la mesa y hacer notar por dónde empezaba, qué formas tomaba, cómo había que entrar y qué santo y seña pronunciar en la primera puerta y cuál otro en la segunda. Pero Federico había olvidado todo cuando despertó. Estaba tendido sobre la frazada, vestido, con el playmobil en el pecho, sin rastro de los bichos.

Todo fue más amable y tranquilo esa mañana, en el comedor. Federico concluyó que tanto los bichos ahuyentados por el playmobil como los gritos y las amenazas debieron ser el costado de un sueño o, una vez más, los efectos finales del caramelo. Se sirvió café y leche, tostó dos rebanadas de pan y dispuso en su platito (lindo y cursi, de símil porcelana, con ninfas alanceadas por llamas de unicornios) unas fetas de fiambre. Ramírez apareció una hora después y dejó entender que sabía dónde había estado, dónde buscarlo, quizá porque él mismo lo había llevado allí. Y cuando entró al comedor, encontró a Federico del mejor humor en semanas, sonriente, tocando un estilo *honky tonk* en un piano vertical horriblemente mal afinado y haciendo de rocola humana entre cumbias del litoral, plenas del interior y polcas del Valle que le pedían los otros comensales y él improvisaba con alegría. El playmobil, sentado encima del piano, acompañaba la escena con una manito levantada, y Federico lo miraba de vez en cuando, en busca de una inspiración que nunca iba a fallarle.

5

Le había llegado un mensaje por extraños canales, medios
o circuitos, y Ramírez se lo entregó bajo la forma de una
carta, como las que Federico recordaba de su infancia
y adolescencia, escrita a mano con aquella caligrafía tan
familiar de Agustina, un poco más temblorosa quizá, más
tenue, pero no tan incorpórea como cabría esperar de un
fantasma, que era, después de todo, en lo que ella se había
convertido. Ramírez sabía de esos circuitos, canales o medios, esos correos o subcorreos o repartos de mercadería
y suministros por los que se ramificaba AMRITA en tantas
vías ocultas, caminos perdidos o carreteras ruinosas. Después de todo, por eso Ramírez era Ramírez; y quizá, por
un momento, fugazmente, Federico ha podido sentir que
estaba lo que se dice *en buenas manos*, al menos capaces de
encauzar la *road movie* de sus vidas: elegir hoteles, saber
dónde buscar y qué buscar, entregar un mensaje a alguien
que ya no tiene nada parecido a una residencia fija, a
alguien que duerme en esos mismos hoteles o también
en los asientos más incómodos de micros o camionetas,
alguien que, últimamente, se ha venido ganando la vida
tocando en clubes, en restaurantes, en quién sabe qué
instituciones perdidas en la espuma seca de la vieja civilización; y se pondría a pensar en estos términos una

vez más, en los de una red de correos, una mensajería rizomática, y así dejarse llevar por el sentimiento fácil, la cosa sentimental, romántica, despechada, con lo que se ha querido llamar *vida*. Pero no es así como está cableado y la carta le renueva la alegría o la fe, al menos en que las cosas pueden cambiar y en que cada vez que todo parece haber alcanzado un equilibrio siempre irrumpe algo más, un heraldo del afuera, esta vez bajo la forma de esta carta que le ha dado Ramírez, una carta de Agustina, que dice que le encantaría contar con su visita, ya que están cerca ahora, en el Valle, más o menos en la misma parte del mundo por primera vez en como quince años. Y Federico de pronto no desea otra cosa que verla, a ella y a Marcos, de quienes acaba de enterarse que viven en el norte y adentro, casi como si dijéramos en la concha de la lora o en el culo del mundo, lejos de lo que debería ser el destino de la gira, la costa, los balnearios, los ricos. Se trata de un desvío de no más de cuatro o cinco días, dice Ramírez, y está bien, nos lo podemos permitir, los últimos conciertos dejaron dinero, vaya, Descomunal, diviértase con su ex y su amigo.

Es así que consigue dos boletos en tren, una de esas grandes vías como espinazos de dinosaurios, y Federico se sube a su vagón con la alegría atávica de un niño, porque ha recordado tantas películas de su infancia, y saborea ya el vapor, el movimiento, la energía y el impulso de esa máquina que ha atravesado entero el siglo XX, que se le aparece al final de la tarde y le dice hola, ¿me extrañaron? tras una ausencia demasiado larga, ya un poco desdibujada, ese tiempo en que la energía del vapor y la leña fue reemplazada por ¿qué?: la electricidad, el diésel, los trenes de alta velocidad, fruslerías todas, nada que pueda compararse al fuego y el vapor, piensa Federico, mientras mira el paisaje por su ventanilla. Ramírez, a su lado, ya se ha dormido; el viaje durará toda la noche y lo ha trazado en un mapa, uno de esos mapas que Ramírez consigue tampoco queda claro dónde, del mismo modo que encuentra sus mensajes, sus cartas. Es un mapa simple, sin fronteras, sin estados (los estados están allí, pero a quién le importa), sin cuchillas, serranías o cordilleras, sino apenas con los lagos y los ríos, los viejos embalses y también la maraña. O al menos las zonas más densas de la maraña, que parecen ramificarse por el mapa como un aparato circulatorio o un sistema de coral cuyo centro no es visible ni tampoco su eje, que de haberlo tendría que estar en los trópicos, aunque el mapa no registra paralelos ni meridianos, quizá porque no hace falta y cualquiera recuerda por dónde pasa el ecuador, allá al norte, más o menos hacia donde se encamina el tren, aunque después deberán bajarse en otro de esos pueblos o pedazos de ciudades y desde allí remontar el río hasta la isla donde desembocó la vida de Agustina. Y allí ya no será Ramírez su guía; a su manera, Federico estará solo. Por primera vez.

La ventanilla le enseña un panorama de miseria, un desparramo de ranchos de lata y cartón, entre los que anidan los niños embarrados y andan las gallinas, mientras los adultos se reúnen alrededor de una fogata sobre la que arden, atravesados por una rama milenaria, los restos acaso medio podridos de un ictiosaurio. Federico se ha puesto a pensar que Ramírez podría leer en esas villas una confirmación, no del todo paradójica, de que las cosas estaban empezando a remontar, que había algo más que una esperanza ingenua en pensar que el impulso de la civilización iba a volver, que todo aquello podía ser restaurado y los grandes planes retomados al menos hasta la catástrofe siguiente. Así, Federico —que ha apartado la atención de la miseria y representa en su cabeza esta discusión con Ramírez— diría que precisamente eso negaba toda posibilidad de intervenir, de resistir, de *hacer*, ese fantasma o espejismo en que está basada la idea misma de la historia, el cuento de que hay un control, de que se puede guiar a la gente, educarla, pastorearla hacia la utopía o al menos hacia esa cosa de equidad, igualdad y justicia; ese futuro que había respirado o tosido por última vez hacía apenas un par de décadas y en el que ya no habría villas al borde de las vías del tren, ranchitos de lata y cartón y niños que jugaban con las gallinas y esperaban la lluvia: ese mundo donde no importaría el azar y todos nacerían en igualdad de oportunidades, en un esquema aprobado, previsto y ordenado por el Sujeto a Cargo. ¿No era la Historia el cuento de la edad de oro dejada atrás y la edad de oro que nos espera si hacemos las cosas bien? Pero la verdad, se dice Federico a sí mismo que le diría a Ramírez si estuvieran discutiendo el asunto de siempre o si él se animase a rebatirlo —cosa para la que generalmente le falta voluntad, presencia de ánimo, capacidad retórica o simple fuerza—, la verdad es que no hay control, que hay solo la ilusión de control, como tenemos también la ilusión de ser libres, de que hay un *nosotros* y un *yo*. Las catástrofes se suceden una tras otra, acontecen porque acontecen, porque deben acontecer dado el tiempo suficiente, y la civilización es un orden espontáneo que emerge entre ellas, como quien compra una casita barata en un terreno inundado y se le ocurre mejorarla después de las lluvias y llega a un piso, a dos, a tres, a un galpón o a un taller en el fondo o a un invernadero. Entonces se presenta la oportunidad de venderla, con cierta ganancia que permitirá comprar otra casa en mejor ubicación. El nuevo dueño decide, después de un tiempo, retomar las obras y levantar una casita aparte para los hijos, quizá otro piso más, un garaje; y, cuando va por el piso cinco o seis, cuando la casa se convirtió en edificio, el dinero recibido por alquilar primero habitaciones y luego pisos completos permite empezar a pensar en pasar de edificio a torre, aparecen socios, la empresa se amplía y, de repente, años más tarde, décadas más tarde, ya se está ahí, en un complejo autónomo, cercado, defendido y altísimo, cerca del cielo. Pero entonces sobrevienen las lluvias otra vez y se entiende que en realidad no hay tal cercanía, que de hecho ese *cielo* no es más que una ilusión creada por esa cosa que nos hace construir y construir, que nos aparta del ocio, de mirar crecer la hierba, y que comenzó, cabe suponer, en el momento en que alguien dijo yo me encargo de cazar, vos prendé el fuego, o algo por el estilo, para que de pronto aparezcan esas obligaciones, las tareas, los talentos. Al final solo habrá ruinas, ruinas sobre ruinas, ruinas tomadas por montañas, montículos sepultados en lo profundo de la selva. Pero fuese como fuese, Ramírez habría respondido inmediatamente que a la gente hay que guiarla, que hay que educarla, que debe haber un control, un comando, un partido ideológicamente responsable y del lado correcto de las cosas, porque de otro modo solo podríamos subsistir a los niveles de población y organización anteriores a la revolución agrícola, y todo lo que vaya un poco más adelante o sepa que ya no puede dar marcha atrás necesita organizarse. Y si Federico pensaba todo eso que pensaba sobre la ausencia de control era porque ya se sabía derrotado, porque su espíritu (sí, ese era el término que habría usado Ramírez) se había rendido y no podía comprender que, incluso si fuese verdad que la Resistencia y el Control (con mayúsculas) no eran otra cosa que ilusiones, *aun así* había que actuar como si fueran realidad, porque no otra cosa correspondía hacer y eso era la ética, ese era el gesto moral del que Federico era evidentemente incapaz. Uno elige, diría Ramírez; después de todo, puedo pedir un café o un cortado, y si yo elijo y vos elegís y aquel tarado elige, entonces al final hacemos algo, producimos un cambio.

¿Y qué respondería Federico, acorralado contra el compromiso, la moral, el deber ser? Ramírez dormía a su lado, roncaba un poco, ajeno a la discusión imaginaria, y Federico podía jugar una carta más, apelar a las cosas como son y las cosas como queremos que sean, o tratar de explicarle lo que bien podía ser su Visión (también con mayúscula), en la que había quizá una manera de *comprender* al menos, de resolver el azar en necesidad, de saber qué llevaba de una catástrofe a la civilización y de vuelta a una catástrofe, de saber qué guiaba las cosas en su orden emergente, de saber cómo se movía la energía por todos los sistemas y qué nota debía seguir y después qué otra nota seguiría a su vez en la persistencia de estas variaciones, una a otra, la misma historia, pero contada de otro modo. Ya había anochecido cuando el camino o la vía lo llevó, entonces, a las *Variaciones Goldberg*.

Esa historia, o esa parte de la historia, comenzaba en 1741, cuando el destino, el azar, la necesidad, el deber, la construcción de edificios y torres o la civilización misma se encargaron de que coincidieran las vidas de Johann Sebastian Bach, Johann Gottlieb Goldberg y el conde Hermann Karl von Keyserlingk, quien sufría de un insomnio legendario o quizá ideal; el tipo de insomnio que solo existe en las historias y que existe en función de esa idea que enmascara y de la que es signo o metáfora, la del problema fundamental del tiempo y la consciencia —si es que hay una consciencia y si es que hay un tiempo (y quizá sean la misma cosa)—, o si más bien ese ciclo de civilización, catástrofe y civilización, piso tras piso hacia la fuente de las lluvias, es la verdadera forma del tiempo o su propio origen, tanto como la de esas criaturitas que construyen en el barro y cuentan el paso de los días, la rueda de los meses, la época de sembrar, de esperar, de cosechar, el día de las hogueras, la hora de ordeñar, la estrella del perro. Si la consciencia es algo, es maldición, se dice o se decía en las ciudades; deberíamos ser como esos animales, después de todo, que no saben de la muerte, bla bla bla. Pero el conde Keyserlingk, reducido ahora a este sedimento de realidad, no puede dormir, no puede dejar de ser, incesante, agobiante, y quiere perderse en algo fuera de sí, algo que lo haga dejar de ser durante unas horas, que lo haga olvidar el drama de su consciencia y que, aliado del tiempo, lo haga precisamente *olvidarse del tiempo*. Entonces, ¿qué mejor que la música, hecha de consciencia *y* de tiempo?

Resulta que el conde Keyserlingk empleó a un niño prodigio, un Federico Stahl del siglo XVIII, este muchachito de catorce años llamado Johann Gottlieb Goldberg. El chico es un verdadero virtuoso del teclado y su trabajo es llenar de música las noches del conde. A la vez, está claro que no serviría cualquier música, sino que debería tratarse de una música muy especial, una música hecha, digamos, *a propósito* para ocuparse del problema del insomnio. Y Johann Gottlieb, también como Federico, está más capacitado (mucho más capacitado) para interpretar partituras que para componerlas, así que hace falta alguien más, alguien que sepa de tiempo y consciencia, alguien que sepa de control y variación, de civilización y catástrofe, un arquitecto, un ingeniero sónico, alguien que sepa levantar torres del tipo particular que en principio no se cae con las lluvias o los diluvios, porque hasta cierto punto el conde tiene que ser optimista y pensar que hay torres que sobreviven a los diluvios, que quizá en alguna parte del mundo, una isla perdida en medio del gran océano, están las columnas y arcadas terminales de una torre cuyos cimientos van más hondo aun que las fosas del lecho oceánico. Y por suerte el conde conoce a otro Johann, Bach de apellido, que parece saber algo de todo esto y ha aprendido de los viejos maestros las técnicas de construcción y reparación de órganos; un gordo simpático lleno de hijos, capaz de recorrer —a pie, porque no gastaría sus pocos pesos en carruajes o en esos trenes que todavía no recorren el mundo en 1741— los caminos de Europa de pueblo en pueblo para hablar con los músicos que conservan las claves del viejo arte como si fueran alquimistas, determinados a decir el secreto pero callar el misterio, a no consignar magia en papel, fijos en su decisión de aguardar que el destino les otorgue un discípulo que exhiba los signos de poseer también él —o ella (aunque la historia se ha esforzado por olvidarlas)— esas marcas del fuego sagrado, para ahora sí explicar los misterios usando las palabras que solo un iniciado podría comprender. Así, cuando Johann Sebastian es convocado, piensa que ese mismo destino le ha traído a este pibito tan hábil con el teclado, tanto que sin duda podría proponerle unos cuantos acertijos, unas trampitas, unos pases mágicos para hacerlo sudar en los aposentos del conde, donde se veía arrojado al proceso de tejer y destejer variación tras variación de una música hecha para ofrecer la monotonía perfecta de lo mismo y el cambio permanente de lo otro. Una música que podría absorber la atención del conde y así lograr que se perdiera fuera de sí, tanto como aburrirlo hasta el fondo cóncavo del bostezo, donde el cuerpo se relaja, la espina dorsal olvida los millones de años de bipedalismo y todo eso que hace al cuerpo —nervios, músculos, órganos, piel, células—, y se dispone a perderse en la ilusión de que tampoco han pasado los cuatrocientos setenta millones de años que median entre el presente y los primeros indicios de vida fuera del mar: plantas vasculares del Silúrico (*Cooksonia* y *Baragwanathia*) o, un poco más tarde, los antepasados de los ciempiés y milpiés (*Pneumodesmus*) y los extraños euthycarcinoideos. O, ya más cerca de Bach, Goldberg y el conde Keyserlking, los tetrápodos del Devónico tardío, llamados *laberintodontes* (*Acanthostega* y *Branchiosaurus*), grandes renacuajos con patas y branquias capaces de volver al mar ante cualquier señal de extrañar demasiado a mamá. Del mismo modo podría el Conde —o, mejor, la sustancia más íntima de las células que conforman eso que hemos dado en llamar el Conde— olvidar las calamidades, el frío y el viento, o la arena seca y el sol insoportable, y volver a esa Granmamare amniótica para, felizmente, *dormir*, desandar todos los caminos hasta llegar a esas misteriosas criaturas de hace setecientos millones de años que inventaron el sueño, como no lo había hecho desde que era un bebé de siete meses que dormía tres siestas durante el día y después toda la noche, despertaba ocasionalmente para tomar un poco de teta y volvía a dormirse para soñar con lo que sea que sueñan los bebés, más teta, piel suave y tibia, caras graciosas y la gravedad de la gran galaxia Mamá.

Fue así que, según cuenta el primer biógrafo del compositor —y todo esto debe ser una mentira tan grande como el libre albedrío, el control o la política—, Johann Sebastian Bach compuso *Aria con treinta variaciones* para el conde Kayserlingk, una colección de piezas para teclado que se proponen precisamente como variaciones de ¿qué? Bueno, en principio, parecería fácil responder que de esa cancioncita descrita como «Aria», con la que debe comenzar el intérprete, para algunos ni siquiera una pieza compuesta por Bach, sino quizá un apunte del propio Golbderg, una sarabanda en 3/4, algo melancólica, al borde de resultar solemne, delicada, frágil, ornamentada a la manera francesa. Pero la primera trampa de las *Goldberg* y la primera que aprendió Federico cuando escuchó la pieza por primera vez —interpretada un poco como el culo por Susana y para colmo en un piano (por qué, si ella adoraba aquel clave, se preguntó tantas veces Federico) o, peor, en aquel horripilante Yamaha PortaSound PSR-500 que le habían comprado a Federico en Madrid, tres días antes de internarlo en la academia— era que las variaciones no estaban construidas sobre la melodía del aria, sino sobre su progresión armónica o sus notas en el bajo:

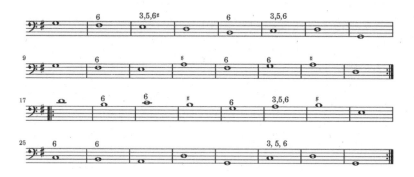

Esto, convengamos, es algo así como empezar el juego admitiendo que se hará trampa, ya que, en principio, ¿no deberían las variaciones sobre un tema resultar de alguna manera *reconocibles* en relación a ese tema? Esos andantes mozartianos de cuarteto de cuerdas, con sus cuatro o cinco variaciones dispuestas didácticamente, acá cambia un poco el ritmo, acá la melodía queda más adornada, al final ya no se parece tanto, terminamos en esto que es medio que otra cosa; pero si reconstruyen el camino van a entender perfectamente cómo partimos de A y llegamos a R. Claro que Bach no hace eso, porque *en principio* las *Goldberg* no van a ninguna parte, ¿o sí? No hay una distancia mensurable, una progresión, un adentrarse río arriba hacia el complejo militar demente de Kurtz y sus métodos *unsound*. Así fue como se lo explicó Susana a

Federico aquel día de 1994, y después fue fácil ver la inoculación de un virus, uno de esos puntos a partir de los cuales todo parece haber tomado un camino tan específico y tan doloroso que se vuelve inevitable retomar una y otra vez la especulación: ¿qué hubiese pasado si…? ¿Y si en vez de tocar las *Goldberg* su profesora le hubiese insistido con *El clave bien temperado* o *El arte de la fuga*? No es que ese cambio infinitesimal fuera a cambiar la historia, evitar los contagios, el fin del petróleo o el colapso de la civilización, pero *de todas formas…*

Federico, sin embargo, concluiría por su cuenta que sí hay algo que lleva de una variación a otra, que hay —que *debe haber*— un relato, un flujo, una conexión, un camino hacia donde llueva más fuerte. Las variaciones se suceden, entonces, de acuerdo a una pauta: comienzan con lo inesperado, con una variante no de la melodía principal que acabamos de escuchar, sino de su bajo, y siguen así, trayéndolo a la luz, modificándolo, expandiéndolo, pero aparentemente *nada más*; salvo cierta estructura, en cualquier caso, sugerida, por ejemplo, por la decimoquinta variación, que parece concluir el conjunto casi como un lamento, un réquiem, una marcha fúnebre, para que irrumpa la siguiente como un derrumbe que renueva el mundo, una obertura, un comienzo nuevo. Y así las treinta variaciones quedan divididas en dos grupos de quince: un lado A y un lado B, el lado oscuro y el lado luminoso de la luna, yin y yang. ¿Por qué habría dispuesto así las cosas Bach si no pretendiera que se unieran los puntos, que se reconstruyera un *todo* que equivaliera *exactamente* a la sucesión de las partes? Pero hay más: el total de variaciones puede ser dividido en dos mitades, pero también en diez grupos de tres, ya que hay una pauta constante en la sucesión de variaciones que hace que las que corresponden a los múltiplos de tres sean cánones (¿sabés lo que es un canon?, le había preguntado Susana, y su vanidad respondió que podía improvisar un canon, o una fuga si fuera el caso, cuando ella se lo pidiese, lo cual era bastante cierto) y que además sus voces vayan *distanciándose*. Porque en el primer canon suenan las dos al unísono —la misma melodía desfasada apenas un par de notas o un par de segundos—, en el segundo separadas por un intervalo de segunda, en el tercero de tercera, y así hasta la variación número veintiocho, un canon en la novena seguido por dos de las variaciones más difíciles: la veintiocho —una tocata a dos voces plagada de fusas y semicorcheas que, para mayor agravio del intérprete, demanda todo el tiempo el entrecruzamiento de las manos— y la veintinueve —una notoria continuación de su predecesora, con sus acordes tremendos y sus arpegios como fuegos artificiales, que parecen de alguna manera *resolver* el virtuosismo un poco al pedo de la anterior—. Esto sugiere o establece, por fin, que efectivamente las variaciones están conectadas, que *cuentan una historia* o que, al menos, se instalan en un *espacio,* una geografía tonal con sus propias distancias, para que, justo en ese punto, ante la revelación inminente de esa pauta que conecta variación con variación en ese orden sublime, de pronto el esquema de los múltiplos de tres y los cánones quede hecho pedazos, estrellado contra un final que suena a popurrí —y que efectivamente lo es—, ensamblado con cancioncitas pop de la época, el tipo de cosas que cantaban Bach y sus hijos cuando se reunían y se turnaban ante el teclado y las pintas de cerveza; un chiste privado que irritaba tanto a Federico que, por mucho tiempo, cuando practicaba, se negaba a tocar esa número treinta y la salteaba y pasaba de la maravillosa veintinueve a la repetición del aria, que era la manera en que había que terminar la ejecución de las *Goldberg*: volviendo al principio para descubrirlo como si fuera la primera vez.

He aquí entonces el cuento del origen, la obsesión musical más importante de Federico Stahl. Jamás se libraría de ella y lo asaltaría siempre en oleadas, bajo disfraces dispares, entregada como su objeto a variantes y mutaciones. A veces le parecía que las *Goldberg* cifraban la clave del mundo, el problema filosófico definitivo, la solución última a la articulación de la diferencia y lo mismo, eso que hacía que las hojas de los árboles, la línea de la costa y los copos de nieve tuvieran sus formas específicas, la zona de potencialidad morfológica desde la que cada cosa que pasaba a ser adoptaba un contorno particular, como si lo hiciera bajar de una nube de posibilidades. Entonces, pensaba Federico cíclicamente, quizá el mundo completo era una vasta composición, un simulacro generado espontáneamente como un epifenómeno, un arcoíris. Y en las *Goldberg* estaba la respuesta al inquietante *y ahora qué,* esa pregunta de *qué viene después* que tanto inquieta a los músicos y los novelistas, cómo seguir adelante con una canción, una melodía, qué ha de pasarle a los personajes, a sus viajes, a sus paseos en globo o escaramuzas con piratas. Federico pasó años —los años más desolados, inmediatos al retraimiento de la maraña— buscando en libros de magia, en el *I-ching*, en el tarot y en todos los oráculos imaginables, incluidas las *Estrategias oblicuas*, creadas en los años setenta por Brian Eno y Peter Schmidt, instrucciones impresas en cartas a ser tomadas al azar cuando uno necesitaba saber qué hacer y, a la manera de las *Sortes Virgilianae* —o de cualquier otra forma de mancia en la que se abre un libro en una página cualquiera y se toma lo primero con lo que se topa la vista como un oráculo o una instrucción—, se elegía con los ojos cerrados y se hacía exactamente lo que dijera la carta, fuese *destruye todo lo anterior* o *involucra gente sin conocimientos* o, los favoritos de Federico, *honra tus errores como si fueran una intención secreta, no tengas miedo de explicar* y *la repetición es una forma de cambio*, lo cual era, después de todo, una descripción perfecta de las *Goldberg*, salvo por que no había cómo saber qué se repetía ni qué cambiaba, ni cómo ni por qué; y ahí Federico entendía que ni el tarot ni el *I-Ching* ni las *Estrategias oblicuas* hacían otra cosa que apuntar al dilema con un dedito tímido... Pero él necesitaba respuestas. ¿Y dónde encontrarlas? No había alternativa a la práctica permanente, al estudio exhaustivo, a la atención de acero, a pasar las páginas de la partitura como un cabalista que razona por qué la primera letra de la Torá no solo *es* una B, sino que *debe ser* una B, ya que las cosas no son como Dios las quiere, sino que Dios las quiere como son porque así deben ser, o algo por el estilo, la frase aparecía en diferentes fuentes que, en rigor, decían más o menos lo mismo. ¿Dios? Bueno, había muchas maneras de terminar allí, arrinconado contra la semántica.

Pero también estaba arrinconado contra las *Goldberg*, y para 2010 Federico ya había decidido —*la derrota de*

los treinta y dos años la llamó— que jamás volvería a tocarlas. Las he tocado exactamente como están escritas,
pero sigo sin saber qué lleva de una variación a la otra,
decía si se lo preguntaban o si no se lo preguntaban.
Una vez, un poco antes de tomar la decisión de dejar las
variaciones encerradas en el último baúl de su memoria,
su padre tuvo un día especialmente lúcido. Hablaron del
pasado, sobre todo (¿de qué otra cosa podían hablar?) y
pronto aparecieron los recuerdos de aquellos días remo-
tos de fines de los ochenta en que ambos, padre e hijo,
caminaban las siete cuadras que separaban su casa de la
de la primera profesora de piano de Federico, aquellos
exámenes aprobados con las mejores calificaciones y la
presencia del padre con el ceño fruncido, reprobadora. Tus
dedos se mueven con total precisión, dijo (o algo por el
estilo), pero en términos de sentir, de *comprender*, no estás
presente. La música que tocás la tocás como un robot, le
repitió, sin emoción, sin alma. ¿Pero cómo sin emoción?,
le respondió Federico en la vigilia, en el sueño, la fantasía
y la memoria editada, parcheada, reescrita y remendada.

—Sin emoción, porque toda esa técnica con la que
tocás fuerte de pronto y suave después, o todo eso que
hacés, no lo sacás de vos, lo sacás de la nada, del aire,
como un robot. Te he visto poner emoción cuando me
hablás de los *Thundercats* y los *Transformers*, o de *La Guerra
de las Galaxias*, o de la fotosíntesis y el Big Bang, que cada
vez que te veo y te oigo frente a un teclado.

Mi gran problema, concluiría Federico una y otra
vez, es que no dejo de creerle a papá, no puedo dejar de
creerle a papá. Y Agustina le repetiría la vulgata freudiana,
la novela policial de Edipo, la historia de *Hamlet* y *El*

Rey León, el himno gnóstico de la perla y tantas variantes más, pero él se sabía bioquímicamente incapacitado para creer en la literatura porque, por definición, la literatura era aquello en lo que no se podía creer. Papá, le dijo cuando su padre ya no podía entenderlo, en realidad no hay emoción, ni mía ni de nadie, no hay alma ni mente ni espíritu, sino solo partituras, algoritmos y técnicas. ¿O era, como también le dijo Agustina una vez, que él, Federico, había llegado a esa conclusión porque no había otra manera de lidiar con la marca que le había hecho su padre, y que, por tanto, ante la idea de su ejecución sin alma debía concluir que el alma no existía salvo como ilusión o literatura? ¿Y qué tienen que ver las *Goldberg* con todo esto? Fácil: que en realidad sí había en juego una mente o un alma, solo que no la *nuestra*: un alma o una mente *no humanas*, sino de la música. Bach la había comprendido o la había replicado, allí, en su *Aria con treinta variaciones*, quizá también en esas notas que faltan en *El arte de la fuga*, quizá en los pasajes más arduos de *La ofrenda musical*. Hay una estructura, y *eso* es lo que piensa. Una inteligencia artificial, una inteligencia y punto. No-sotros, le diría Federico a Agustina poco antes de verse por última vez, somos sus parásitos.

Ahora se ha despertado Ramírez. Mira por la ventana, desde su lugar, así que ve el mundo como el espacio negativo del perfil de Federico Stahl. Sea que esto importa o no, algo en el paisaje, que ya había dejado atrás la cosa pintoresca de las villas y la miseria, lo hace hablar, lo hace volver a su viejo tema, su equivalente de las *Goldberg*, y habla de los trenes y la civilización, las vías y el comercio. Los caminos de hierro se ramificaban por el mapa como el sistema nervioso de una nueva etapa de la historia, la prueba más sólida del regreso de la industria, de la acción humana, la lucha del hombre contra la naturaleza, etcétera.

El tren los ha dejado en lo que parece una estación improvisada una semana atrás con unas vigas de madera robada de un viejo buque, unas planchas de metal y unas cuerdas; aunque probablemente todo dependa de la mirada, ya que Ramírez, en su fase expansiva, se ha puesto a elogiar la construcción. ¿Ves?, le dice a Federico, como si estuviera señalando la conclusión inevitable de una larga cadena de silogismos, y Federico, que no tiene ganas de discutir, asiente.

Ahora caminan hacia el pueblo, cuyos contornos, en la neblina de esta tarde sucia y calurosa, pueden adivinarse a lo que debe ser poco más de un quilómetro. Después está el reflejo del río en el aire, un pececito de plata, y Federico intenta descubrir el olor de las costas en el viento, pero no lo logra, quizá porque no diferencia el olor a río, más profundo, más oscuro, del olor del mar, la arena y el salitre. Esto era el Chaco, dice Ramírez de pronto, aunque ahora todo el mundo es el Chaco. Al pueblo le pusieron Asunción, por la ciudad de lo que era Paraguay. ¿Era?, se pregunta Federico, pero la respuesta que está buscando no puede ser otra que ¿y a quién le importa?

—Todo el mundo es el Chaco —repite Ramírez—, como todo el mundo es provincia también. Todo esto a lo que los nativos llaman el Valle y que yo llamaría simplemente la Zona. Se terminaron las capitales, las metrópolis.

Todo ha sido igualado, como los cimientos, para que podamos construir. ¿Quién iba a decir, eh, Descomunal, que el futuro iba a ser el mundo de nuestros bisabuelos?

—Un pianista de provincias —le responde Federico, y Ramírez se ríe.

¿Cómo no asociar tan limpiamente un discurso de industria, progreso, acción humana y lucha contra la naturaleza con lo que en aquel mundo de metrópolis y capitales, del Chaco y Asunción y Montevideo y Buenos Aires, se llamaba siempre un *chanta*, un estafador? Y, sin embargo, incambiada la figura, el contexto ha mutado. Ramírez, pensó Federico poco después de conocerlo, no significa en tanto figura o *personaje* lo mismo que significaba el aprovechador, el pícaro, el chanta. ¿Pero qué significa? Para Federico había un significado urgente, inasible. Habría que darle tiempo, ver hasta qué punto chocará con las ruinas del astillero o el prostíbulo, hasta qué punto resistirá. O quizá incluso tenga éxito.

Ahora ha aceptado el desvío: están al norte, no muy lejos de la maraña, y van a subirse a un barco para visitar a dos fantasmas. Ramírez lo ha aceptado con un vestigio de ironía y seguramente tiene preparado un truco de último momento, lo cual parece confirmarse de pronto, porque apenas llegan al pueblo Ramírez se excusa, deja a Federico en un bar amplio y vacío y le lleva quince minutos volver, pedir un café con leche y contar que ha logrado concretar un concierto para esta noche, nada muy especial ni *demandante*, aclara, pero va a terminar siendo bastante lucrativo, porque será en un restaurante y quedó negociado el cubierto artístico. Lo único que tendrá que hacer Federico (y Ramírez cuenta esto como un chiste, pero hay otro chiste más amplio que lo abarca, y quizá todavía otro más allá) es *amenizar la velada*: tocar piezas famosas y breves, contar historias de compositores, nada aburrido, claro, no queremos diez minutos de especulaciones sobre el insomnio de los nobles o cosas que en el fondo no le importan a nadie, sino más bien lo contrario, esas cosas que atrapan a todo el mundo, historias de amor, muerte, locura y especialmente sexo. Por lo que, mi querido Descomunal, vas a tener que echar mano de todo el repertorio romántico, los viejos Liszt y Chopin, ¿verdad?, que alguna historia de esas tendrán.

El lugar no es lejos; Ramírez paga los cafés y conduce a Federico a través de este pueblo lleno de mosquitos, humo y calor. En alguna parte están quemando leña húmeda; todo está lleno de viejos que han rastrillado las hojas de sus jardines, a punto de pudrirse en esta tierra de decadencia acelerada, y Federico lo ha olido en el aire, como si fuera capaz de oler la entropía y las bacterias. Caminan por el medio de la calle, una calle de tierra amarillenta, entre el color de la mostaza expuesta al sol y la diarrea de un moribundo, con un olor similar que le hace pensar a Federico que, desde que fue enunciado el plan de la velada amena, uno de los circuitos de su cerebro pasó al modo hipersensible, ese poblado de olores desagradables, colores irritantes y gente fea, en particular Ramírez, cuyas facciones se vuelven demasiado legibles. Lo que te pasa a vos es que sos un paranoico, le dijo una vez a Federico, pero es mejor la paranoia que la antiparanoia, que todo signifique algo antes que nada signifique nada.

El restaurante es agradable. Federico tiene que admitirlo y Ramírez suelta una carcajada triunfal, le palmea la espalda y se frota las manos haciendo una vez más de personaje de dibujos animados, con los signos de dólar dibujados en las pupilas. Por su parte, el piano suena decente cuando Federico garabatea con el teclado, afinado al menos, un poco apocado, pero algo en la acústica del lugar le hace el favor de dibujarle bien los graves. El dueño lo saluda con fingida admiración, claro que había oído hablar de él, qué honor tenerlo allí, sí, claro, cincuenta-cincuenta, como estableció su mánager. Mi *agente*, dice Federico, pero nadie entiende el chiste. ¿Algo que le gustaría ir pidiendo? ¿Algo para tomar? Y Federico pide un vaso de vino y una vela para poner encima del piano, cosa que a Ramírez le encanta —generar más ambiente—, asiente, en sintonía con toda la onda romántica; y Federico podría hablar un poco de Byron y Shelley, por qué no, todos esos poetas que tomaban vino en cráneos como verdaderos amateurs de las historias de horror. La idea es empezar a las nueve, dice el dueño, pero a Federico no le importa: hay un nivel de vanidad a desbloquear, que pasa por trascender esa pose de estar más allá de situaciones como esta, las que terminan de contornear la figura del tipo de artista que *se rebaja* a hacer macacadas para los ignorantes, aunque tampoco se trata de condescender a la idea del artista-obrero, el peón de la cultura, el bonachón (a Federico le falta una barba, unos cuantos quilos más, una melena canosa que empiece a escasear y escribir novelas policiales para que esa careta no se le caiga demasiado), dispuesto siempre a tomarse una con su público al final de los conciertos (aunque tantas veces a Federico le hubiese gustado ser capaz de fingir eso) y a confirmar a las masas que se puede jugar (porque en el fondo ellos no quieren creerlo) a aceptar la idea de que cualquiera puede crear, que no existe el genio (claro que existe el genio, ha pensado siempre Federico, y lo sé porque yo no lo tengo) y que al final es todo trabajo y artesanado, como medir y cortar maderas para hacer un escritorio. Por el contrario, se trata de darles todo lo que piden y, a la vez, de ocultar los momentos de verdadero brillo, esos que Federico sabe que puede ofrecer, quizá no con la densidad que querría, pero al menos sí unas dos o tres veces por noche, dos o tres noches por medio. Y ya bosqueja sus planes, las irrupciones de rarezas en el repertorio, mientras sus manos se entrenan (el dueño, que no esperaba nada de música hasta la hora convenida, abre unos ojos como mares y se va corriendo, feliz —no perturben al artista—, aunque resulta que el chef también quiere saludarlo y lo hace desde la puerta de la cocina) en la *Danza macabra*.

El repertorio sigue como lo había planeado Ramírez, pero Federico sabe que habrá un momento para cortar la secuencia y jugar con los oídos del público, cosa que hace más pronto de lo que él mismo hubiese esperado. Ahora se ha puesto a improvisar, y lo primero que se le ocurre es un arreglo, algo simplificado en cuanto a la mano derecha, del primer movimiento de la sonata para piano y violín número cinco, opus veinticuatro, *Primavera*, en modo locrio, lo que equivale a reventarla en disonancias. Es divertido, piensa, porque los que conocen el original van a sentir que algo está sonando especialmente mal, como si él se equivocara, mientras que los que no lo conocen lo tomarán por una pieza extraña o de vanguardia. Y sigue en esta vena, alterando tonalidades, interpolando Webern (las variaciones op. 27) en Satie (las *Gnosiennes*) y Satie en Beethoven (la variación 29 de las *Diabelli*) y Beethoven en Rossini, en la obertura de *La gazza ladra* —que da por sentado que todo el mundo conoce y a la que incluso le aporta el redoble del comienzo convertido en un trino en las teclas agudas, otra idea tomada de todas esas piezas medio en plan joda de las *Diabelli*—. Bueno, sí, todo es un gran disparate snob, pero el público no se lo está tomando a mal y Federico se divierte. En un momento cualquiera, mira hacia la mesa que había ocupado su mánager/agente —sabe que, más allá de sus improvisaciones, no ha cumplido la parte de amenizar la velada contando historias— y lo encuentra conversando con una mujer sentada a su lado, una veterana vestida de negro cuyo cabello se ordena en una especie de halo alrededor de su frente, fino y escaso, blanquísimo, que parece brillar en contraste con las líneas finas, oscurísimas, que se han dibujado en torno a los ojos, una suerte de esquema egipcio. Cuando termina el show los dos se le acercan, la señora lo saluda con un apretón de manos y lo felicita, mientras Ramírez se va a hablar con el dueño y a cobrar lo que les corresponde.

—Qué es la música, después de todo, sino un avance hacia el ruido, ¿verdad? Una carga de la brigada ligera hacia el desorden —le dice la veterana egipcia a Federico, de pronto e improbablemente—, desde Bach hasta Webern y más allá. Está lo que tomamos por música y está el ruido, pero la música no es nada si no se sume en el ruido, le impone un orden que algunos dirán que les ajeno, pero que gente como usted entiende como una verdad escondida.

Dice, y se va, sin siquiera invitarle un trago ni nada de lo esperable. Federico vuelve a sentarse ante el piano, pero cierra la tapa del teclado y gira en la banqueta para ver el salón, con apenas dos o tres mesas ocupadas. La cocina ha cerrado y los parroquianos toman sus cafés; el chef conversa con una pareja, un niño duerme sobre dos sillas, tapado con una campera que parece de cuero y por los pequeños parlantes del equipo de sonido (Federico los admiró apenas él y Ramírez entraron al restaurante) suena un jazz suave, bálsamo para los oídos de los puristas. Es Miles Davis, se reconocen fácilmente el tono en la trompeta, los tempos y el cuidado a la hora de aventurarse en el registro más alto, aunque Federico no maneja lo suficiente la obra en cuestión como para determinar álbum, año o período. Y lo que escucha es un talento sereno, tan relajado y seguro de sí como para descubrirse en las regiones del genio, esas que Federico conoce solamente de oídas y que ahora le hacen pensar en las tonterías que ha pasado casi tres horas tocando como si fueran la travesura de un niño insoportable. Así, él, que ya se zambulló hace rato en la quinta década de su vida, se siente de pronto nada más que una serie de cáscaras, cascarones, cascajos o escombros que cubren lo que queda de un niño insoportable y a la vez siempre correcto, modesto y solícito.

Es tarde, piensa, mejor no sigo por acá.

Una de las mozas se le ha acercado.

—Perdón —le dice—, lo veo tan concentrado...

En ella no hay escombros ni cascajos ni cascarones. Federico le estima veinte, veintiún años, la historia tan manida de lo que la edad aún no corrompió, en hombre o mujer, mancebo o doncella. Después se preguntará si habría actuado del mismo modo si la chica hubiese sido un chico, igual en todo pero chico; y por qué no, concluirá, deseándolo incluso —no habría sido la primera vez, y por qué no convertirse también en *ese* personaje, Aschenbach en lugar de Humbert Humbert—. Ella debió nacer después de la maraña, piensa, en un mundo tan distinto al del 1978 de Federico, que todo avance debería ser pensado como un crimen. Pero Federico, que no sabe seducir, se descubre jugando el papel del seducido. Entonces, después de intercambiar unas palabras con un Ramírez que le guiña un ojo y le disimula un codazo después de darle unos billetes viejísimos, recorre medio pueblo para llegar al garaje que Gladys, la moza, comparte con una amiga oportunamente instalada en la casa de su novio (y no volverá hasta mañana). Es un apartamento de un ambiente, no del todo pequeño, con dos colchones en el suelo, una heladera a batería, un embrollo de cables, dos roperos, una mesa, un espejo y una estantería con libros cuyos títulos solo mirará Federico por la mañana, cuando Gladys esté durmiendo y él busque una ventana para abrir en medio del olor dulce de lo que sea que fuma la moza, más el sudor rancio, las sábanas sucias, el olor a concha, el olor a pija. La noche será larga, por cierto: a Federico no se le parará, se pondrá a babosearle la concha a Gladys, ella acabará rápidamente, intentará dar tumescencia a la pija de Federico con boca, manos y tetas, no lo logrará, o al menos no lo suficiente, se pondrán a hablar un rato y ella convidará a Federico con un porro o algo similar —en realidad, el olor es distinto al de la marihuana— y Federico dirá que no, que nunca le gustó fumar, tabaco, marihuana o lo que fuese, y ella le ofrecerá, le está ofreciendo ahora, un caramelo como aquellos que se comió Federico en el pueblo de la frontera fantasma. Ya los probé, le dice, y —cosas más extrañas han pasado— el sabor a plástico y musgo le afloja el nudo en el sistema nervioso tras toda aquella pavada del genio y el niño insoportable, Miles Davis y la *Primavera* en modo locrio; y la pija responde, tambaleándose un poco arriba en la erección, dudando ante el estado definitivo, pero aprovechada de inmediato por ambos, ella que vuelve a chuparla, él que insiste en meterla, ella que prefiere seguir chupando, él que finalmente penetra, entra un poco, entra más, coge unos minutos y acaba de alguna manera feliz en la pancita de Gladys. Ay, ay, ay, dice ella, como si cada gota de semen le quemase la piel, pero después ríe y se cuelga del cuello de Federico, le besa cachetes, cuello y boca. Es el tipo de performance que suele dejarlo en un estado similar al arrepentimiento y que suele resolver con esfuerzos de concentración o con alcohol, pero ahora no hace falta; se siente bien, satisfecho incluso, y se pone a contemplar el cuerpo de Gladys, pequeño en sus curvas, de piel del color de las almendras, poseído de pronto por oleada tras oleada de relajación, como si la chica se hundiera en el colchón hasta rebasar el piso, los cimientos, el suelo, la primera capa de rocas. Debe ser lo que está fumando, piensa, y se acuesta a su lado.

No sabe qué hora es y siente que sube la marea del sueño; ella quizá ya está dormida: ha cerrado los ojos y la respiración se le regularizó, profunda, tras haber posado las manos delicadamente, una en la pancita todavía pegajosa y la otra entre las tetas. Y si fuera cierto que los esquimales tienen tantas palabras para la nieve en sus estados tan distintos, indiscernibles por los habitantes de las regiones subtropicales y llanas, habría también que disponer de una variedad equivalente con la que nombrar los distintos estados entre el sueño y la vigilia, porque Federico se sabe ya no despierto pero tampoco realmente dormido, como si estuviese sentado ante su ventanilla del tren y pasara a toda velocidad por un antiguo estudio de cine, primero los sets de la prehistoria, después los de Versalles, los de los piratas de los asteroides, los agentes secretos en los años cincuenta y el antiguo Egipto. Pronto están sentados los dos como indios, sobre el colchón, y ella cuenta su vida. Veintiún años, en efecto, y Federico le dice que nació en el peor año del contagio; ella contesta que en lo que era Paraguay al principio el virus no fue grave, pero Federico le dice que ya no había sido vacunada, que para entonces la industria química se había derrumbado. Y ella pone cara de no entender o de no importarle, y se pone a hablar de la historia del mundo, *su* mundo, que equivale a un círculo cuyo radio no pasa de quinientos quilómetros, y nada más allá tiene sentido salvo ahora, que Federico ha atravesado sus límites. Pero no importa, y por eso la conversación se queda de este lado de la circunferencia, mientras Gladys cuenta las leyendas del Valle, todas las historias de la maraña cercana y el río sonámbulo en la oscuridad. No muy lejos, dice, se encontraron cascos de astronautas, que en verdad eran *cráneos*, solo que no exactamente humanos, sino más grandes, de gigantes, y hechos de maraña, del bioplástico verde de la maraña, que debió crecer adoptando la forma de un cráneo humano o venir del futuro, de un mundo no tan remoto en el que la maraña da a la humanidad superviviente todo lo que necesita para conquistar otros planetas, naves, cápsulas, trajes y cascos. O que la maraña replicó a los seres humanos, cabría añadir: un mundo de réplicas, ¿se acuerdan de los humanos, aquellos primates parecidos a los bonobos? Bueno, no es difícil copiarlos, dividirnos en una multitud a su imagen y semejanza, quizá un poco más grandes, quizá un poco más resistentes; y a partir de ahí conquistar el mundo, portar los sueños de su literatura. Y es como si Federico recordara una noche con Ramírez, una de esas noches, es decir, en que las camionetas fallan y hay que parar en algún claro junto a la ruta, uno de esos viejos paradores entre los cerros, en medio de la jungla, y entrar a una cantina poblada por aliens o quizá, mejor, humanos adaptados a otros mundos en el futuro, humanos que evolucionaron en otros ecosistemas y han perdido el contacto con el planeta original. Algunos habían olvidado la Tierra y, tras largos peregrinajes en busca del mundo original, venciendo paradojas espaciotemporales y comprimiendo espaciotiempo y cronologías con tecnología ahora inimaginable, han llegado allí, a bailar una música medio ridícula tocada por descendientes de animales, allí en el parador, en la jungla de lo que hace no tanto era Brasil y quizá siga siéndolo, aunque ahora lo llamen el Valle. Todos cuentan sus mitos y leyendas: uno de ellos dice que, el 30 de julio de 1908 —en su mundo, su realidad, su línea temporal, se entiende, repliegue particular en la expansión del multiverso—, un bólido ingresó a la atmósfera de la Tierra e impactó en Tunguska, Rusia, para quedar semienterrado en la taiga hasta que los exploradores del zar descubrieron un *carruaje* (sic) comparable inevitablemente al bíblico, el merkabá. Estaba extrañamente vacío de tripulantes —o, digámoslo, tripulado por entidades que nadie pudo distinguir del vehículo en sí, de su instrumental, su cuerpo, lo que fuese—, pero que con el tiempo, en la medida en que fue transportado a Moscú y examinado por científicos, filósofos naturales, alquimistas, herreros, ingenieros, dibujantes y poetas, se reveló pleno en artefactos y en máquinas que, con los años, en el secreto ruso, fueron analizadas, desarmadas y vueltas a armar, en una palabra, *comprendidas*. Todo fue mantenido en secreto, por supuesto, y Rasputín seguramente se involucró de alguna manera —dicen, por ejemplo, que una esfera de cristal tomada del carruaje lo volvía invulnerable y le permitía cambiar de forma, o al menos cambiar la forma y el tamaño (*ejem*) de las partes de su cuerpo— y luego Lenin y luego Stalin y luego Malenkov, quien guio heroicamente a los soviets hacia el espacio, donde los artefactos del carruaje habían abierto un vórtice o puerta estelar hacia distintas partes de la galaxia. Los cosmonautas de esas primeras misiones —los que sobrevivieron, es decir, los que no sucumbieron a la locura contagiada por los aliens— volvieron con noticias: la puerta estelar conducía no solo a otras estrellas, sino también al futuro, y en muchos de los mundos visitados, extrañamente, los humanos ya habían llegado miles de años atrás (serían cerdos capitalistas, dijeron, que habían tenido que arreglárselas sin la tecnología del carruaje, sin duda alguna explotando al pueblo), habían levantado ciudades y grandes maquinarias y también habían desaparecido.

Gladys, sin embargo, prefirió pasar rápidamente a la historia de Shauna, que empezó como una *dominatrix* en los prostíbulos del camino de las leñeras y terminó por convertirse en la Señora Indiscutida del Valle, tan cruel como justa, impredecible como generosa; Colosal Shauna, de dos metros de altura, brazos como muslos, muslos como locomotoras, tetas como ballenas. El nombre le suena a Federico; cree recordarla de la casa de Neumayer, pero después decide que debe ser otra mujer, que se trata de historias (él, vaya a saberse por qué, piensa con el término *trayectorias*) distintas.

—¿Y vos la conocés? —pregunta Federico, interesado.

—Todas la conocemos porque todas somos sus amantes. —Y Federico no entiende si es una metáfora.

Lo que sigue está todavía un poco más acá del sueño, en esas regiones que a veces llamamos *fantasías*. Gladys se ha dormido y Federico, acostado ya en su lado del colchón, se ha puesto a pensar en maneras en que podría continuar la historia de su vida. Por ejemplo, ¿qué fue de Rodrigo/Radoslav/Raisa, su archinémesis en la academia? Y así imagina, o sueña o alucina, que su camino por la región junto a Ramírez es replicado por Rodrigo, solo que mejor, más eficientemente, con un *manager* de verdad, con mejores recursos, con una estela de éxitos, una verdadera Rodrigomanía a su paso, una histeria colectiva, un baile de San Vito; y a la vez lo sigue de cerca, a veces se adelanta, a veces va a la zaga, pero siempre se las arregla para tocar en mejores salas, para cumplir mejor con los deseos tácitos del público, para meterse en la memoria de tantos escuchas y convencerlos de que él fue el *único* pianista errante que intersectó sus vidas, desplazando a Federico al nivel de los sueños o del sedimento de lo que pudo ser y no fue. Pero, eventualmente, como una partícula y su antipartícula, habrán de encontrarse y colisionar. No es imposible: es *inevitable*. Nada puede hacer Rodrigo para retrasar el evento ni Federico para adelantarlo, o viceversa; después de todo, no está claro si Rodrigo en efecto lo sigue, si hay una voluntad de acecho, o si se trata más bien de que ambos siguen tropismos, pautas o huellas similares y complementarias porque son, después de todo, la misma persona, facetas del mismo cristal multidimensional, y por eso se reconocerán al encontrarse, como reflejos en el espejo, como los habitantes de dos lados contrarios de la historia, el que fue y el que pudo ser. Rodrigo tiene una esposa y dos hijas que lo esperan en casa, y su casa es no esperar —no haber esperado *jamás*, salvo quizá en los viejos días del conservatorio— otra cosa del destino, haberse sabido un talento desde tan temprano, un virtuoso, sin haber aspirado jamás al genio. Así, al contemplar a Federico en el momento exacto de la colisión, Rodrigo entenderá qué lugar darle al desasosiego, al vacío renovado del otro lado de las cosas, a la incertidumbre y también a los momentos de claridad, y así *algo* resultará de la colisión, otras tantas partículas nuevas, de vida efímera, cargadas de energías insólitas y creadas por la transferencia de experiencias, recuerdos y visiones pronto dispersas por el Valle, el bosque y la maraña, y de esta manera Federico —o la información que antes había estado concentrada en alguien llamado Federico Stahl y que se dispersó por el mundo tras la colisión— comenzó su proceso de acreción para que pequeñas copias u homúnculos fueran apareciendo por ahí, regenerados con sus propias historias en ciernes, sus manos que buscaban el teclado, sus travesías por el monte o la selva. Se los tomará por portentos, por señales equivalentes a los fuegos de San Telmo, y así encontrarse con uno de estos duendecillos nunca muy lejos de la maraña dará alegría y esperanzas renovadas a los viajeros. No pasará mucho tiempo antes de que aparezcan otros rumores, ya de entidades más desarrolladas, superhéroes de las carreteras, piratas, vagabundos en la superautopista de la información mística, las nuevas líneas de Nazca, leídas desde la altura necesaria como la clave quiromántica del mundo y su destino, de todo lo que pudo ser y no fue. Entonces, aquellas partículas menores que no llegarán a unirse en su proceso de acreción con las más masivas para resultar en estas nuevas entidades se convertirán en signos, en fragmentos de historia, en *hrönir*, objetos misteriosos aparecidos de pronto entre las ruinas de los oleoductos. Y así Shauna dará con la localización de un pueblo en el que los hombres y las mujeres entretejen pedazos de maraña en prendas equivalentes a las viejas cotas de malla, solo que con el tiempo los anillos se funden y el resultado es una malla o leotardo que, al contacto con la piel, despierta en quien se la haya puesto una suerte de voluptuosidad, un deseo de contacto, una fuente espontánea de placer sexual. Shauna —algunos dicen que descuidando otras obligaciones— se lanza entonces a la búsqueda del Cetro, un dildo gigantesco hecho de estos pedazos de maraña, símbolo de su nuevo poder y debidamente emplazado en un arnés colocado alrededor de su cintura para sodomizar a sus acólitos y acólitas, quienes se verán transportadas y transportados a un mundo donde los límites de lo humano y todas sus represiones han sido reventados hace tiempo. Pero en las sombras acecha Dzuba —Dzuba Burbage, la enemiga jurada de Shauna, su hermana según algunas historias—, que movilizará a sus comandos para asaltar la ciudadela de Shauna y robar el Cetro. En medio de estas guerras aparece una entidad lo suficientemente parecida a Federico Stahl como para reclamar ese nombre, un hombre de habilidades sobrehumanas que recorre el Valle en busca de no sabe bien qué, una respuesta, una pregunta, una clave; en su camino libera esclavos, asiste a bandas de amigos que buscan sacar a sus líderes de las cárceles, ayuda a pueblos asolados por bandidos, mata bestias legendarias, engendra docenas de hijos. ¿Y no habrá aparecido todavía *otra* entidad, otro fragmento resultante de la colisión entre Rodrigo y Federico? ¿No se asociarán dos de esos fragmentos, el mayor capaz de cuidar al menor, de conducirlo a través de la desolación hacia el templo donde emplazarlo para reclamar la herencia, la memoria? Hay que buscarlos entre los mitos del Valle y bajo los nombres más extraños, las tecnologías olvidadas, los sueños de los niños: algún día, cuando todo se convierta en letra y en mito, serán contadas sus historias.

6

Ahora se trata de remontar el río y, mientras Ramírez habla con el barquero, Federico se distrae contemplando el puente cercano, en el que cree detectar una cualidad militar, como si décadas atrás hubiese servido para el paso de las tropas en una concebible guerra luchada en el Valle antes de que fuera llamado el Valle. Federico piensa en montañas de maraña, montañas que caminan, montañas que fluyen; pero mira también el agua y el cielo, verdes ambos, más bien amarillento el último, con sus nubes de ictericia. Son las dos de la tarde y comieron bastante bien en el restaurante donde Federico había tocado la noche anterior; después Ramírez lo llevó hasta lo que presentó como *el puerto*, pero que en realidad era un muelle largo con barcazas atracadas, más una estructura sobre palafitos que probablemente hiciera las veces de aduana. Hay olor a frito y a barro y un buen grupo de hombres y mujeres se ocupan de cargar y descargar las barcazas, que seguirán después su camino río abajo, cargadas de granos y hortalizas.

El barquero se llama Enrique Wollfig y a Federico le parece que Ramírez lo conoce desde hace tiempo, lo cual bien podría ser posible (ha olvidado, por tanto, que meses atrás el nombre de Wollfig apareció en una conversación sobre el origen del petróleo). Ninguno lo vuelve explícito, pero en la manera en que se dirigen el uno al otro parece pautarse la interferencia o el moaré de una historia que los incluye y los ha hecho interactuar más de lo que ellos saben. Hay que cargar un par de bidones de etanol y después podrán partir. Ramírez se quedará en Asunción y Federico pasará la noche en la isla con Marcos y Agustina; Wollfig lo recogerá mañana al mediodía. Ese es el plan, y a Federico le resulta un poco llamativo no haber sido consultado, pero, después de todo, ¿no era ya de por sí extraño que Ramírez accediera a un desvío como aquel? El etanol no es barato, Wollfig debe cobrar lo suyo, ¿por qué no hubo más resistencia, más discusión? Quizá hay un plan a mayor escala, y ese regreso y la noche subsiguiente ocupada en quién sabe qué objetivos ha de ser instrumental para un fin. ¿Pero qué pasa si Federico decide quedarse más de una noche con sus amigos? ¿Por qué siempre le aparece ese deseo algo perverso de fastidiarle los planes a Ramírez, incluso cuando estos permanecen en la oscuridad? En fin. El etanol ya está abordo y Wollfig lo invita a subir.

Federico lo estudia un poco más de cerca. Es mayor que Ramírez, deberá andar cerca de los setenta años. En principio, si se tratara de buscar un actor para interpretar a un barquero de río, en el Valle y no tan lejos de la maraña, el *physique du rol* está allí, algo borroso pero legible en la piel bronceada, casi curtida, en los párpados blanqueados, los ojos amarillentos y el físico fibroso y libre de tejidos superfluos, con los hombros, los brazos y el pecho debidamente configurados para la acción contra la corriente. Llama la atención el vello en el pecho, denso y plateado, y la sombra densa del rostro afeitado seguramente no más que un par de horas atrás, que parece llegar hasta los pómulos. Federico imagina a Wollfig remando río arriba, aunque sabe que el barco tiene su propia propulsión. Seguramente haya que economizar. El barco en sí es apenas una barcaza mejorada, una balsa grande a la que le han aportado una quilla y los rudimentos de un casco, quizá para tener de paso más espacio para guardar mercancías. Wollfig bien podría ser un contrabandista, aunque la ocupación no debe tener verdadero sentido en un lugar como el Valle, piensa Federico, lejos (en espacio y en tiempo) de los controles habituales. Pero, sin embargo, las historias que le contó Gladys siguen sonando en sus oídos y, por tanto, el Valle se le aparece ahora como un territorio feudal, controlado por señores y señoras de la guerra, con sus clanes de samuráis y sus renegados y sus ronin.

El río es tranquilo, la barca lo remonta con la calma de releer un cuento recorrido docenas de veces. Poco a poco dejan atrás la visión de los edificios más altos, las torres del agua y los molinos, y entran a un mundo que los libros de aventuras que leía Federico en los ochenta describirían sin dudarlo como prehistórico, dominado por árboles gordísimos, de troncos marrones y carnosos, y el grito ocasional de los monos y las aves. Ahora es simplemente un mundo sin seres humanos, aunque Asunción no está lejos, porque lo que parecen decir el color del agua, la profusión de los árboles y el cielo amarillo es que la esfera de acción de las casas y las calles, esa influencia racionalizadora, ordenadora, ya no es tan grande como durante el siglo XX y ahora las cosas pueden, por tanto, ponerse extrañas. Basta con alejarse unos metros. Wollfig podría advertirnos que no hay que bajar del barco, pero en su lugar sobre la barca y en el río y en el Valle y en su historia se mantiene en silencio por un rato, hasta que, de pronto, se dirige a Federico. Tiene ganas de conversar; no hay mucho que hacer para mantener el barco en su camino, el avance es lento, el día pesado y sin palabras o música el viaje se hará interminable, así que pronto lo escuchamos contar buena parte de

La historia de Enrique Wollfig

Hijo de exiliados políticos argentinos, nieto de alemanes que despertaron de la pesadilla europea en la pampa de fines del siglo XIX, Enrique Wollfig había concluido mucho tiempo atrás que su estirpe debió en algún momento —y como castigo quién sabe a qué transgresión— haber sido maldita con la impermanencia y la errancia. Esto significaba que a cada nueva generación de Wollfig habría de tocarle el desarraigo y la tarea de buscar una vez más un lugar en el mundo, de encarar el destino nómada como si no hubiese otra opción que remontar la historia de la civilización hacia atrás y dar la espalda a las ciudades, las aldeas, las inmediaciones de los templos y las granjas. Los viejos murieron entre los cerdos o las ovejas, los padres han abandonado los parajes donde sus hijos habían dado los primeros pasos, los hijos saben que nada de lo que los rodea estará llamado a perdurar y entenderán que siempre han de ir allá donde llueve más fuerte. Pero en este éxodo —y esto es lo más importante— no hay una tierra prometida, sino una vaga distribución estadística: extrapolando la maldición hacia el pasado y hacia el futuro, uno podía preguntarse a qué patrón se adecuarían las llegadas de los hijos y las hijas de los Wollfig a los mismos territorios, a esos que otros Wollfig habían abandonado siglos atrás. ¿Había atractores? ¿Había lugares privilegiados en la distribución, donde una Wollfig de 1815 pudiese descubrir los huesos de uno de 1340 y también, más a lo hondo, de una de 1190? ¿Habrá a la vez vacíos, zonas libres de Wollfig explicables solo con hipótesis de perturbación en el espacio y horrores sintomáticos, tierras aparentemente comunes y corrientes, pero que, por alguna razón, repelen a los Wollfig? Una preocupación por la historia antigua se vuelve inevitable en estos casos, y el joven Enrique Wollfig no fue la excepción.

Hacia mediados de los años setenta del siglo XX, lo encontramos en Madrid; Franco ha muerto y la maquinaria del futuro ya está moviéndose: pronto serán registrados los primeros indicios de la Movida Madrileña y de su hermana menor, la Edad de Oro del Software Español. Enrique tiene veintipocos años; es una joven promesa de la física que prepara su doctorado y en los ratos libres procura aclarar la historia de su familia. Descubre, por ejemplo, que el apellido es reciente, una corrupción argentina de *Wolff*, 'lobo', evidentemente un error de transcripción; pero después resulta que los primeros antepasados alemanes del joven Enrique también falsificaron su apellido una vez que llegaron a las tierras del Reino de Prusia, y con *falsificaron* en realidad se quiere decir *tradujeron*. Es, en cualquier caso, un rizoma genético. Algunos de los futuros Wolff/Wolffig venían de Croacia, donde un tal Luka Vučko había combatido en la batalla de Sisak, parte de ese largo siglo de escaramuzas entre los croatas y los otomanos; otros habían pasado décadas atrás por Grecia, la rama Lykoudis de la familia, que se presumen guerreros-poetas. Pronto el joven Wollfig exhuma antepasados a lo largo y a lo ancho de Europa, saltándose guerras y siglos, todos ellos con apellidos que volvían al nombre del lobo o —y aquí comienza a complicarse la trama— también al del hombre lobo, el licántropo, el lobisón. La búsqueda encuentra un límite, sin embargo, y el joven Enrique se ve empantanado a fines del primer milenio porque se ha estrellado contra ese objeto inamovible conocido como País Vasco, más específicamente la Bizkaiko golkoa o golfo de Vizcaya, entre cuyos establecimientos urbanos —Santander, Ondarroa, Lequeitio y Donostia— vivió la numerosa familia de los Otxoa, después castellanizados como Ochoa, balleneros de profesión y el suyo uno de los apellidos que aparecen en una nota a pie de página de un documento de 1059 que regula el comercio de carne de ballena en Bayona.

Wollfig no logró dar con indicios más antiguos, pero la historia de los Otxoa —o la rama española posterior, los Lope— se reveló como clave para comprender, entre otras cosas, el viejo asunto de la maldición. Buena parte de los documentos de esa fase vasca o primordial de la familia refieren al *gizotso* u hombre lobo, y a encarcelamientos, destierros e incluso ejecuciones de los tantos sospechosos de pasar de manera un poco hirsuta por demás las noches de luna llena. No hay mucho que investigar por métodos tradicionales, cuanto menos académicos; así que la verdad llega al joven Enrique en un sueño: está en un círculo megalítico del País Vasco, quizá el crómlech de Adiko Soro o quizá el de Aroña, lo cual es interesante, dado que —más allá de lo que pudiera permanecer de alguna manera almacenado en su memoria genética— el joven Enrique Wollfig jamás había viajado a las provincias de Euskadi ni, mucho menos, visto fotografías o siquiera leído acerca de los megalitos asociados a estos monolitos o menhires vascos. Está con las manos atadas a la espalda y ante lo que debe ser un chamán o su equivalente vasco, un hombre bajito y peludo que lleva un cráneo de lobo encasquetado en su sombrero de paja, ramas y hierbas. El chamán lo unce con un líquido blancuzco, que rápidamente podemos interpretar como semen, no se sabe si humano o canino; y de esta escena de *cumshot* o *bukake* primigenio (lobos en el bosque siniestro, sangre que se mezcla entre las rocas, las estrellas que se abisman sobre una estirpe oculta) lo que sacamos en limpio es que el antepasado del joven Enrique adquirió la habilidad, atada irresolublemente a la luna y a la menstruación de aquella sangre ardiente de lobo (pero es otro ardor, es otro fuego, no el de las hogueras o las antorchas, que trazaban aquellos círculos de civilización para mantener a raya a los lobos en las noches más profundas), de atravesar las barreras que separan las especies.

Ahora bien, estas barreras han de ser por completo ficticias, seguramente, un artefacto del orden del mundo en que hemos dado en creer. Mientras, es sabido a la vez que, si bien la licantropía ha sido presentada consistentemente por la literatura, el cine y la historieta recientes como una maldición, los chamanes de culturas tan separadas espacialmente como las de los pueblos de

Siberia y la azteca, o la de los nguni sudafricanos y los urarina de la amazonia peruana (y no podemos dejar de preguntarnos qué habrá sido de estos últimos, en una de las zonas del mundo más densas en maraña), han sabido moverse libremente no solo entre las proverbiales tres regiones de la creación o zonas del árbol del mundo, sino también entre las especies, capaces de tomar la forma de alguno de sus animales totémicos —el cuervo, el lobo, el oso—. ¿Y no sería Drácula una suerte de *überchamán*, que puede también abstraer su forma más allá del animal concreto, el murciélago, a una horda de ratas, un enjambre de chinches o, más allá todavía, una miasma pestilente, un espacio de influencias, una Zona perturbada y perturbadora?

En cuanto al sueño del joven Enrique, lo que sigue a la escena del crómlech está narrado desde el punto de vista del lobo: la luna como herida supurante en el cielo, aullido máximo del armazón de la realidad, los ecos de la manada, la advertencia de la vía sin escape que lo llevará a los dominios del Perro, esas memorias filogenéticas de sumisión y seguridad forjadas en los corrales neolíticos, un camino que él preferirá no tomar, como todos los de su estirpe. En los días que siguen al sueño, en cualquier caso, el joven Enrique Wollfig cree haber encontrado la clave, el hilo de sangre lupina que conecta a sus antepasados. Y, por supuesto, no puede sino preguntarse ¿y yo?, ¿llegará esta marca hasta mi médula?

Más o menos al mismo tiempo consigue trabajo. Él, como todo el mundo, da por sentada su libertad de elección, haber seguido los caminos de su vocación, los índices de su talento. Sin embargo, nada más lejos de la verdad, porque el joven Enrique, una vez más como todos y como todo, no hizo más que seguir esos otros caminos, los del Capital o, mejor, los de la Pauta que hay detrás de lo que llamamos Capital y que cabe rastrear hasta la revolución neolítica y más allá, a esos milenios que confiamos en despachar bajo las nociones de ser uno con la naturaleza, la vida de los cazadores-recolectores y ese tipo de tonterías. O todavía más y más allá: a la confusión original entre energía e información, economía y calor, leyes de la termodinámica y la separación (cuando la temperatura promedio del universo bajó hasta aproximadamente 159,5 ± 1,5 GeV) de la fuerza electromagnética y la nuclear débil, fundidas anteriormente en la llamada fuerza electrodébil. Así, hacia 1977 virtualmente *todos* los modelos que proyectaban la vida útil de las reservas mundiales de hidrocarburos, considerando incluso eventualidades como el descubrimiento de napas nuevas en lugares tan improbables como la República Oriental del Uruguay, coincidían en que el pico de la producción sería alcanzado en algún momento entre 1984 y 1988 y que, por tanto, dada la pendiente en la curva del consumo energético, la catástrofe ya era inevitable y sobrevendría con el cambio de milenio. Precisamente con el cambio de milenio, como si fuera tan difícil sacarse de encima esas garrapatas de las viejas profecías. Y, para hablar claro, la gente detrás de estos modelos no solo tenía las mejores computadoras de su época, sino que era, además, gente realista, esas fuerzas ocultas detrás de las fuerzas ocultas, las sociedades secretas que mueven los hilos de las sociedades secretas de tal manera que al final no hay nada secreto ni tampoco sociedad alguna; ni que hablar de la CIA, las fuerzas armadas, la reserva federal y todo el abanico conspiranoico setentero, Illuminati incluidos.

A la vez, por *gente realista* debemos entender también gente que sabía (o ese conocimiento podría ser inferido de sus actos) que no hay nada que *hacer*, que el sujeto de la historia jamás fue o pudo ser el hombre. Pero convengamos que saber qué pasará es mejor que chocar contra la peor de las sorpresas y que el Capital solo quiere seguir siendo Capital y, por tanto, asegurar que los mercados sufran lo menos posible con catástrofes como la que predecían todos estos modelos. ¿Por qué no mover entonces algo de dinero hacia la investigación de fuentes de energía alternativa? Siempre se podía disfrazar de preocupaciones ecologistas, guerreros del arcoíris y tonterías por el estilo. El caso es que de pronto se ha abierto una enorme piscina de financiación y hacia la olla de dólares al final de este arcoíris gravitó el joven Enrique Wollfig, doctorado bajo el brazo, hombres lobo en su cuartito secreto de las obsesiones y, por qué no, las largas y ritualizadas sesiones masturbatorias bajo la luna llena.

En la universidad de Utah, bajo la máscara de un programa de investigación dirigido por Stanley Pons y Martin Fleischmann, el joven Enrique Wollfig dedicó el lado visible de su mente a la fusión fría, primero a partir de la vieja idea de la fusión catalizada por muones, que había sido esbozada por Tesla en 1934 y después investigada más detenidamente por Andrei Sakharov y F. C. Frank, en 1950, y por Luis Álvarez en 1956. La conclusión del equipo liderado por este último fue que el proceso —como el petróleo uruguayo, pero eso él no lo sabía, claro está— era impráctico, dado que la energía necesaria para ponerlo en marcha excedía la que alcanzaba a producir. El joven Enrique Wollfig comenzó por estudiar estos resultados y volver a considerar la idea bajo nuevas perspectivas: los muones son partículas subatómicas parecidas a los electrones, pero mucho más pesados (*masivos*, nos corregiría el joven Enrique Wollfig en este momento); si remplazamos el único electrón del átomo de hidrógeno por un muón, el resultado sería una variedad de hidrógeno notoriamente más pesada que la ordinaria, en la que los núcleos de estos átomos se encuentran mucho más cerca los unos de los otros, lo cual incrementa la probabilidad de que la fusión (es decir, la combinación de los núcleos de átomos de hidrógeno para formar átomos de helio y liberar energía) ocurra espontáneamente. Como ya había sido establecido, sin embargo, la producción de muones consume más energía de la que termina por producir la fusión, así que o bien encontramos un medio energéticamente barato de producir muones o consideramos otras alternativas de fusión fría… Y el joven Enrique Wollfig trabajaría por mucho tiempo en paralelo, saltando de una posibilidad a la otra. Pero no hubo resultados. Una técnica que involucra el empleo de estructuras de hidruro de paladio parecía prometedora, pero una vez más los costos excedían toda producción práctica; era la mejor de las cartas en la mano, pero no funcionó, y eso no le gusta al Capital, que siente que está perdiendo su tiempo. ¿No habrá zonas más prometedoras?

El problema es que los científicos, en términos generales, no son del todo intercambiables: donde resulta de utilidad un físico, no hay muchas probabilidades de poner a trabajar exitosamente a un biólogo marino, por ejemplo. Así que, una vez que concluye que la fusión fría es una quimera y sus colegas se dispersan hacia otras áreas de atracción, el joven Wollfig no sabe qué hacer. Estamos en 1989 y el pico de la producción ya ha sido anunciado, nadie sabe bien cómo ni por qué, pero *pasó*, y hay quien culpa a terroristas de la información, *hackers* y agentes secretos. Algunos estudios publicados afirman que la civilización como la conocemos terminará en 1999, pero diversos equipos ensamblados de la noche a la mañana por diversas agencias de diversos gobiernos se encargan de desmentirlos, al menos para *comprar tiempo*. El lema de esta gente ahora es *nadie quiere el pánico*, aunque llegado el momento (llegado el pánico, es decir), el Capital, que a todos los aspectos prácticos viene del futuro como aquellos cascos de bioplástico, siempre habrá de haber sabido qué hacer. El joven Enrique Wollfig ha llegado a oler algo de esto, ha hecho las preguntas correctas en los pasillos correctos, ha encendido las lámparas donde había que hacerlo y, más o menos, *sabe*.

Así, él mismo gravita fluidamente hacia los lugares donde están siendo investigados los nuevos planes de contingencia. Y resulta que la síntesis de compuestos orgánicos a partir del hidrógeno del agua oceánica y del oxígeno, el nitrógeno y el carbono presentes en el aire es un campo de especial interés, dado que está bastante claro que después de esa fecha límite de 1999 habrá que encontrar una manera de sintetizar plásticos y medicamentos, por no mencionar combustibles. Así que hay lugar para un físico que ha pasado los últimos años de su vida con la nariz metida entre muones, electrones y núcleos de hidrógeno, litio y deuterio; alguien que, en suma, entiende mejor que nadie la naturaleza del enlace atómico, iónico o covalente. Y así empieza la segunda etapa de su vida como científico, en la que el nuevo grial no es la fusión fría, sino la síntesis universal. Aunque qué bueno estaría contar con *esa* fuente de energía, repite el joven Enrique Wollfig a cualquiera que esté dispuesto a escucharlo, cóctel en mano, como un verdadero evangelista de la energía barata y limpia; y agrega que es la del sol, después de todo, la misma energía que quedó almacenada en los enlaces de esas horribles moléculas de hidrocarburos aromáticos, alcanos, cicloalcanos. Y en ocasiones pareciera que el joven Enrique Wollfig estuviera a punto de convertirse en un místico de la fusión, que en sus momentos más esotéricos se le revela como el último umbral, más allá del cual está la sombra de la rosa, la energía que mana de la trama misma del universo, el amor fundamental que mueve al sol y las demás estrellas, como si pensara en una manera de conectar un cable al mismísimo Big Bang. Pero hay más: su reciente migración desde los campos de la física hasta los de la química orgánica le recuerda la pauta nómada de su familia y su éxodo permanente, esa vasta persecución a los hombres lobo; y de pronto todas las historias que había estado leyendo en lo que por momentos le parece una vida anterior, aquella vivida en Madrid, se adhieren felizmente a los receptores neuroquímicos de sus células místicas y oculturales. El mundo es un lugar más misterioso de lo que podemos imaginar, se repite. Ha empezado a soñar, además. Ya no se trata del crómlech, sino de una aldea o quizá ya una ciudad del Renacimiento, un barco hacia el Nuevo Mundo, la llanura interminable de la Pampa, el Sur; y allí siempre están sus víctimas, aunque no queda del todo claro en sus sueños qué hace, para qué quiere tantos cuerpos, ya que no se los come, ¿verdad?

Quizá sea apenas una suerte de vértigo por la violencia misma, sueño tras sueño, época tras época. No los sueña siempre, pero hay un promedio sólido que vuelve extremadamente rara la semana en que no pase al menos una vez. Y son sueños densos, detallados, sueños, de hecho, que parecen *continuarse* como episodios de un relato más amplio que él recorre de manera no lineal, saltando de un capítulo a otro. Y es la memoria de su estirpe, eso está clarísimo: no ha soñado con lugar alguno por el que no hayan pasado los Wolffig, bajo todos sus nombres, y en todos ellos él es un hombre lobo. A veces le resulta hasta un poco doloroso no serlo en la vigilia. ¿No sería una belleza disfrutarlo *de verdad*, bajo la luna, en los bosques que rodean alguna ciudad de Nueva Inglaterra, escenario de tantos cuentos de horror? Pero le ha tocado ser un hombre lobo solo en sus sueños; ¿habrá sido siempre así o le tocó ser el hijo de la pavota, el idiota de Villa Wollfig? Para responderlo recurre al tarot. ¿Por qué no? Estudia el mazo de Raider-Waite, el de Crowley, incluso uno bastante tonto que compra en una librería especializada en Filadelfia, *Le tarot des lycanthropes*, que no es otra cosa que el de Waite vuelto a dibujar con hombres lobo (los pentáculos), vampiros (las espadas), zombis (las copas) y demonios (los bastos), además de una confusa atribución de los caminos del chamán a los arcanos mayores. Está a punto de considerar seriamente la demonología tras haber encontrado algo de sentido en los numogramas y los árboles de la vida, pero entonces *algo sucede*, y es el virus de la maraña. Ya nada será lo mismo: Estamos en el temido 1999, todavía queda algo de petróleo (no mucho) y la civilización aún no se ha ido al carajo del todo. Pero mientras los recortes en los vuelos internacionales han cerrado la posibilidad de viajar a todo aquel que no pueda presentarse como *Fulano de Tal, multimillonario*, y en tanto el comercio internacional empieza a resentirse junto a cualquier actividad que asuma el tremendo gasto de combustible implícito en esos gigantescos barcos cargados de contenedores, hay algo que parece más importante acechando en las sombras; primero en el centro y en la costa occidental de África, después en la Amazonia, el golfo de Bengala, el mar de la China Meridional y, se sabrá después, también Micronesia y Melanesia, quizá la peor parte allí, el Epicentro.

Lo que emerge de esos mares del pacífico se comporta como un virus al que le son atribuidas infecciones altas de las vías respiratorias; la gente habla de una gripe leve que toma por sorpresa al sistema inmunológico, producto de la mutación de algún virus de esos que afectan a animales improbables, como el pangolín o las suricatas, y que en virtud de algún hábito alimenticio peculiar terminan, transferencia de genes mediante —más bacterias y parásitos como intermediadores—, desarrollando lo que hace falta para imperializarse en las desprevenidas células humanas. Pero después resulta que no es realmente un virus, sino algo extrañamente parecido, algo que sigue la misma pauta de replicación. Los primeros muertos caen por infecciones respiratorias, es verdad; pero los agentes responsables son múltiples, como demuestran las autopsias. Solo una cuenta mayor de casos permite establecer un patrón más claro, y pronto resulta que todo se parece muchísimo a una reacción alérgica, que puede o no —o depende del genotipo en cuestión— estar asociada a una variedad de virus oportunistas, muchos de ellos nuevos, recién mutados.

De hecho, estos virus aparecen por todas partes; proliferan en los cuerpos humanos afectados, por lo que empieza a llamarse *la enfermedad*, sin mayores especificidades, aunque designaciones más complejas y técnicas son propuestas por todas partes. Los gobiernos, empoderados por las circunstancias, cierran todas las puertas concebibles para evitar el contagio, aunque nadie sabe realmente qué es lo que contagia. Por eso las cuarentenas al principio no funcionan, la gente se muere en sus casas, familias enteras muestran los mismos síntomas, pero, como revelan los exámenes ulteriores, dan cobijo a virus diferentes. Es como si hubiera un virus específico por cada persona, o casi; la tasa de mutaciones ha alcanzado una singularidad genética, y ya nadie cree que sea posible *clasificar* todos estos virus nuevos, que han sido animados hasta el paroxismo por lo que sea que se abrió camino por el mundo. Las mutaciones pronto alcanzan a bacterias que meses atrás se consideraban inofensivas. Los animales domésticos empiezan a contagiarse, curiosamente ninguno de ellos de forma letal —salvo en casos de perros y gatos ya ancianos—; se teme, sin embargo, que estos animales sirvan de caja de resonancia al virus, porque todavía hay que creer en un virus básico, un ur-virus que causó todo, y las teorías se multiplican tanto como las mutaciones, así que pronto se pasa al holocausto generalizado. Los perros de la calle huyen de las ciudades, mientras los ciudadanos más desesperados proceden a matar ratas, cucarachas y palomas una vez que ya no quedan gatos y perros. ¿Y las aves de corral? ¿Y las vacas, las ovejas, los caballos? Los gobiernos intervienen, regulan las brigadas parasanitarias, encarcelan radicales, disparan a matar.

Sí, es el caos, el Colapso.

Los pocos que no han desarrollado formas de la enfermedad, esos inmunes espontáneos estadísticamente inevitables, adquieren un estatus mágico, casi religioso, y a su alrededor se teje un laberinto de leyendas urbanas y supersticiones. Pero algunas funcionan, y por ahí empieza a despuntar la clave. Después será fácil preguntarse cómo no se dieron cuenta antes, aunque también es cierto que nunca llegará a ser del todo conclusivo; sin embargo, quienes se apartan del plástico, o de ciertos tipos de plástico o, mejor todavía, de ciertas *generaciones* de plástico, tienen más chances de sobrevivir o de evitar las bacterias y los virus oportunistas. ¿Cómo es posible? ¿Será una vasta alergia al plástico, que coincide —¿y por qué?— con el agotamiento de los pozos petroleros? Nadie ha visto todavía la maraña: eso aparecerá después, pero la idea de que hay un camino hacia una causa comprobable trae un relámpago de esperanza. Los medios han sobrevivido: de pronto hay maneras de saber que otros están pasándola peor. África, por ejemplo, y la Amazonia, pero no cualquier lugar. Resulta que se trata ante todo de basureros. Allí donde se apiló la basura, las bolsas de nailon, los envoltorios de plástico, las cáscaras de la cultura del consumo, aparecieron los primeros brotes. Se dibujan mapas, caminos de propagación que cubren la superficie de la tierra como nuevas huellas digitales del futuro, líneas ley que apuntan a los océanos, a las no hacía tanto descubiertas manchas de basura. Y allí está, por fin, en el Pacífico y también en el Atlántico Norte. Inmensa, ramificada, coralina, plástica y verde, acaso fractal. Seguramente lleva años enquistada en el mundo, pero nadie logra determinar cuándo comenzó, salvo establecer que para fines de 2001 ya hay verdaderas islas de maraña, icebergs de esta proliferación de compuestos orgánicos, que pronto serán descritos como una organización de plástico viviente, aunque lo de *viviente* nunca podrá ser del todo desentrañado (lo de *plástico* en realidad tampoco); salvo que se evalúe a fondo qué quiere ser *vida*, ya que el crecimiento de la maraña se parece más al de los cristales y no queda claro que haya involucrada una forma de metabolismo, excepto el necesario para sintetizar cadenas de hidrocarburos a partir del dióxido de carbono del aire y el hidrógeno del agua. La maraña está creciendo, entonces, y allí donde llegan sus partículas, llevadas por el viento, por los viajeros, por las mercancías, se adhiere al plástico y empieza a crecer.

Sin embargo, se sabrá después, en un contexto orgánico (lo cual es una manera de decir, ante todo, *en el cuerpo de un animal* o, todavía mejor, *en un cuerpo humano*), antes de desarrollarse en esa suerte de fractal en tres dimensiones que da origen al término que se consagrará a la hora de nombrarla, la maraña no hace sino servir de sustento o catalizador a estos virus —y después bacterias— que han aprendido a aprovecharla, como si la desmontaran, como si cada pequeño virus se hiciera con un pedacito de maraña a modo de talismán para acelerar sus procesos y avanzar todavía más en su misión. Alguien recuerda las pocas criaturas capaces de metabolizar el plástico: el moho de los CD, por ejemplo, y alguna bacteria concebible que hasta entonces nadie había visto, pero que debía existir. Transferencia horizontal de genes, la evolución, nada más y nada menos. ¿Pensaron que se había terminado ese asunto? De pronto, por todas partes empieza a ocurrir esta vastísima digestión del plástico acumulado durante décadas, y lo que come está vivo, después de todo. Se formula esa teoría que terminó por sobrevivir: algo, en los océanos, aprendió —para sobrevivir— a comerse el plástico que produjo la industria, a metabolizar la más persistente de las basuras; y ese *algo* impregnó las bases mismas de la biósfera, los virus, las bacterias, los hongos unicelulares, y generó una matriz o vórtice de enfermedades que amenazó con aniquilar a la humanidad.

¿Y dónde está el ya no tan joven Enrique Wollfig mientras pasa todo esto? Bueno, en una primera instancia queda claro que él (y su familia, pero esa es otra historia, demasiado vasta para las ambiciones y los talentos de este narrador) es uno de los extraños inmunes. No menos coincidentemente, su trabajo lo ha puesto en otra posición de importancia, de manera que pronto se convierte en uno de los integrantes de una verdadera vanguardia científica que no hace otra cosa que estudiar este *plástico mutante*, como se lee en los diarios. Mientras, los gobiernos anuncian el cese completo de fabricación de plásticos y el decomiso de toda pieza plástica producida después de 1951 (por supuesto, en diferentes territorios la definición de *plástico* puede variar: desde la baquelita hasta el kevlar o desde el celuloide hasta el PET), de uso accesorio, de entretenimiento u ornamental, que supere tal y cual tamaño (y esto también varía según territorios, aunque la OMS hace sus recomendaciones en busca de un estándar). Pero es demasiado: ¿y las jeringas, el instrumental de laboratorio, el interior de las heladeras? El problema pronto se convierte en qué hacer con todo este plástico descartado y se propone seguir la misma pauta consagrada para el manejo de los desechos radioactivos. Es la época del gran encierro del plástico: hay Zonas, arquitecturas diseñadas para repeler intrusos, signos que se disponen a manera de advertencia, de aquí al futuro, a cualquier entidad, humana o posthumana, que ingrese al territorio ocupado por la basura, por la presencia tóxica, la peste, contenida en silos siniestros, en fosas circulares, en antiguas minas carcomidas y vaciadas; se replica el otro encierro de las cuarentenas, pero por el momento parece que resulta, al menos en términos de contagio y mortandad. Ahora hay verdaderas barreras oceánicas que cambian las corrientes migratorias de cualquier criatura marina más grande que una sardina, a la vez que se reporta la aparición de medusas capaces de comerse la maraña —aunque esto último resulta ser un mito—. Los osos polares se mueren, las ballenas encallan en las playas y con ellas aparecen calamares gigantes, tiburones deformes y todo tipo de críptidos y fósiles vivientes. La maraña, a su vez, ha colonizado por completo las regiones tropicales, donde la vegetación convive con estos nuevos bosques de plástico fractal, y por un momento nadie parece dudar de que está en juego una pauta de refuerzo positivo, un circuito global en desenfreno que acabará con..., bueno, la vida tal como la conocemos —salvo con esas bacterias capaces de adaptarse, los tardígrados y pocas criaturas más—. Por estas fechas, entre 2003 y 2004, el Wollfig maduro, que colabora con los últimos toques de lo que será el modelo estándar de propagación y proliferación de la maraña, se descubre soñando al menos cuatro veces a la semana con un vasto desierto hecho de plástico tóxico y viviente. Y lo recorre en su forma de hombre lobo, corriendo todo el tiempo, sin descansar. A veces es de día, a veces de noche, a veces está adentro de una estructura de maraña, a veces sube por una escalera larguísima, como la que en un mundo humano habría conducido a una ciudadela sagrada o al edificio central del Partido. Al despertar recuerda la textura del entorno como la del mimbre o el coral, más la suavidad del plástico y el color verde. Ha sentido en más de una ocasión el impulso de contar el sueño a sus compañeros, y cuando lo hace habla de un mundo no solo sin humanos, sino un mundo sin eso que los humanos han dado en llamar *vida*. Quizás está viendo el futuro o al menos así lo piensa; entonces, decide, no hay esperanzas.

Un día concluye que toda esa suerte de camino secundario de su vida, el que comenzó con la exhumación de sus antepasados y continuó como la investigación de la licantropía, no hacía otra cosa que prepararlo para este momento, en el que por fin deberá comprender que, si hay un futuro, no es para los seres humanos. Debe dejar atrás su humanidad, entonces; de *eso* se trata la licantropía, por más que la suya se haya dado solo en sueños.

Sabe de guerras, de violencia y de los incipientes intentos de establecer un nuevo orden, si no mundial, al menos regional, acaso *zonal*; pero de todas formas decide moverse y su objetivo será reconquistar el Sur, esa Patagonia remota que debieron abandonar sus padres. En él, el éxodo de los de su sangre se dará por partida doble: habrá recorrido buena parte del mundo en vida, desde Argentina hasta España, desde allí a Estados Unidos y desde Estados Unidos de nuevo a Argentina. Pero también será el primero de los suyos en dejar atrás definitivamente lo humano, porque eso, después de todo, es lo que le dicen sus sueños. ¿Y no fue siempre una señal su inmunidad a la plaga, que ha dado cuenta de al menos un cuarto de la población humana del planeta, según los últimos cálculos (y esos no tienen realmente en cuenta a África central)? ¿Un portento? ¿Un mapa del futuro? El camino no será fácil, concluye, y en efecto no lo es. La Patagonia parece inaccesible, por lo que hay que buscar pasos intermedios, soluciones provisorias. Así, le lleva al Wollfig maduro casi diez años establecerse en el Valle, y para cuando su vida parece haber encontrado un estado de reposo, el mundo ha cambiado una vez más: la maraña se ha detenido, contra todas las predicciones, como si de alguna manera hubiese alcanzado un equilibrio. Se habla de bacterias simbiontes, se habla de formas de vida que parasitan la maraña y le drenan lo que la impulsa. Pero eso que los humanos llaman *vida*, piensa Wollfig en su cabaña del Valle, surgió hace más de tres mil millones de años, tentativamente, a partir de un mundo de ácidos capaces de replicarse, arcillas fértiles y burbujas de lípidos. Desde entonces, si tuvo alguna vez una forma amplia de competencia, se las arregló para vencer. Al menos hasta que apareció la maraña, pero incluso entonces el resultado —¿o será quizá provisorio?— resultó ser un armisticio.

Su conclusión: no se sabe nada.

No se puede saber nada. No hay cómo saber. No hay quien sepa.

Pero aun así pasan cosas. El sueño del hombre lobo desaparece y por las noches Wollfig apenas sueña. Está cansado del trabajo duro que le consume los días: es leñador, albañil, ayuda a levantar los grandes (e inútiles) muros que intentan aislar la maraña al norte del Valle, transporta comestibles, transporta personas en su barca, piensa en la Patagonia como si fuera la Tierra Media, Narnia o el Mundo Anillo; pero de todas formas escucha: por ahí se cuentan historias, se habla de brujas, de chamanes. Si todo comenzó de nuevo, quizá los papeles fueron intercambiados y le corresponde al último de los Wollfig encontrar el camino que lo llevará, a través de la vejez, hasta una muerte que, acaso, pese a todos sus sueños, no sea distinta a la humana.

Un día alguien la habla de reología, la ciencia de los flujos, y esto le enciende la curiosidad una vez más. No es fácil encontrar los libros, pero se las arregla para hablar con las personas adecuadas y ser conducido hacia sus bibliotecas. Uno de los postulados de la reología es que no hay tal cosa como sólido, líquido y gas: en su lugar, hay que pensar en diversas tasas de cambio en el tiempo, medidas del devenir, lo que equivale a decir *tiempos internalizados*. La unidad del tiempo es el líquido, cuya forma es siempre la del recipiente que lo contiene. El sólido es tiempo lento: las montañas, en efecto, son olas en la corteza terrestre, roca sólida que fluye no en cuestión de segundos, como el agua a temperatura ambiente, sino a lo largo de millones de años. No hay sustancia incapaz de fluir: solo lentitud, de aquí al fin del universo. Y lo mismo, pero en dirección contraria, para los hiperfluídos; el helio a apenas dos grados sobre el cero absoluto, capaz de fluir sin resistencia, sin rozamiento, sin viscosidad. Allí se acelera el tiempo, la velocidad despunta y trepa hacia la luz, el vapor, los gases, la dispersión en las estrellas, la expansión del universo, velocidad extrema del tiempo, del espacio noumenal. ¿Y la maraña? La entiende de pronto como su propio fluir; la maraña no se detuvo ni se vio reducida: simplemente se movió, se arrastró por la superficie del planeta como una araña inmensa: una ola de maraña, fluyendo en su propio tiempo. Quizá ahí estaba la clave, entonces. La maraña como un tiempo ramificado, fluido. Había que hacer experimentos, había que conseguir maraña, había que investigar.

La isla resulta ser bastante más grande de lo que Federico había imaginado. Hay incluso una villa cerca de la playa, con casas y lo que parece un mercado, pegado a los muelles donde lo dejó Wollfig. Las calles tienen nombre y Federico busca el registrado en la carta de Agustina, pero no lo encuentra. Se le ocurre preguntar, pero donde está ahora solo hay niños, no muy grandes, niños entre seis y nueve años, que lo miran con una insolencia aterrada. Algunos juegan con muñecos de madera, otros con bolitas de vidrio. A lo lejos, uno bastante pequeño lee un libro en cuya tapa sonríe el Pato Donald, y Federico se siente atraído, se siente identificado. Podría ser él, a los seis años, con sus cómics. O también podría ser cualquiera de sus alumnos. ¿Quién sabe cuántos talentos extraordinarios, cuántos futuros posibles, se pierden en el Valle? Pero en realidad de qué podría servirles. Los talentos se pierden en todas partes, además. Las palabras de Ramírez acuden como una pareja de abejorros, pesados, aerodinámicamente imposibles, pero sin embargo allí, en el aire, suspendidos en el zumbido. Claro que les serviría, casi puede *oír* Federico, porque la música es belleza y la belleza nos salva del mundo. Ja. Y pensar que hay gente que lo piensa en serio, gente capaz de hablar del significado, del dolor, del valor de la literatura, de la música. Ahora Federico siente que la tristeza empieza a ganar territorio. No es la mejor manera de encontrarse con Agustina, decide, y aparta la mirada del niño, que, después de todo, está sentado en su rincón, divirtiéndose solo.

De pronto Federico cree dar con la calle. Ha caminado cuesta arriba, en la que supone la dirección contraria al agua y, por tanto, hacia el corazón de la isla. Las casas se han espaciado todavía más y algunas parecen abandonadas y sin terminar; ha dado con un cartel, pero está mal escrito, con faltas de ortografía, y no es del todo seguro que la calle que indica sea la que él busca, pero de todas formas no tiene importancia, porque las calles aquí son cortas, y si resultara que es la equivocada puede volver sobre sus pasos y seguir buscando. Pero más adelante encuentra otro cartel, mejor escrito, y resulta que sí está en la calle correcta. La casa de Marcos y Agustina está en lo que en un contexto más urbano sería descrito como un callejón sin salida, arriba de una loma, y más allá se espesa el monte, esa vegetación típica del Valle que a Federico no deja de parecerle extraña, artificial, como si hubiese sido traída por la maraña misma, sus acólitos o sus perros. La casa es blanca y parece haber sido pintada con cal; hay algo óseo en la fachada, o quizá más bien cutáneo: una piel enferma, psoriática, que cubre tensa una construcción baja y ancha, como si se hubiese caído de las nubes cuando todavía era una masa blanda, el embrión suave de una casa, y quedó allí aplastada, con las grietas de la caída cubiertas por la masa leudada al calor. Pero hay algo evidentemente podrido, piensa Federico, en toda la villa, en toda la isla. Quizá no sea en realidad una isla, sino más bien una especie de gran banco en un pantano. ¿Por qué vivir así? Se acerca a la puerta y la encuentra entreabierta, pero golpea la madera, barnizada con una pátina gruesa, una especie de resina. Nadie responde, así que golpea más fuerte, y solo después de un rato de no obtener respuesta llama aplaudiendo, como hacía su abuelo cuando tenía que hablar con sus vecinos de Punta de Piedra. Soy Federico, añade, y entonces oye la voz reseca de una mujer, pasá. Así que entra. La casa está oscura por dentro, cúbica y espaciosa, más alta de lo que parecía desde afuera. Hay una mesa de madera con un mantel rojo, lona seguramente, y una estantería un poco desbalanceada en la que Federico distingue libros que su memoria asocia con Agustina: libros de Herman Hesse, Nietzsche, Aldous Huxley. Soy yo, Federico, dice, detenido ante los estantes. Hay también un piano, vertical y modesto, sobre cuya superficie superior se alinean portarretratos.

—Estoy en la cama —dice la voz, que de pronto parece el esqueleto de la voz de Agustina.

—¿Entro? —pregunta.

La voz ríe suavemente.

—Y sí —dice—, no vas a quedarte ahí…

Un pasillo conduce al baño, a un placar y a la habitación. Allí, acostada sin taparse, está Agustina. La luz del día entra a través de unas cortinas amarillentas y parece detenerse antes de llegar a las paredes, iluminando en su camino las volutas del humo estancado de un sahumerio. Es, de hecho, como si ese humo denso *frenara* la luz, dejando en el proceso las paredes ensombrecidas. Todo parece más pequeño; los bordes de las cosas se ven desenfocados en el humo que aplana las distancias. Las paredes, el piso, el techo y las sábanas tienen el mismo color, el mismo del vestido de Agustina, y si Federico quisiera, si entrecerrara los ojos para afinar la ilusión, podría ver que de Agustina solo quedan las pantorrillas y los pies, los brazos, las clavículas y la cabeza, dispuestos sobre la cama como los últimos restos de una reina enterrada en un túmulo. Pero es la misma cara, por supuesto, como si de las clavículas hacia arriba persistiera una burbuja antientrópica, una forma de estasis que preservaba su carita de Stefi Geyer en aquella foto con el ramo de flores.

—Viniste —susurra.

Sin duda está enferma, pero no hay rastros de la muerte en el aire, no hay fiebre, no hay malaria. Tan solo una suspensión, una sensación de estasis.

—El Coronel Kurtz, supongo…

Agustina ríe como una brujita.

—En ningún momento sos capaz de dejar las referencias, ¿no? Ni de viejo.

—De viejo solo me puse peor. El hombre iluminado.

—¿O sos Willard? ¿Me venís a matar? ¿Lo creerás, Ariadna, el minotauro apenas se defendió?

Agustina se ha enderezado en la cama y permanece recostada contra la pared. Han pasado casi veinticinco años desde la última vez que estuvieron en la misma habitación, y ella, enferma y todo, apenas ha envejecido. Más delgada quizá, la piel más seca, más frágil, sin el bronceado perseguido meticulosamente desde noviembre hasta abril. Hay cáscaras de aburrimiento calcinado por todas partes, de tiempo lento y seco.

—¿Te acordás de cuando hacías surf en Punta de Piedra? —pregunta Federico. Ella asiente y se pasa las manos por el cabello, ordenándolo hacia un lado sin atarlo—. Mirá vos, no tenés canas —dice Federico—; yo, en cambio…

—Te quedan bien, y el pelo largo también. Siempre te quedó bien el pelo largo, y me gusta que te hayas afeitado la barbita aquella que usabas, con el bigotito, que era de no sé qué compositor que te encantaba…

—Frescobaldi; me habían dicho antes, varias veces, que me parecía mucho a él, a un grabado suyo, bah…

—Y sí, me acuerdo del surf en Punta de Piedra. Teníamos veinte años. Marcos se quebró el pie ese verano.

Recuerdos de 1998, fines de enero. Los atardeceres calurosos, las noches de ónice, duras y brillantes. Agustina baja por las escaleras del Gran Hotel de Punta de Piedra; Federico y Marcos suben, o más bien Federico intenta ayudar a su amigo a subir y Marcos no se lo permite, aferrado a su bastón canadiense. Se encuentran a la mitad de la escalera y Agustina cuenta que ganó quinientos pesos en la ruleta, una buena cifra para aquellos tiempos;

Marcos le dice que por qué se adelantó, que él también quiere jugar, y pronto simulan una pelea, para divertirse. Federico los mira, resignado, y sabe que puede jugar él también, pero a ser él, a representar el papel de quien había sido veranos atrás y que ahora sus amigos (su amigo y su ex, mejor dicho) deben sentir que se perdió atrás en el tiempo, en épocas más simples, sin grabaciones de discos ni proyectos de giras europeas; así que dice tres tonterías sobre la falacia de Montecarlo y ellos lo miran como si fueran a decirle no hace falta.

—¿Y Marcos?

—Trabajando. Pero hoy llega temprano…, no creo que tarde mucho, una hora a lo mejor…

Federico repara en que, sobre la mesa de luz, a la derecha de Agustina, hay una baraja de tarot.

—Cuando venía para acá, el barquero me contó una historia en la que había un tarot. Y ahora te encuentro con uno. ¿Es algo del Valle?

—¿Te trajo Wollfig?

Federico asiente mientras ella toma algunas cartas.

—Hace unos años quise diseñar un mazo. Me puse a escribir ideas y a dibujar algunas cartas. Las pintaba con acuarelas. Pero las perdimos en un incendio, en la última sequía. Esta no es nuestra primera casa, antes vivíamos más cerca del agua. Ahora hay una escuela, reconstruyeron todo. —Se las tiende a Federico, que se acerca para tomarlas—. Es el mazo de Crowley.

Federico las mira. Están ajadas, gruesas y rugosas.

—¿Se puede jugar al póker? ¿Qué es esto…?, ¿la Suma Sacerdotisa…?, ¿la Emperatriz…?

—No te hagas el boludo.

Las cartas son pequeñas y hacen pensar a Federico en una colección de tarjetas de superhéroes que había intentado completar en España. Elige un montoncito y mira más detenidamente la que quedó arriba. *The Star*, dice en su base, entre lo que parecen diseños pseudoegipcios que conforman una suerte de marco a la imagen propiamente dicha, en la que una figura femenina se baña con lo que sea —formas geométricas, espirales poligonales, una galaxia— que mana de una copa de gran tamaño. Y hay otra copa similar en la mano izquierda de la figura, que vierte en el suelo el mismo tipo de contenido, salvo que en realidad el suelo es un sistema de pautas angulares, como un diorama de un mundo de cristal. Hay, sin embargo, un horizonte, un cielo y una tierra; esta última parece un lago o quizá un desierto, una salina más bien, con pequeñas montañas a lo lejos, mientras que el cielo está dominado por una estrella de siete puntas de la que surge —otra vez— un sistema en espiral.

—¿Cuántas tenés en la mano?

—A ver…: cinco.

Federico pasa a la que sigue. Cinco espadas que forman un pentagrama, seguida por otro cinco (de pronto está claro que se trata de los palos de la baraja), esta vez de copas. El diseño de la carta le resulta atractivo, no sabe bien por qué. En lo que parece el paisaje crepuscular de un mundo sumergido aparecen las cinco copas, entrelazadas por los tallos de dos lotos. Las copas son azules y contrastan algo violentamente con el cielo anaranjado, pero lo más interesante es esa suerte de pantano o marisma que hace al suelo de la imagen, zonas de tonos distintos de verde separadas por líneas marrones.

Federico repara en que el pentagrama está invertido: en la punta inferior está la mayor de las cinco copas, y de ella nacen los tallos de los lotos y dos flores blancas que están perdiendo sus pétalos; en el marco hay un cinco, arriba, y una palabra tachada, abajo.

—¿Por qué las rayaste?

—Estas cartas tienen su descripción o significado escrito. Lo taché para no dejar que me guíe esa atribución. Tenés La Estrella, el cinco de espadas, el cinco de copas y… ¿Me dijiste que eran cinco las cartas?

De las que quedan, la primera que descubre Federico es también un tres. En la mitad de la composición hay una espada y su punta se toca con la de dos dagas o espadas más cortas, curvas como cimitarras. En el fondo se intercalan formas duras —triángulos, trapecios— con otras más blandas, parecidas a nubes o quizá a plantas, y del punto en que se tocan las tres espadas brotan los pétalos de la misma flor blanca.

—Tres de espadas.

—¿Y la última?

Federico se la muestra. Hay una rueda y una esfinge, rayos, otra criatura egipcia, con cabeza de cocodrilo, y también un mono. Todos parecen trepar la rueda hacia el lugar que ocupa la esfinge. En el fondo se distingue un triángulo, también centro de una espiral, y en el cuarto superior de la imagen hay estrellas, dispuestas en lo que parece una perspectiva que se pierde en la lejanía.

—¿La rueda de la fortuna?

—Esa es fácil de adivinar, ¿no?

—¿Y qué significa todo?

Agustina sonríe.

—Mejor no decírtelo. No sería nada nuevo, igual. —Federico está a punto de responderle, pero Agustina lo detiene—: Supongo que a estas alturas vos pensarías que yo estaría o muerta o curada del todo, ¿no? Bueno, ya ves que ninguna de las dos. Por ahora, claro.

2004, la última vez que hablan por teléfono. Ella había sido internada dos años atrás en una clínica –después empezarían a llamarlos *refugios*, cuando pasó el pico del contagio y los gobiernos dejaron de ocuparse de esa extraña población de enfermos que no llegaban a morir–, pero su familia ha decidido de pronto apelar a una terapia menos ortodoxa, de modo que Agustina viajará a Santa Cruz de la Sierra, a la sede de la comunidad Griff, donde vive una mujer a la que llaman La Chamana. Y procede a contar con voz resignada todo lo que sabe de esta mujer: que no aparenta más de sesenta, pero tiene quizá el doble de edad, que nació en Caborca, del estado de Sonora, que ya había hecho milagros antes de que se descubriera capaz de sanar a los enfermos del virus e, incluso, dicen algunos, *desenredar* la maraña con la imposición de sus manos. ¿Cómo que *desenredar*? pregunta Federico y Agustina le dice que no sabe, tose un poco, la voz se le vuelve un hilo de voz, una reliquia seca de su voz, y añade que la maraña se disuelve, se derrite, se desvanece cuando esta mujer le impone las manos.

Y Federico piensa ahora que esa voz que le escuchó a Agustina por teléfono veintidós años atrás —y que duró quizá diez, veinte segundos hasta que una nueva tos y un carraspeo devolvió el cuerpo fluido y cálido de la voz *real* de Agustina—, esa voz *ha vuelto* y se ha establecido para siempre allí.

—¿Pero qué es lo que…?

Agustina lo detiene con la palma abierta.

—Fefito, ¿no me dejarías descansar? Me canso de nada. Es una siestita nomás, y cosas para entretenerte no te van a faltar. Te podés llevar el tarot si querés.

—No, gracias… Vi que están tus libros ahí…

—Podés tocar el piano…, no me vas a despertar —dice, con sus últimas fuerzas.

Fefito, piensa. Solo Agustina y su madre lo llamaban así, en vez de *Fefo* (como le decía Marcos), *Fede* (como le decían en la academia) o *Fefín* (como le decía su padre). Los libros no le llaman la atención; los recuerda todos o casi todos de las diversas habitaciones de Agustina, con sus bibliotecas distintivas, compradas, ensambladas con tablas y ladrillos o empotradas a la pared. Son los mismos libros, descubre, como si a partir de algún momento de la vida de su amiga se hubiese terminado definitivamente el ingreso de ejemplares nuevos a la colección. Y Federico cae en que ha de ser la historia de casi todo el mundo.

El piano le resulta mucho más atractivo. Agustina, o mejor dicho la Agustina que él conoció más o menos bien, no sabía tocar, al igual que Marcos, y el piano ha de ser evidentemente una adición posterior a sus vidas, quizá —no puede evitar pensar— una suerte de sustituto de Federico: una parte del antiguo amante y amigo retenida allí, en una esquina de la casa, a la espera del momento en que la otra parte, la móvil y viajera, llegase desde el otro lado de una vida y se fundiese finalmente con la que la esperaba. Siempre con la visión federicocéntrica, le decían siempre. Agustina está dormida, así que no lo oirá. Levanta la tapa del teclado y comprueba rutinariamente la afinación y el sonido. Un piano modesto, en cuyo sonido se oyen la humedad y el deterioro, se oye la isla y el pantano. Cada nota podría contar una historia: cada desacuerdo de armónicos y cada resonancia abrumada por la entropía. Así que Federico se deja guiar por los límites del instrumento e improvisa una serie de acordes que buscan rodear el sonido deformado, ahuecarse alrededor de su voz, y aceptar lo que tienen para decir de sí la madera, el metal y la humedad. De niño, y también de adolescente, Federico había creído siempre que la música modifica los espacios tanto como las personas que los habitan. De esta manera, una habitación en la que no suena otra cosa que las cantatas de Bach nunca podía sentirse igual —*ser* igual— a otra donde las paredes fueran agitadas regularmente por los álbumes de Miles Davis o John Coltrane; y esa diferencia era siempre mucho más intensa y fuerte que la pautada por la decoración, el mobiliario o incluso la forma y tamaño mismos de las habitaciones. El piano, piensa, suena como suena debido al espacio en que se encuentra, pero al sonar influye también a ese espacio, lo conforma. No habría manera de tocar una música, entonces, que no fuera la de la isla, la de aquella casa casi perdida en lo alto de una loma, la de la enfermedad de Agustina; y esa música a su vez hará más tangibles y más distintas esa enfermedad, esa casa y esa isla.

Así que toca un acorde, otro acorde, pequeños fraseos para conectarlos, una tonalidad, un modo, otra tonalidad. Y mientras sus manos caen sobre las teclas, las acarician, las pellizcan, Federico comprende que lleva ya demasiado tiempo sin entregarse al piano, sin simplemente tocar lo que *ese piano en particular* le pide, libre de la necesidad de ajustarse a un repertorio, a los pedidos de Ramírez, al tiempo del que disponía para hacer su trabajo o, simplemente, de tener que tocar cuando no tenía ganas de hacerlo. Sus dedos, entonces, empiezan a moverse en respuesta ya no solo a esa pauta escondida en el sonido del piano sino también a su propio hastío y cansancio, como si en sus dedos fuese visible una cinta larguísima enrollada noche tras noche de la gira (o, por qué no, noche tras noche y día tras día de los últimos veintipico de años), una cinta en la que quedó grabada la música que él no tocó, la que evitó tocar y que ahora ha encontrado su camino. Los acordes se vuelven más pequeños; la música acomoda dos, tres voces y un bajo. Aparecen los adornos, *esos* adornos, y Federico de pronto se descubre tocando el canon a la quinta de las *Goldberg*, y en serio que han pasado años, fácilmente esos veintipico de años desde la última vez que tocó las treinta variaciones. Agustina, de no estar dormida, podría recordar todas las veces que habían hablado de las variaciones, de esa desesperación creciente que dominaba a Federico al darse cuenta, ejecución tras ejecución, de que en verdad sí había *algo* que comprender en la obra y que él *no* lo entendía, que él era por completo incapaz de hacer otra cosa que tocarlas mecánicamente, como su padre le había dicho que tocaba, nota tras nota, una máquina que lee valores de altura tonal y duración. O quizá ni siquiera eso: era concebible una máquina que desdoblara aquella trama y comprendiese —proyectara— el patrón oculto, la conexión de una variación con la siguiente y así tocar con verdadera *necesidad*, tocar como debía tocarse para que obrara la magia, fuese cual fuese: el sueño del conde, el camino del ictiosaurio hacia la lluvia fuerte y el culo del mundo, el secreto del universo, la razón por la que pasan las cosas. Esa respuesta a por qué Federico no había nacido para entender las variaciones, a por qué había —él y quienes lo rodearon— confundido talento con genio, y ambas cosas a su vez con destino, la razón por la que su vida había sido decapitada por la catástrofe (tu vida y la de todo el mundo, le había dicho Agustina tantas veces, basta de fedecentrismo), la razón por la que su madre había muerto durante el gran contagio y su padre se había vuelto loco por la enfermedad.

Entonces recordó —como si de pronto todo en la memoria fuese tan simple como la luz repentina de un proyector que se enciende y arroja una imagen contra la pared— aquella máscara que se había puesto su padre durante el velorio, una máscara salida quién sabe de dónde, hecha por él seguramente, conformada de acuerdo a pautas enfermas. Federico no dijo nada: se limitó a mirar la máscara y a pensar qué cosa improbable o imposible o inhumana era su conexión con el cuerpo muerto. Agustina, en cambio, se quedó del lado del enmascarado y lo abrazó, lo abrazaba de vez en cuando, intentando, amablemente, que se sacara la máscara. Pero fue imposible. Solo después, mucho después de que una máquina que parecía a manija subió el ataúd hacia el nicho en aquel enorme panteón del Cementerio Norte ante la mirada aburrida de todos aquellos operadores con barbijos, guantes y gafas de vidrios ahumados, después del camino de retorno en los autos de la funeraria y los amigos, apareció una cara blanquecina de larva, húmeda y sonriente.

Esa noche se durmió temprano, antes de las nueve, y en la casa quedaron solos Agustina, Federico y Marcos, sentados alrededor de una pizza comprada en el bar que quedaba a tres cuadras de allí, en Burgues y Luis Alberto de Herrera. Nadie comió hasta que Marcos agarró una porción y la apuró con una cara de alivio tan evidente, que Federico y Agustina no pudieron evitar reír. Al rato, Federico ya se había sentado ante el piano e improvisaba unos arreglos de canciones de los Beatles —las favoritas de su madre, «Let it Be», «Blackbird», «Lady Madonna» y «Love me Do»—, mientras Marcos aportaba algo parecido a percusión y Agustina cantaba bajito. De pronto, Federico hizo una pausa, se miró las manos como si le hubiesen crecido en su lugar dos tenazas de maquinaria alienígena, y tocó las primeras notas del aria de las *Goldberg*. Quizá sí había una conexión con su madre —una misteriosa—, pero Federico ya no pensaba en eso sino que seguía adelante, variación tras variación, cánones, tocatas, danzas, hasta llegar a la treinta y tocarla también. Debió pasar al menos una hora, aunque Federico, como siempre, las había tocado a toda velocidad, abstraído en el teclado o más allá, tanto que no se había dado cuenta de que su padre, despierto y sin la máscara, lo escuchaba apoyado en el marco de la puerta, con los ojos cerrados y esa sonrisa fantasma que apenas pesaba sobre su rostro, como si de alguna manera (eso le diría Agustina un rato después) estuviera disfrutando de la música.

Esto es lo mismo, piensa Federico mientras sus manos digitan a toda velocidad la *fughetta* de la variación número diez. Han pasado sus favoritas en total desorden, la fúnebre catorce, la veintitrés con su cascada de notas que siempre habían hecho pensar a Federico en la lluvia sobre una ventana y un jardín japonés más allá, la delicada belleza de la diecinueve, el solemne canon a la séptima. Y Federico piensa es lo mismo, es siempre lo mismo, están la enfermedad, la muerte, alguien que toca las *Goldberg* en el piano y alguien que duerme y que quizá pronto se despierte para escuchar. En una de esas, se dice, no ha pasado el tiempo, todos estos años de negarse a tocarlas como si fueran realmente tan sagradas que alguien como él, alguien *incapaz de comprenderlas*, debía siempre abstenerse de siquiera bosquejarlas en el piano. ¿Por qué no tratar de darles vida, de hacer algo con ellas, de cambiar lo que hubiera que cambiar para que sí fuera posible comprender lo que venía a continuación? Federico se detuvo de repente, porque —como si incluso *eso* faltara para completar la idea de reiteración en el tiempo— alguien había entrado a la casa. Se levantó para saludarlo y su amigo lo abrazó con fuerza y lágrimas en sus ojos.

—Agus duerme… Me dijo que podía tocar…

—Claro que podés tocar, Fefo, claro que podés… Y cómo extrañaba oírte tocando… —Federico siente el impulso de explicarle a su amigo que es la primera vez que hace sonar las *Goldberg* en veinticinco años, pero se detiene. Marcos cubre el silencio—: Estoy con Federico Stahl por primera vez en tanto tiempo y lo único que se me ocurre decirle es que no ha cambiado nada… Estás igual, ¿cómo hacés?

—Bueno, vos estás flaco…

Se han abrazado otra vez. En realidad, lo que pasa es que Federico no supo qué responder. Marcos no solo está más flaco, sino que su apariencia es la de una figura humana encontrada en el estómago de una ballena, desgastada y semidigerida. O al menos así es como lo descubre en la penumbra. Marcos prende un candelabro. La electricidad la guardamos para la heladera, aclara sin que Federico pregunte. Y también para el inhalador y algunas cositas que precisa Agus. ¿Cómo llegaste?

Federico le explica.

—¡El viejo Wollfig!

A la luz de las velas, Marcos es uno de esos atados de ramitas que se arrojan a las parrillas para ahumar la carne. El mismo color amarillento casi anaranjado de la piel, la textura fibrosa.

—¿Y esos músculos? —pregunta Federico, por decir algo—. No te imagino haciendo fierros. La etapa *rugbier* te había durado poco, ¿no?

Marcos se ha sentado como si el cansancio fuese una docena de Gollums que pretenden treparse por su espalda. Le sonríe a Federico y se mira los brazos.

—Acá se trabaja todo el día, Fefo, qué se le va a hacer. ¿Vos en qué andás? ¿Tu viejo vive? Supimos que estabas tocando, como una gira, ¿no? Está bueno eso… No se te oxidan las manos.

—¿Pero en qué trabajás exactamente?

Y Marcos le cuenta. Es un poco la misma historia de Wollfig y, de paso, también la de Bernardo Brennschluss, a quien Federico ha recordado de pronto. Cortar y acarrear leña algunos días, hacer de albañil cuando hay trabajo de construcción, casi todas las semanas unas horas al final del día en los ingenios de etanol. Justo hoy no, aclara; la tarde y noche de los jueves siempre hago cosas acá en casa…

—¿Y no escribís más?

Marcos se ríe.

Todo se ha vuelto más lento. Todo se ha vuelto más opaco, como en una madriguera, una concavidad en el mundo, en el tiempo. Podría descansar, piensa Federico. Aquí el camino se detuvo, la gira desapareció.

—Si te dijera que acá no se puede escribir, en realidad te estaría mintiendo. Sí, algo escribo, pero cuando puedo, muy de vez en cuando. Es como vivir en Anarres, ¿te acordás? Pero a lo mejor a vos te ha pasado con el piano: cuanto más imposible se te vuelve todo, más ganas tenés de hacerlo. Y después, cuando te sentás a escribir, estás tan cansado que no te sale nada. Pero de vez en cuando cae una idea. Voy, la anoto, se la cuento a Agustina, y siento algo que no sé si es alegría o alivio o las dos cosas. ¿Vos estás componiendo?

—No. Improviso un poco a veces, cuando la noche está floja... Pero ya sabés, eso no cambió.

—Seguís siendo un tarado, entonces, porque talento para componer siempre tuviste.

—¿Remonto ese río de mierda con un viejo que sueña que es hombre lobo para que vos, después de veinticinco años sin vernos, me digas que soy un tarado? Bueno, siempre se extraña putearse con los amigos, ¿no?

Por un momento se siente como un mal actor que durante el estreno de su película piensa que quizá debió haber dicho mejor sus líneas. Marcos suspira. Mira para afuera; todavía hay algo de luz, gris y celeste, con un tono amarillo detrás de las ramas de los árboles, en el reflejo distante del río.

—Sabés cómo te extrañamos... Y cuando te veíamos todos los días te queríamos matar, a veces... Federico

Stahl, el pianista. Qué insoportable, ¿te acordás? ¿Y te dabas cuenta de lo mucho que te queríamos? Que te queremos, bah…

—No jodas, no nos pongamos telenovelescos.

—Bueno, ya no hay más telenovelas. Es un trabajo duro, pero alguien tiene que hacerlo.

Pasa un rato y se han puesto a hablar de la enfermedad de Agustina. No hay mucho que hacer, siempre muriendo, nunca se muere, dice, con lo que Federico no quiere entender como una forma resignada de crueldad. Yo hago todo acá, dice, y se hace lo posible. Añade que han probado todo tipo de curas: chamanes, curanderos, presunta investigación científica…, pero nada. Solo han logrado demorar la enfermedad, hacerla avanzar más y más despacio.

—Y yo me pregunto, y ella se pregunta, si eso es vivir —sonríe, consciente del lugar común que acaba de pronunciar—; la respuesta es que vivir es vivir y que siempre se quiere vivir. Yo querría seguir, pasara lo que pasara. Y tiene días buenos, no te creas. ¿Vos qué fue lo último que supiste? —Federico le responde que la última vez que habló con Agustina fue por teléfono, cuando ella estaba a punto de partir hacia Santa Cruz de la Sierra—. La chamana. Yo fui a buscarla. No llegó a estar ni tres meses ahí. Se le hizo insoportable, y la vieja le dijo que no iba a poder curarla. Después de eso hubo algo de estudios serios, pero ahí terminó la cosa. El resto fue un desfile de estafadores, hasta que vinimos acá. Nos habían dicho que en los lugares de los que la maraña se retiró sola estaba la clave. De hecho, en estos diez años que llevamos… ¿Viste las murallas, en la ribera del oeste y al norte? A lo mejor en algún mapa… Bueno, cuando llegamos las estaban construyendo. Ahí conseguí mi primer trabajo acá.

—¿Pero no era todavía más riesgo que vos pasaras tanto tiempo así, cerca de la maraña?

—La maraña no tiene nada que ver con la enfermedad de Agustina, Fefo. Es una de esas cosas de las que no se sabe nada. Ahí hay tantas mentiras. No errores de la gente, de los científicos. Mentira, pura y dura mentira. No sé con qué objetivos, pero la maraña, la maraña en sí… Bueno, yo no sé nada. Mirá, con Agus pasamos demasiado tiempo pensando en eso, en la enfermedad, en la maraña, el plástico, las explicaciones. Tenés, para empezar, que se acaba el petróleo. Y que *al mismo tiempo* pasa todo esto de la maraña y los virus. Nadie puede dejar de asociar lógicamente esas cosas, como causas y efectos, pero la cosa es, *tiene que ser*, más complicada. ¿Vos nunca pensás en esto?

—Hace años que no.

Marcos lo mira, como si esperara que Federico dijera algo más.

—Cuando éramos chicos, ¿te acordás? Chicos-chicos, antes de que vos empezaras más en serio con lo del piano… Cuando nos conocimos en Punta de Piedra, vos y yo éramos iguales en una cosa: nos encantaban las revistas de ciencia. Y vos tenías aquellos libros, o eran fascículos…

—Honestamente, Marcos, he tratado de no pensar tanto en esos tiempos… Todo lo que pasó antes de empezar a tocar, lo que pasó antes de irme a España… Vos perdoname si sueno como un idiota, pero…

—Vos siempre hablaste así, con toda la importancia que le dabas a las cosas, a vos mismo en particular. Y está bien, Fefo, no todos somos genios.

—Yo menos que menos.

—¿Te acordás cuando hablabas de eso con Agustina? ¿Lo inseguro que eras, los miedos que tenías? Agus era tu psicóloga. Pobre, te dejó a vos y se ennovió conmigo pensando que había encontrado a alguien con menos problemas.

—Y en realidad…

Federico se detiene.

—Dale, decilo. No es nada que yo no haya pensado.

—¿Sabés en qué pienso? ¿En qué no he dejado de pensar desde que murió mamá, desde antes incluso? Desde el virus, desde el petróleo… No dejo de pensar en la cosa que, lo sé perfectamente, es la estupidez más grande en que se puede pensar. No pienso, no pensé por demasiado tiempo en por qué.

—¿Por qué qué?

—Por qué. Por qué nos tocaron todas estas cosas. Agustina se enferma, pero no se muere como la mayoría de la gente que se enfermó, ¿no? Sin embargo, tampoco se cura. Años y años, y ahí está, durmiendo en el cuarto y nosotros hablando acá. Vos ibas a ser escritor. Ella iba a ser académica.

—Vos ibas a ser la última maravilla de la música contemporánea.

—Ahí tenés. Y no pasó nada. Mamá murió, papá se fue a la mierda, yo ando para arriba y para abajo tocando pavadas en el piano para un montón de gente que en el mejor de los casos me escucha sin saber quién es Béla

Bartók o Beethoven. Pero te tiro una duda más. Si no había virus ni maraña ni se agotaba el petróleo, ¿estaríamos todos nosotros donde habíamos querido estar? Casi seguro que no. Casi, ¿me entendés?

—¿Y eso te importa tanto?

—No sé qué contestarte. El *casi* es lo que me mata, ¿ves?

Se quedan mirando las velas, en silencio. Afuera ha oscurecido, como un derrumbe. La ventana permanece abierta y no ha refrescado. Federico repara en el mosquitero y piensa en la casa de sus abuelos en Punta de Piedra, cuyas ventanas estaban cubiertas por una redecilla de plástico verde. Afuera, en el porche, el abuelo había instalado una luz amarilla, que Federico jamás entendió si debía repeler los insectos o más bien atraerlos; en ambos casos, cabe pensar, evitaban que entrasen a la casa.

—¿De qué está hecho el mosquitero?

—Cáñamo. Hay unos artesanos acá en la isla que hacen cosas impresionantes, no te imaginás.

Y de pronto es como si no tuvieran más que decirse. Federico toca unas notas en el piano, dibuja una melodía, y Marcos camina hacia la cocina, donde abre una alacena y saca unas latas.

—Estás invitado a un festín.

—¿Agustina se va a despertar o ya duerme hasta mañana?

—Va a dormir, pero vemos. Esta noche es de recuerdos, el festín para tres. Tocá una que sepamos todos.

—¿Cómo hacen por acá para escuchar música?

—Agus toca el piano. Tenemos por ahí libros de los Beatles, de los Rolling Stones, de David Bowie. Tenemos una vecina que toca también y le gusta el jazz. A veces viene y toca un poco; dice que le gusta Thelonious Monk. Pero el jazz, la verdad, nunca fue lo mío. Guitarras hay por todas partes.

—El jazz no es lo mío tampoco.

—¿Vos seguís sacando canciones de memoria o eso es como la matemática avanzada y solo está vigente hasta que cumplís los treinta?

—Si las recuerdo, las toco; Beatles seguro. ¿Querés que toque alguna?

—Tocá «Strawberry Fields».

Federico piensa un instante y empieza.

—Esa me gustaba tocarla en el clave, allá en la academia. Después creo que no la toqué más, no era de las que le gustaban a mamá.

Marcos ha dejado unos platos sobre la mesa y le acerca uno. Son aceitunas.

—Están buenas —dice Federico, después de probar.

—Son de las mejores del Valle. Wollfig te habló de la historia del Valle, ¿no? Viste qué acento raro que tiene…; es como con capas, de España abajo, después el del Valle arriba, y en el medio no se sabe qué, inglés a lo mejor.

En el piano suena la melodía y Marcos canta arriba, bastante entonado: *living is easy with eyes closed, misunderstanding all you see. It's getting hard to be someone, but it all works out. It doesn't matter much to me.* Federico le improvisa unos arpegios de acompañamiento y de pronto la canción parece el tipo de reliquias en las que buceaba Bach.

Ahora Marcos se ha puesto a hablar desde la cocina, entre los chasquidos de la sartén y el olor a frito. No parece hacer falta que Federico le responda, es más bien un monólogo, quizá el tipo de cosas de las que hablan con Agustina desde una punta de la casa a la otra, cama a cocina, cuando ella está despierta. Habla del plástico, de la manera apabullante en la que creció la producción de plástico a lo largo del siglo xx y lo extraño que era el plástico para el planeta. No había nada vivo que supiera qué hacer con el plástico, dice, y la frase tiene algo de sentencia. La maraña debe ser eso, continúa, la manera en que la naturaleza descubrió cómo digerir el plástico.

—Hay una teoría que dice que aparecieron unas bacterias que digerían los polímeros y generaban una cosa parecida, un plástico natural. Como el caucho o el ámbar.

—¿Y esa teoría qué dice del virus? —pregunta Federico desde el teclado. Ahora está tocando «The fool on the hill».

—No dice nada del virus. Pero otra teoría sí… Está lleno de teorías, pero es que hay que explicarlo y todavía nadie sabe absolutamente nada. Es lo que te decía recién. Pasan esas tres cosas: se acaba el petróleo, alcanza un máximo la producción de plásticos y también la acumulación de basura. Había islas de basura en el mar, ¿sabías? En los giros oceánicos. Y de repente aparece la maraña y el mundo cambia en cuestión de meses. Las ballenas que se morían en las playas, los peces muertos flotando en el agua, los arrecifes. Primero por el plástico humano, después por la maraña. Pero ahí también aparecieron estas bacterias o arqueas o alguna otra variante nueva en la pretendidamente agotada matriz morfoevolutiva procariota. La verdad, es la cosa más complicada que hay y me hubiese encantado haber estudiado. Con Wollfig hablamos de estas cosas, pero él sí sabe lo que dice. Yo solo estudié Letras. Agustina tiene buenas ideas también. La historia de la producción de petróleo en Oriente Medio, por ejemplo, y cómo en los ochenta se aceleró el consumo. Pero la teoría…, a ver, ¿cuál era?…, de que no hay virus, o sea, de que no hay uno solo; de que fueron todas reacciones alérgicas que nos provocaron tantas bacterias nuevas, o los virus que mutaban para usarlas de huésped… En fin…

Al rato Marcos pone los platos sobre la mesa y trae una sartén llena de un risotto de aceitunas y champiñones, a lo que suma después una bandeja con bifes de pescado frito a la marinera. Una sombra sale de la habitación, se apoya junto al piano y toca las notas del comienzo de la Quinta Sinfonía de Beethoven. Buenas noches, dice Agustina, y Marcos aplaude con fuerza.

Ha llovido toda la noche. Antes de dormirse en el sofá, Federico había reparado en la oscuridad que se había apoderado del paisaje e imaginó que venía una tormenta. Por la mañana pueden verse ramas y hojas dispersas por la calle, pero Federico no recuerda haber escuchado el viento. Lo despertó un niño que golpeaba la puerta con un palito; no se animó a atender, así que esperó a que Marcos saliera del baño y se encargara de ver qué pasaba. Era un mensajero y traía una carta de Wollfig. Lo pasaría a buscar recién cuando terminara de llover, decía, porque era arriesgado navegar bajo la lluvia.

—¿Arriesgado cómo? Es un río de… —iba a decir mierda, pero se detuvo.

—Mejor —dijo Agustina desde el dormitorio—, así te quedás más con nosotros. ¿Dormiste bien?

No solo eso: había dormido como no había podido hacerlo durante toda la gira, e incluso soñó y recuerda el sueño mientras desayunan los tres unas tostadas francesas preparadas por Marcos. Intenta contarlo rápidamente: está de nuevo en la academia y tiene un examen importante, para el que ha olvidado estudiar. Pero yo ya terminé de estudiar acá, piensa de pronto en el sueño, así que debo estar soñando.

—Yo antes tenía sueños así —lo interrumpe Agustina—, sueños en que sabía que estaba soñando. Pero nunca pude hacer lo que quise; la mayor parte de la gente que me dice que sueña que sabe que está soñando tiene esa misma idea de que podés decidir salir volando, tener superpoderes, dejarte crecer el pelo en segundos. Pero yo jamás pude decidir nada. Me siguieron pasando las cosas del sueño, solo que yo sabía que soñaba.

—En la academia había un pibe que todas las mañanas nos contaba sus sueños. No había manera de hacerle entender que no era interesante. No lo entendió nunca, para él los sueños eran lo más importante. Sus sueños, claro. Pero siempre nos preguntaba qué habíamos soñado, cuando terminaba de contar lo suyo. Era como su apelación a los buenos modales y la elegancia. Una vez me preguntó si veía bien las partituras cuando soñaba que tocaba o si podía mover los dedos correctamente.

—¿Qué tocaba?

—No me acuerdo. El violín, creo.

—¿Y podías? Mover los dedos correctamente.

—Jamás. Siempre es como que tengo las manos rotas o perdí toda sensibilidad.

Al rato Marcos se va a la leñera, que queda del otro lado de la isla. Se ha puesto una capa impermeabilizada con grasa, o algo así (Federico no prestó atención a la explicación), y estima que lloverá todo el día. Volverá recién a la noche, dice Agustina, porque trabajará también en la planta de etanol. ¿Te aburrió mucho con sus teorías?, le pregunta, y Federico le contesta que según Marcos ella también las tenía y que, además, a él seguro le interesan. Pero pronto están hablando de otros asuntos: ella le cuenta de sus últimos diez años y la manera en que su enfermedad siempre fue a peor. Ahora, le dice, apenas puedo estar levantada unas horas al día.

—Hoy me siento con fuerzas, seguro tu visita ayudó.

Después lo anima a Federico a que él también cuente su historia. No hay mucho, dice Federico; están los alumnos, la muerte del padre, la lenta reconstrucción de la ciudad. Nada que lo ocupe demasiado; puede vivir de sus ahorros, de las clases y de dos alquileres, pero hay ocasiones en que apenas llega a fin de mes. Los precios de los alimentos cambian impredeciblemente, por lo que resulta imposible planear incluso a mediano plazo, así que no hay manera de ahorrar, concluye.

—¿Ahorrar para qué? —pregunta Agustina, y Federico no sabe qué responder—. No es que vayas a poder viajar.

—Ahorrar por las dudas, supongo.

—¿Pensás que pueda venir una guerra? ¿Otro virus?

—Mirá si se descubre petróleo en alguna parte… ¿No te parece que ahí empezaría una guerra y se pudriría todo?

—Supongo que si alguien tuviera los recursos para buscar petróleo y descubriera que hay reservas en algún lugar, ese lugar sería lo suficientemente inaccesible como para que la extracción estuviera mucho más allá de cualquier posibilidad… No creo que pase algo así. Si hubiera petróleo en el fondo del mar, por ejemplo, ¿cómo hacer para extraerlo, si lo único que hay para navegar hasta ahí es barcos a vela? Y además está la maraña…

—Mi mánager en la gira…, Ramírez se llama…, tiene una visión más optimista. No sé si cree que se descubrirá petróleo en alguna parte o si tiene fe en otras fuentes de energía.

—A mí me gustaría saber qué está pasando. Saber qué fue de la ciencia como existía en los noventa. Pero, incluso si hubiera ese tipo de investigación a gran escala, ni acá ni en el Valle habría manera de enterarse. Igual, supongo que investigar la energía solar era más fácil cuando el plástico estaba en todas partes. Y las computadoras. Pero ahora…

Federico bosteza.

—Perdón —dice—, no es que me aburra…

—¿Así que Marcos te dijo que yo tengo mis teorías también? Últimamente estamos los dos cada vez peor. Y no solo me refiero a mi enfermedad. Creo que le pasa a cualquiera que se ponga a pensar en estos temas, ¿sabés? Tiene que ver con verse *superado* por todo. Mirá a Marcos. La vida le chupa todas las fuerzas. Y después las circunstancias piden más. Alguien en esa situación no puede pensar, las ideas no pueden tener una fuerza que el cuerpo no tiene. En nuestros mejores momentos podíamos pensar, pero ahora no; ahora como mucho podemos hablar, pero no es que entre dos se piense mejor o se piense más. Se necesita más gente. ¿Sabés qué pensaba de vos hace tiempo?…, ya no recuerdo cuándo. Era que siempre te juntaste con gente que piensa más o menos como vos. No necesariamente lo mismo que vos, pero de la misma manera. Y ahora venís y te ponés a hablar con nosotros sobre el plástico y la maraña. O con Wollfig. En realidad, tendrías que hablar con gente con la que no hablarías nunca. Alguien que venga y te diga que la catástrofe fue un castigo de Dios, por ejemplo. Como la torre de Babel.

—¿No me vas a decir que ahora *vos* creés en Dios?

—Pero no me tenés que preguntar eso a mí. Yo fui tu novia durante casi dos años y seguí siendo tu amiga hasta que me fui a Santa Cruz. Estudiamos juntos, leímos los mismos libros. Podemos pensar cosas distintas ahora, pero no somos para nada diferentes vos y yo. No al nivel de lo que te estoy hablando. ¿Pero si creo en Dios? Te tengo que contestar esa pregunta. En la Biblia dice creced y multiplicaos. La vida es eso: crecer y reproducirse; Dios no se lo dice solo a los seres humanos, se lo dice a todo lo que vive, porque vivir es precisamente eso: metabolismo y reproducción. Yo me estoy muriendo, así que ya no crezco en ningún sentido de la palabra. Cada vez como menos, cada vez vivo con menos y cada vez vivo menos. Las cosas que gané las perdí, y sigo perdiendo lo poco que me queda, así que también es tarde para reproducirme. Pero en un mundo donde cada vez hay menos, esa es mi idea de Dios: el crecimiento y la reproducción, esa fuerza o ese camino que viene desde el principio del universo y que tiene que ver con la energía, el calor, la economía de todas las cosas. ¿Esto responde tu pregunta? Dios, sea lo que sea, siempre es lo que falta. Igual, no era el punto. —Federico no dice nada. Se mira las manos—. ¿Te aburre este tema? ¿Querés tocar el piano? ¿O por qué no me contás de tu gira? ¿Qué sigue después del Valle?

—Ramírez planea ir a la costa. Siempre habla de los balnearios y supongo que debe tener contactos por ahí. Nunca le pregunto esas cosas.

—Dale, tocá algo para mí.

Federico se sienta ante el teclado y pasa la mano derecha por las teclas.

—¿Qué querés escuchar?

—Lo que vos quieras.

Carraspea, como si fuera a cantar, y comienza la «Pastorale» en mi mayor del primer volumen de *Années de pèlerinage,* pero no pasa mucho tiempo antes de que pase a una versión acelerada de la veinticinco de las *Goldberg.* Wanda Landowska, una clavicembalista polaca, responsable —entre otras cosas— de grabar por primera vez en el siglo XX las *Goldberg* en clave, sostenía que la veinticinco era la *corona de espinas* de la obra. Susana le había contado esa historia mientras tocaba la pieza todavía más lento que lo usual, explicándole a Federico la armonía, las relaciones enarmónicas. No era la primera vez que el universo de las *Goldberg* se expandía de pronto, así fuese hacia la pasión y crucifixión de Jesucristo (un tema que, después de todo, debía obsesionar a Bach). Pero jamás había escuchado antes una afirmación tan rotunda, tan intensa. La corona de espinas: varón de dolores, experimentado en quebranto. Pero la corona era también una burla, pensó Federico.

—Quizá no sea la más… adecuada —dice, y separa los dedos de las teclas.

—¿La qué más adecuada? Perdoná, me estaba dando sueño…

—Es una de las *Goldberg*. Las variaciones. Hace años seguro te aburría todos los días hablando de esto. ¿Querés que te ayude?

Agustina asiente y se levanta. El esfuerzo la supera, las piernas le tiemblan. Federico se apura a sostenerla, pero no tiene claro qué debería hacer. Pronto ella está apoyada contra él, toda puntiaguda, dura y aquí blanda, afilada y hundida. Trata de enderezarse y sus manos se agarran de los hombros de Federico. Todo el aroma de su piel, la textura, algo antiguo, abandonado en una tumba del desierto, bajo una ciudad perdida. Federico la ha agarrado de los brazos porque no se le ocurre qué más puede hacer, y siente que demasiada presión podría deshacerlos. Ella asiente a una pregunta que no se le ha hecho y avanza hacia el cuarto; Federico estira los brazos, pero no la suelta, y camina junto a ella.

—Gracias. —Ahora Agustina se ha sentado en la cama. Los ojos se le han arañado de venas: una maraña rojo pálido, en lugar de verde, en la mirada—. Una vez me dijiste que ibas a escribir un libro sobre las variaciones, ¿te acordás?

—Eso fue hace mucho tiempo; nunca lo terminé. No sé si lo empecé, incluso. Pero acostate.

Agustina asiente. Federico piensa en abrir la ventana para que entre algo de luz, pero entiende que acaso hay una razón para dejarla así. En el momento en que Agustina apoya la espalda contra el colchón, algo se mueve sobre el blanco de la sábana. Resulta que la cama está llena de insectos. Son, de hecho, muy parecidos a los que Federico había encontrado en un hotel, semanas atrás. Agustina dice que están siempre, que cuesta muchísimo librarse de ellos y que lo mejor que han descubierto hasta ahora son los sahumerios. Los enlentecen, dice. Lo curioso es que no pican, aunque sí irritan la piel; una vez me pareció que se comían una cucaracha, ahí contra el zócalo, sí que para algo tienen que servir. Está claro que Agustina se ha acostumbrado a su presencia; y, mientras Federico intenta vencer la repulsión, ella simplemente se endereza y sacude las sábanas para hacerlos caer. Entonces aparece el recuerdo: ¿o había sido un sueño? Federico corre hacia el living y vuelve con el playmobil, que aguardaba en el bolsillo interno del saco.

—Esto me funcionó una vez —dice, y acerca el juguete a un grupo de bichos. Del mismo modo que en el hotel, se alejan de inmediato. El efecto es idéntico: un círculo de influencia que los insectos parecen incapaces de invadir. E incluso el área parece más grande esta vez, quizá tanto como la cama entera, así que el playmobil se queda entre las piernas flacas de Agustina, que Federico contempla; las mismas piernas, piensa, como si hubiese dado por sentado que el deterioro le había destruido el cuerpo completo, milímetro por milímetro, alterándole no solo la piel, la grasa y los músculos, sino también la forma de sus huesos. Pero no. Son las mismas piernas que recuerda de Punta de Piedra. No es que las piernas sean lo mío, le dijo una vez a Marcos, antes de que todo pasara, pero las piernas de Agustina…

—Está bien si te gustan las piernas flacas —había sido la respuesta de Marcos.

Ahora Agustina no repara en que Federico ha fijado la mirada en sus piernas, o si lo hace no le da importancia. De pronto se ha puesto a hablar del playmobil y Federico le cuenta cómo lo consiguió. Me lo regaló una mujer, dice, y Agustina le responde que es la primera vez que ve uno en décadas. Como todo el mundo. Y qué raro que tenga ese efecto sobre los bichos.

—¿Y a la mujer la volviste a ver?

—Me pareció, un par de veces. No sé.

—¿Cómo era?

—Una cara que se camuflaba contra el tiempo.

Esto último quizá no lo dice, quizá Agustina lo entresueña. Federico no sabe, habla sin pensar. Un rato después Agustina se ha dormido del todo. El playmobil permanece sobre la cama y Federico vuelve al piano, esta vez determinado a tocar las *Goldberg* en orden. Todo lo que ha leído sobre la obra de Bach empieza a espesarse en su cabeza, como si subiera la niebla sobre una ciudad. ¿Qué fue de todo ese tiempo holográfico, falso, en que no las tocaba? ¿Qué clase de paréntesis, de oración subordinada? La idea lo hace sonreír. Es como retomar una vida que se creyó perdida.

Casi la mitad de las variaciones están compuestas para un clave con dos teclados, por lo que tocarlas en el piano requiere arreglos. Eso hace que en piano las *Goldberg* jamás sean *realmente* las *Goldberg*. ¿Qué son, entonces? ¿Qué clase de replicante en busca de más vida para amar? Así, antes de comenzar la secuencia, Federico repasa justo esas variaciones que requieren el doble teclado: la ocho, con sus alusiones a Couperin, relativamente fácil de tocar en el clave, pero complicada en el arreglo para piano, y después la cinco. Recuerda a Susana en el clave, recuerda escucharla atentamente en su descripción del clave, de la acción requerida por el clave. Y hay algo blando en este piano, una pérdida de resistencia; Federico intenta mantener la dinámica a un mínimo, pero el piano le exige otra cosa. No es un piano para tocar a Bach, es un piano sentimental, guarango, pero también simpático, como para tocar las quince primeras sonatas de Beethoven, y se le ocurre por un instante que podría preguntarle a Agustina de dónde lo sacaron. Estaría en la casa, quizá. No los imagina transportando un piano por la jungla o río arriba.

Definitivamente las *Goldberg* no suenan bien en este piano: su desborde las esconde, las nubla. Una vez, en la academia, Federico creyó escuchar algo muy extraño desde la ducha. Era algo así como pedazos de música: bloques de sonido que bosquejaban brutalmente una melodía vagamente reconocible pero a la vez impredecible, como una escritura borroneada que de todas formas parecía estar cerca de ceder su mensaje. Le tomó un minuto entender de qué se trataba: en una habitación cercana alguien escuchaba música a todo volumen, y el sonido llegaba hasta él filtrado no solo por la distancia, sino también, y especialmente, por el ruido del agua en la ducha, que bloqueaba algunas frecuencias y dejaba pasar otras. A la vez, esa criba o filtrado cambiaba todo el tiempo, como una máscara móvil o fluida que a veces parece revelar algo del rostro por debajo y vuelve inevitable preguntarse si se trata *en efecto* del rostro o si no es más que otro efecto del camuflaje. Entonces, escuchó con mayor atención: había una melodía allí, medio escondida, y era hermosa. Parecía llena de nostalgia, de una belleza delicada y secreta, de una precisa sensación de pérdida y de un vasto abismo de tiempo, un camino, un éxodo.

Quizá pudiera recordarla, quizá fuera posible escribirla, convertirla en algo. Por un instante fue como si, todavía en ese momento en que no nos hemos despertado del todo y queremos seguir aovillados en la tibieza de la cama, se le presentara no el tema o las imágenes de un sueño sino cómo nos hizo sentir: una felicidad perdurable y serena que empezaba a alejarse de él. Y, del mismo modo que pasa con los sueños, la melodía desapareció de inmediato; la canción del otro lado cambió, la presión de la ducha debió cambiar también, y lo que sonó a continuación ya estaba lejos. Federico apagó el agua y salió a secarse, convencido de que había perdido una obra maestra.

Ahora siente algo similar: las *Goldberg* están allí, pero el piano las altera. Quizá no de la manera tan evidente en que la ducha le había deformado aquella canción tantos años atrás (¿y no era en esa contaminación que aparecía la belleza, en lugar de en la simple apreciación transparente y sin fisuras de un original que daba todo de sí?), pero sí a cierto nivel más intrincado, microtonal, pero más que nada tímbrico. El piano, ese piano modesto de la selva, le daba un borde de resonancia o reverberación a los fraseos de Bach y en el proceso hacía aparecer los fantasmas, como imágenes desvaídas en el fondo de una foto vieja. Eso sí, una vez más no había manera de leer: la música detrás de la música se negaba a salir a la luz, aunque por un momento, por un instante inasible, Federico creyó que esos fantasmas llevaban de la mano la melodía hacia adelante y, en el silencio entre una variación y la otra, serían ellos o ellas quienes tramaran la conexión. Pero todo dependía de seguir tocando, y pronto las manos fallaron, el tiempo se aceleró, las voces se dibujaron con contornos más precisos. El piano se acomodó a esa nueva velocidad y los fantasmas se perdieron en las cosas de la foto, los ángulos de las paredes o las formas de los muebles, quizá también la sonrisa de los retratados, su madre, por ejemplo, su padre a su lado, él mismo en 1989 o 1990.

Esta noche Federico decide cocinar. Agustina ha dormido todo el día y solo se despierta a eso de las nueve, mientras Federico termina de preparar la masa para unos tallarines; encontró una lata de tomates en la alacena y hay por ahí algunas cebollas y morrones con los que hacer una salsa. Ahora estira la masa y corta los tallarines como lo hacía su abuela, para después dejarlos secar mientras busca una olla lo suficientemente grande. La cocina es a leña, así que prepara unos troncos y unos palitos, y hace el fuego. Al principio no le resulta, quizá la leña está húmeda o los palitos arden demasiado rápido como para encender los troncos más grandes; pero, después de alimentar el fuego con papel de un diario que encuentra por ahí (una de esas publicaciones mimeografiadas tan comunes en el Valle), logra que la llama se sustente. Sopla un poco mientras Agustina lo mira. Me siento bastante mejor, dice ella. Tiene el playmobil en las manos.

—A Marcos le va a encantar. No se lo mostraste, ¿no? —Federico niega con la cabeza mientras abre la lata de tomates—. Me acuerdo de la colección que tenía. Vos que lo conociste de más chico a lo mejor lo tenés más presente.

—Claro. Marcos tenía casi todo lo que yo quería tener y no me podía comprar. Un barco, un castillo, el fuerte. Yo tenía solo un caballo y un pirata con un cañón y un cofre del tesoro.

—¡Pobre niñito miserable!

—Así es.

—¿Y no ganabas con los conciertos?

—Eso fue después; ahí sí me empecé a comprar más o menos lo que yo quería. Libros y discos, sobre todo. Una buena computadora, más o menos cuando empezaron a subir de precio…

Pisa los tomates con un tenedor, en un cuenco de metal.

—Hay un pisapapas ahí…

—Ah, mejor.

Agustina se acerca y le pone sobre la mesada de la cocina un frasco de orégano seco y una cabeza de ajo.

—Para la salsa.

—Gracias.

—Es gracioso verte cocinar. —Federico le esboza una sonrisa y deja el cuenco aparte; toma un morrón y empieza a picarlo—. ¿Cuándo aprendiste? De chico no te hacías ni un huevo frito.

—No solo eso: en casa no me dejaban ni lavar los platos.

—El hijo único, el hijo varón.

—Ya paró de llover —dice Federico, para cambiar de tema.

La puerta permanece cerrada, pero la pequeña ventana por encima de la mesada es suficiente para que algo del paisaje de afuera se derrame en la pequeña cocina. Es como si volviera más densa la oscuridad entre el resplandor de la vela que se acercó Federico, el del candelabro sobre la heladera y el de la vela que trajo Agustina del dormitorio y colocó en una repisa. La cara, el cuello y el pecho de Agustina, hasta donde deja ver su ropa de cama, resplandecen en la luz ambarina, como si el momento estuviese a punto de ser preservado por millones de años.

—Mañana te vas, entonces. Nos faltó pasear por el monte. ¿No es una escena muy literaria? El pianista y la tísica, *La montaña mágica* o *Los adioses*, paseando entre los árboles petrificados, hablando del lento decaer de todas las cosas.

Se ha sentado en un banquito junto a la puerta, con el playmobil todavía en la mano.

—Al menos te sentís mejor. Parece que tuvieras algo de rubor en los cachetes.

—¿Y eso no es algo que se dirían los personajes de esa novela del pianista y la dama de las camelias?

La cebolla y el morrón ya están picados.

—¿Zanahoria no tendrán?

—No, me temo que no.

—Tendrá que ser así nomás la salsa, entonces.

Federico toma una gran sartén de hierro negro y la coloca sobre la placa, ya lo bastante caliente.

—¿En qué te puedo ayudar?

—¿Aceite, manteca?

—Las dos cosas, si querés.

La manteca se derrite en la sartén y Federico agrega un chorro de aceite. Espera unos instantes y vuelca la cebolla, que crepita con el agregado de sal y pimienta y empieza a soltar su perfume. Después el morrón, después ajo y al final los tomates. Entonces llena la olla.

—El agua de acá es bastante buena —dice Agustina—, en eso tuvimos suerte.

Federico piensa que podría ser un buen momento para preguntar por la historia del piano, pero no dice nada. Revuelve el sofrito con los tomates y agrega un poco más de sal y azúcar.

Los tallarines se hacen pronto, pero Marcos no ha llegado, así que Agustina y Federico cenan solos, con una botella de vino y agua de la canilla más unos cubos de hielo. Han llevado el candelabro al comedor y encendido más velas, todas ellas sobre el piano.

—Están buenísimos. Quién diría que ibas a convertirte en un chef.

—Una pena que no venga Marcos, va a tener que comer la pasta recalentada…

—Un minutito en el horno y listo; esa cocina no se enfría nunca, vas a ver. —Agustina parece feliz—. La cocina no se enfría nunca —repite—: me salió otra frase para la novela.

—¿Te acordás de los cortes de energía del 88? Ahora uno piensa a veces que en esas épocas todo era abundancia y la gente usaba electricidad para cualquier pavada, y es cierto; pero en el 88 había un día a la semana en que te cortaban la corriente por unas horas. No sé por qué, debió ser un problema con las represas o con la central térmica, y había que ahorrar.

—Yo me acuerdo de que tu abuelo siempre hablaba de la sequía. La seca, decía. En Punta de Piedra. Lo veo bien clarito, con el mate y el termo, diciéndole a papá se viene brava la seca, o algo así.

Ahora Federico recuerda que, ya pasada aquella temporada de cortes de energía, él había seguido con la costumbre de cenar una vez a la semana a la luz de las velas. Pedía permiso para llevarse el plato a su cuarto, apagaba las luces y prendía una vela en su escritorio, para comer en silencio, casi en la oscuridad.

Al rato llega Marcos. Parece feliz de que la lluvia haya pasado y cuenta que en el camino vio una estrella entre las nubes. Se sorprende de encontrar a Agustina en pie, y ella le sonríe y lo abraza. Federico se ofreció para tocar algo lindo en el piano y vos y yo bailamos, ¿qué te parece?, le dice.

—Estoy muerto, pero...

—¿No querés comer? —pregunta Federico.

—Tengo hambre, sí. ¿Cocinaste vos? No se puede creer... Me tendría que dar un baño...

—Bañate rápido y Federico y yo te preparamos todo.

Marcos la mira, asombrado. De dónde salió esa energía, debe estar preguntándose. Y no dice nada, porque la situación es frágil. Desaparece en el baño y sale no más de cinco minutos después, vestido para la ocasión. Qué velocidad, le dice Federico, y se sienta ante el piano después de señalarle a su amigo el plato de tallarines. Agustina sigue de pie y apenas apoya una mano en el respaldo de la silla de Marcos mientras lo ve comer con una sonrisa enorme.

—Están buenísimos, Fefo. En serio, a quién se le ocurriría que podés cocinar así.

—¿No se te pasó por la cabeza que lo tengo que hacer todos los días?

—Ahora no... ¿Cuánto lleva la gira?

Federico hace un garabato con las teclas agudas del piano y responde que no está del todo seguro. No menos de tres meses, no más de seis.

—¿Y de dónde salió ese mánager tuyo?

—Ramírez. Yo daba conciertos todos los segundos viernes de cada mes en la Casa de la Cultura de mi barrio y él apareció una noche. Lo trajo una amiga, Valeria. Creo que fue así, pero ahora no sé. Me hiciste dudar. —Y agrega—: Parece que fue hace tanto…

Marcos ya ha terminado de comer. Apura su vaso de vino y toma a Agustina de la cintura.

—¿Y esa música, maestro? Nada de Bach, ¿eh? Algo pop, de los ochenta. «Take on me», por favor.

Federico la recuerda. Toca el *riff* de la introducción con la derecha y se arroja a la canción con la izquierda.

Marcos se ha ido temprano y le tocó a Federico constatar lo que Agustina ha descubierto: la piel de sus brazos más tersa y suave, casi rosada a la luz de la mañana.

—Me di cuenta y estuve un rato pensando en qué pudo ser. ¿Y sabés qué? No había bichos en la cama. Yo sé que no son los bichos los que me afectan así, pero la verdad es que tuve el playmobil todo el tiempo. Lo tuve cerca cuando cenamos, lo tuve cuando bailamos, cuando se lo mostré a Marcos. Y dormí con el playmobil pegado todo el tiempo. No puede ser otra cosa.

—¿Pero a qué se debe?

—Tiene que ser el plástico —sentencia—. Nuestro paseo por el monte tendrá que quedar para otra ocasión, pero me siento tan bien que te acompañaría hasta el puerto. Total, tampoco es que sea tan lejos.

Federico quiere seguir hablando del playmobil. Todo parece demasiado fácil, demasiado claro. Aquella mujer se lo regaló como quien cede un talismán, y él está a punto de cedérselo a quien en principio lo necesita más. Entre los dos, mientras se preparan para salir, bosquejan una teoría. La maraña nació del plástico digerido por bacterias; un virus propagó esos genes, el virus sacudió a la humanidad. Y el petróleo estaba acabándose, de modo que, una vez sacrificada en la hoguera buena parte del plástico, no fue fácil regenerar la población de juguetes. Los sobrevivientes se volvieron reliquias, tesoros preciados. ¿Dónde había sido moldeado aquel playmobil específico?, ¿en qué fábrica alemana? No parecía de los últimos, más coloridos y diversos; quizá había pertenecido a esa primera generación presentada en 1974, en la Feria de Juguetes de Núremberg: caballeros medievales, nativos americanos y obreros de la construcción. Este podía ser cualquiera de ellos desprovisto de sus accesorios, reducido al mínimo. Había atravesado los años más difíciles refugiado quién sabe dónde; había pasado de mano en mano, perdiendo a cada nuevo paso otro de sus elementos distintivos: un sombrero, un pañuelo atado en el cuello, una muñequera, una canana. Pero debía haber algo, una propiedad esencial, que se había mantenido.

O quizá no: quizá el playmobil la había adquirido por concentración, por permanecer en la oscuridad, por recorrer el mundo. No había manera de saberlo, salvo que aquella historia debía ser real, debía haber una historia verdadera de aquel playmobil, inaccesible, pero no por ello menos cierta. El plástico original podía haber entrado en contacto con tantas sustancias distintas, con tantas radiaciones. Federico recordaba la diferencia al tacto de los playmobils más nuevos con los que encontraba en las casas de sus amigos con hermanos mayores, dueños pretéritos de los primeros playmobils que llegaron a Uruguay. Y en más de una ocasión creyó adivinar esa misma sensación, recordarla con la yema de los dedos: era un plástico más suave, más sólido, en el que los colores se expandían lentamente, capaces de llenar de manera más homogénea la superficie. No había perdido sus ojos ni la medialuna de la boca; si había viajado a donde llueve más fuerte, la lluvia no lo había borrado ni le había socavado la sonrisa. Allí estaba, incambiado, pese a haberlo perdido todo. Quizá había despertado, ¿por qué no? Si la consciencia se da entre un humano y los demás, si los significados se desprenden de la interacción, ¿por qué no aquel playmobil, hardware improbable, pero no por ello —cabe pensar— imposible de verdad? Claro que esa hipótesis no era necesaria: no había por qué pensar la historia del playmobil, las sensaciones del playmobil, las decisiones del playmobil, porque también debían ser ilusiones y había cosas más importantes, cosas reales, tangibles, que tener en cuenta. Que había empezado a sanar a Agustina, por ejemplo, que su camino debía seguir en aquella isla río arriba, en el Valle, no tan lejos de aquella maraña y del muro que la había debido contener, levantado años atrás por las manos de Marcos y de tantos y tantas más. Federico dijo simplemente el playmobil te lo quedás vos, y Agustina aceptó sin pensarlo, no había por qué negarlo, fuera real o no su influencia. Era un regalo, y Agustina quería que Federico le hiciera un regalo, le dejara un rastro tangible de su presencia allí, en medio de la nada y en el culo del mundo. Quizá no volvieran a verse. Seguramente no volverían a verse, pero Federico podía dejar el playmobil. Y lo hizo. No temió nada para sí, ¿por qué había de hacerlo? Sería cuestión de evitar esos hoteles infestados, nada más.

Ahora caminan rumbo al puerto. Agustina lleva el playmobil bien apretado en la mano izquierda y de vez en cuando lo levanta, como si pretendiera acercarlo a su boca o su corazón, pero se quedara a mitad de camino, reservada esa pequeña ceremonia para más tarde. Federico, aunque ha perdido el juguete, parece feliz o al menos contento. Están hablando de cualquier cosa.

—Nunca me terminaste de contar del libro sobre las *Goldberg*… ¿Seguís pensando en escribirlo?

—La verdad, no; debe ser difícil. Nunca probé escribir nada, en realidad.

—Lo podés empezar cuando termines la gira.

¿*Terminar* la gira? Federico se desconecta del mundo por un instante. Ha caído en que nunca pensó realmente en el final. Recuerda el plan de Ramírez: tocar en los balnearios, hacer suficiente dinero como para volver a Montevideo y vivir en paz. ¿Otra vez *en paz*? ¿Pero no era eso, precisamente, lo que lo había hecho salir en una primera instancia? Igual se tiene que terminar, piensa, y se le aparece una imagen: un globo, el mismo que recuerda haber imaginado al menos un par de veces últimamente, como si lo persiguiera en sus fantasías, y también un pozo o un túnel. Parecen los resabios de un sueño, ruinas de una arquitectura generada más allá del borde lovecraftiano de la vigilia.

Agustina sigue hablando:

—Creo que deberíamos tratar de ver las cosas desde el punto de vista de las rocas. Las rocas debieron pensar en algún momento que la vida era una enfermedad; la vida es eso, ¿no? una enfermedad de las rocas. Hay un pasaje de una novela que le gusta mucho a Marcos, no me puedo acordar el título ahora, pero es de un autor escocés... Y en ese pasaje se habla de los líquenes que crecen en las rocas, con todas esas raíces chiquititas horadando la roca, haciéndola granulosa, llenándola de agujeros, sacándole todo lo limpio y terso de la roca. Como una enfermedad de la piel o los huesos, como una idea de que todo decae y al final lo central de la existencia es la entropía. Pero, si lo pensás, después te das cuenta de que hay más que eso, porque la vida también terminó por colaborar con las rocas para hacer tipos de roca nuevos, hacer que las rocas evolucionen; y ahora nosotros pensamos que los riscos de por ahí son rocas, pero en realidad son caparazones de criaturitas muertas hace millones de años. Y ahí te das cuenta de que las rocas debieron darse cuenta hace tiempo de que no debían resistirse a la vida. ¿Te imaginás los debates? Una facción de las rocas propone Resistir, con R mayúscula, como si fuera posible que hubiera un lugar donde estuviera la vida sola, rodeada de nada, y más allá el dominio de las rocas puras, no contaminadas. Otra facción dice que esa resistencia no tiene sentido o que, en cualquier caso, es una lucha perdida, y proponen moverse *hacia* la vida, ver qué es lo que la hace funcionar y tomar eso, robarles el fuego para beneficio de las rocas. Algunas rocas incluso deben pensar que hay que *comunicarse* con la vida y otras dirán que no hay manera, que la vida no piensa, no tiene consciencia y no puede manejar significados. Claro que la escala de tiempo en que pasa todo esto no es la nuestra; pueden ser siglos en un parpadeo, miles de años en un minuto, porque podemos pensar que la consciencia de las rocas está más extendida a lo largo del tiempo que la nuestra. ¿Cuánto dura el presente para nosotros? Bueno, para las rocas debe durar, no sé, semanas enteras. Después, en una de esas, aparece *otra* facción, un montón de rocas que se han puesto a pensar en que quizá la vida no sea más que otro tipo de roca o que en el fondo no hay tanta diferencia entre la vida y las rocas. A lo mejor esa fusión con las rocas de las que tanto se habla por ahí es algo que pasó siempre, que está pasando y que seguirá pasando, solo que algunas rocas la han llamado *enfermedad* o incluso *muerte*. Me gustaría escribir esto como un cuento y tener una roca protagonista. *La historia de la roca Johann Sebastian*, le pondría, y te lo dedicaría a vos. La roca Johann Sebastian vive en una distopía de rocas, un mundo de las rocas dominado por la facción de la resistencia, pero la roca Johann Sebastian es de las que cree que no hay diferencia entre la vida y las rocas. O, mejor, más que una facción que domina abiertamente el mundo de las rocas, podría ser una conspiración… ¿No sería más interesante así?

Han llegado al muelle y ya está saludándolos Enrique Wollfig desde el barco.

—Vos lo escribís y yo le compongo la música. Una suite para piano, la suite de la roca Johann Sebastian. Preludio y fuga, alemanda, courante, sarabanda, gavota, y una gran fuga al final. La roca Johann Sebastian abandona la Tierra en una nave espacial lanzada en 1982, ¿qué te parece? En busca de la Gran Roca de la Luna o del cinturón de asteroides.

—Y más allá, el infinito.

—La roca que decide ser y a la vez no ser. *To be a rock and not to roll*. Lo imposible, ¿no?

Agustina lo abraza.

—Pero te podrías quedar, ¿sabés? ¿Qué vas a hacer en tu casa?

—¿Vos decís cuando termine de tocar?

—Tarde o temprano se va a terminar. Ya sé que tienen planes, pero es difícil que una cosa siempre lleve a la otra y termines siempre tocando más allá y mejor. Eso era antes, ¿no te das cuenta? Ahora no se va a ninguna parte. Parece que sí, pero no. Son solo vueltas.

—Decíselo a Ramírez.

—Decíselo vos.

—Dale un beso a Marcos.

—Nos quedamos esperándote. Podés venir cuando quieras, y ahí recuperás a tu amigo.

—Andá a cagar, Agus —dice, y ambos se ríen.

El playmobil lo saluda desde la mano de Agustina, que le oculta el cuerpo y revela solo su cabeza, su pelo negro y duro de paje. Se abrazan. El abrazo dura tan poco que parece estar en el futuro. Federico camina hacia Wollfig, el barco y el río. Hacia donde llueve más fuerte.

7

Wollfig parece cansado, pero está de buen humor. Quizá tuvo una de sus crisis de licantropía la noche anterior, piensa Federico, que siente de pronto la ausencia del playmobil.

—¿Cómo te fue? Te tuviste que quedar un poco más, pero yo la veo bien a tu amiga. Me habías dicho que estaba enferma.

El río está más verde después de la tormenta. Los árboles forman una pared espesa y fresca, como si tanto viento y tanta lluvia los hubiese renovado. El mundo después del diluvio, salvo que el tiempo esté fluyendo hacia atrás y ahora, en cualquier momento, un diplodocus o un braquiosaurio asomen su cabeza y su cuello larguísimo desde atrás de los árboles.

—¿Sabe que lo conocen? Me hablaron de usted.

—Bueno, uno es una celebridad local.

—¿Y usted tiene hijos, Wollfig? —La respuesta es negativa, pero trae con ella un cambio en la expresión y la postura. Una nueva oleada de concentración en un río tranquilo—. Supongo que los dos estamos a tiempo.

—¿Estuviste pensando justo en eso? Y sí, es así. Te encontrás con una ex, la ves en su propia vida, ahí en la isla de mierda donde terminó, y lo primero que pensás es en que podrías haber tenido una vida con ella. Y con ese pensamiento siempre viene el de los hijos. Los hijos que podrías haber tenido con la mina, ¿no? En una de esas, ahí tenés una vida que ahora te parecería mejor. ¿Cuándo la dejaste?

—Más bien cuándo me dejó. Fue complicado. Hace veintidós años. O veintitrés, me falla el cálculo.

—Y el otro pibe era tu amigo y se queda con tu ex.

—¿No hay una historia ahí, como esas de la Biblia? Yo soy el hermano que parte a la guerra y no vuelve, él es el hermano que se quedó en casa. Le toca casarse con la viuda.

—A esa guerra nos fuimos todos o siempre nos estamos por ir. Y no, la verdad es que nunca pensé en tener hijos. Es mucho para un Wollfig. Los que tuvieron hijos son los locos de la familia.

Se quedan en silencio y Federico lleva el diálogo a su cabeza. Más bien, debería decirle, estoy pensando ahora en ser un niño, o, mejor, en no ser adulto. Aunque, ¿cómo saber qué debería sentir al sentirme un adulto? Quizá haya algo más que las articulaciones, las contracturas, el cansancio que llega más pronto y las resacas que duran todavía más. O la derrota, el futuro usurpado. Quizá es un signo de toda madurez sentir que se pudo ser algo y al final se fue nada, o se fue algo totalmente diferente que carece por completo de importancia. O quizá el verdadero signo de madurez es entender que nunca se pudo ser nada, que a todos los efectos prácticos simplemente se fue. Tendría que convertirme en un hijo. Yo podría haber sido el último maestro del piano, piensa, un nuevo Glenn Gould, o podría haber dejado la vida de intérprete virtuoso para dedicarme a componer. O haber hecho ambas cosas, como Bach: la fama del intérprete junto al genio de la composición. Pero no pasó nada.

Una vez, cuando su padre empezó a acelerar hacia su pobre y triste *curtain call*, Federico tuvo un sueño. Estaba en un parque jugando con una niña de ojos verdes. La niña era flaca y alta para su edad, que debía ser seis o siete años. Había algo abrumador en la energía de la niña: corría, saltaba, le pedía que la hamacara, que la ayudara a trepar a un árbol, que la persiguiera. Federico decía estoy cansado, Dalita, y se sentaba. Era una plaza de un barrio en el que él no había vivido nunca, pero que a la vez le parecía familiar. Un barrio de Montevideo, evidentemente, y quizá una plaza real, que él había atravesado de pasada cuando volvía a su casa caminando después de pasar un rato con Agustina. Una plaza en el Buceo, por ejemplo, rodeada de casas de clase media alta, con rejas y jardines, garajes y palmeras. Dale, papá, levantate, dale, insistía la niña, y Federico la acariciaba y le decía ¿no te gustaría que yo fuera un niño de tu edad? ¿Que mamá y yo tuviéramos siete años como vos y jugáramos los tres todo el tiempo?, ¿que fuéramos amigos? La niña asentía, aplaudía con alegría la idea y después insistía en que otra vez la persiguiera, la ayudara a trepar, la hamacara. Pero Federico, en lo que duraba el sueño, seguía atado a esa idea. Jugar con su hija, tener la misma edad que su hija. Quizá, pensaba, era la mejor vida posible en el más allá, si hubiera un más allá. Morirse y reaparecer como un niño en una plaza, rodeado de los que fueron sus hijos y los que fueron sus padres, todos de la misma edad. Aquella vez había despertado triste, como tantas otras veces, pero entonces la tristeza duró más, tardó en irse, como si persistiera en aferrársele a los tobillos, pequeña mascota mutante de la casa, parásito moribundo.

—Sabe, Wollfig, yo creo que, si pensé en algo, si pienso en algo, es en que el virus y la crisis nos dieron la posibilidad de culpar a algo muy específico y que no tiene nada que ver con nosotros, ¿no le parece? En realidad es cierto: muchas cosas en nuestras vidas salieron mal por la catástrofe. ¿Cuántas veces pensamos en dónde estaríamos si el mundo hubiese seguido adelante? ¿Se lo imagina? Si usted o yo pudiéramos viajar mañana mismo a Japón o sentarnos ante una computadora mil veces más rápida que las que teníamos en los ochenta y preguntarle a esa máquina, no sé, que nos explique una pieza de Bach. Usted es científico. ¿No ha imaginado el mundo que tendríamos? A lo mejor podría saber los resultados de un experimento que está siendo conducido del otro lado del mundo, así, instantáneamente, conversando con los otros científicos. Y yo podría tocar en vivo para que me escucharan en Australia, en Moscú, en Lisboa. Y si ese mundo es hermoso, quizá uno mismo también sería hermoso. Salvo que en realidad…

—En realidad las cosas se estropean solas, Stahl. Las cosas son su propio estropearse o no son nada, son escenografía o simplemente no las vemos. No hay que ponerse cósmico.

—No, y de hecho yo no pienso así. Solo se me había ocurrido que antes a esto se lo llamaba madurar y que ahora, en vez de una fuerza entrópica metafísica que arruina a los jóvenes y los convierte en adultos espantosos, tenemos algo muy concreto, algo que pasó con el mundo. ¿Eso no será algo bueno, en última instancia? Nos saca la culpa de los hombres.

—Pero le pone otro peso en su lugar. Preguntale a tu amigo. Preguntale a tu amiga.

Federico no responde. No había previsto que la conversación fluyera hacia allí, hacia lo ya sabido. Si Wollfig equivalía ahora a la suma de sus maestros o sus padres, cabía esperar de él algo nuevo, una nueva respuesta o una pregunta mejor. Pero el río pasa despacio y Federico se pone a mirar los sauces, los colores en el agua, que de vez en cuando, cuando se mueven las nubes y el sol queda expuesto o velado apenas por una bruma delgada, adquieren contornos irisados: agua verde y líneas naranjas, violetas y marrones; mientras, el agua —o el gran ictiosaurio disimulado por el agua, que nada exactamente por debajo de su barco— parece haberse tragado los azules, los rojos y los amarillos.

Ahora Federico mira una barcaza medio encallada en la ribera que tiene a su derecha. En algún momento, piensa, debió servir para el comercio, para el transporte de granos o harinas río abajo, y ahora no es más que un desconcierto de óxido y metal en el que no se adivina otra cosa que la forma básica del barco, como una plancha, una cosa flotante sin motor.

—Te voy a contar un cuento —dice Wollfig.

Resulta ser la historia del muchachito que repara automóviles, ambientada en una gran ciudad de los noventa. El muchachito se llama Percy y es un verdadero genio de la reparación, tanto que desde los cuatro rincones de la ciudad acuden por sus servicios dueños de los mejores automóviles de su tiempo y también de modelos clásicos, las viejas glorias del arte, por los que Percy siente una fuerte predilección que lo lleva a cuidarlos con celo, a buscar él mismo en tiendas de repuestos remotísimas las piezas justas. Resulta, además, que algunos de los clientes de Percy son hombres poderosos, emperadores del crimen organizado, millonarios con las manos sucias de sangre, políticos corruptos. Y uno de ellos, el más peligroso de todos, le confía regularmente a Percy sus autos para el cuidado, mantenimiento, revisión y reparación de todo lo que pueda perturbarles el funcionamiento preciso, esa condición por la que los motores cantan en una armonía perfecta y que solo los verdaderos conocedores del volante (que son, en la peculiar lógica de este mundo mecánico, los únicos que en verdad *merecen* ser dueños de ciertos modelos de automóvil, esos que, invariablemente, resultan más respetados y honrados por las artes de Percy) son capaces de oír o sentir las vibraciones del vehículo y, por tanto, de detectar las notas fallidas, la presencia incipiente de una falla. Percy le arregla siempre el auto a este hombre, un ruso que abandonó la URSS apenas unos años atrás, por los tiempos de la Perestroika, y se convirtió en el mafioso más temido de la ciudad, conocido bajo varios alias: Mr. Spook, Jimmy Volga, Mig Bobine, Oso Ruso, Vladimir Vladivostok, etcétera, y una tarde cualquiera se aparece en el taller de Percy con su mejor auto, que está aquejado de un zumbido, un temblor casi imperceptible, una mancha en el acorde del motor. Pero resulta que Mr. Spook viene acompañado no solo por sus gorilas sino también por la esperable belleza rubia —como siempre mucho más joven que él—, de mirada perdida, drogada acaso, capaz de moverse por el taller de Percy con la fragilidad de los cuerpos que, en virtud de su ansiedad o inseguridad o de una ingenuidad sobrenatural, no están del todo asentados en el mundo y en la consciencia de ser deseables, de irradiar esa belleza irresistible que les propicia a Percy y a todos los y las Percys de este mundo, una erección o una humedad que apenas se puede disimular escondiéndose detrás de una mesa con osciloscopios, *testers* y una computadora sucia de grasa. El resto de la historia es predecible, o quizá Federico ya la ha encontrado en tantos libros y películas. La rubia seduce a Percy, Percy entiende que si se acuesta con la amante de Mig Bobine es boleta, pero aun así, porque hay algo fatal, algo que cancela por completo el juicio o pone en evidencia que nadie jamás es libre, aun así prosigue. Y sobre eso tenemos que detenernos, le dice Enrique a Federico, porque…

—… porque no podemos pensar que Percy sea un pelotudo más, no lo es. Y tampoco es que ande necesitado de concha o culo, eso lo obtiene en abundancia, es un pibe lindo, fachero, que sabe lo que hace. Tampoco se trata de que la rubia sea a primera vista, y esto es importante, *a primera vista,* algo realmente extraordinario. Es decir: está buenísima, claro, pero Percy está acostumbrado a la belleza, de alguna manera, y esto debería hacerle sospechar, hacerle pensar las cosas de nuevo. El Oso Ruso la compara todo el tiempo con su mejor auto: mi Lamborghini, la llama, mi Cadillac, pero es difícil explicarlo en función de una presunta cualidad única de la chica, de modo que hay que postular algo más, algo inasible al principio, más allá de la carne; algo que hace, con el tiempo, que saberse tocado por ella equivale a sentirse especial. Entonces, como Percy descubrirá pronto, al estar dentro de ella, al ser apenas una brizna de algo feo y tosco tan rodeado por ella como se está rodeado por el cielo en el desierto, queda al alcance la sensación de la inmensidad cósmica y la pequeñez humana que, sin embargo —y esta es la clave—, pese a esa pequeñez, insignificancia y fealdad, ha logrado hacer que ella se fije, que ella desee, y quién sabe quién puede entender la lógica de su deseo, si es que la hay, porque este es el tipo de cosas que se preguntan los hombres cuando cuentan este tipo de historias o, quizá, *porque* tienen que contarse este tipo de historias. En cualquier caso, Percy, perdido en estas especulaciones, hace lo que sabe que no debe hacer, o sea seguir cogiéndosela, desafiar el peligro evidente que representa un mafioso ruso, *el* mafioso ruso por excelencia.

Y, como Federico anticipa fácilmente, pronto Mig Bobine se descubre engañado. Un día aparece en el taller de Percy y, todavía con cierto afecto forzado, demasiados elogios, demasiados pellizcos de cachete y palmadas en el hombro, una sonrisa demasiado marcada en su rostro de máscara de guerra, le cuenta que está enamorado de la rubia (seguimos sin saber su nombre, quizá porque en el mundo de los hombres las mujeres son sin nombre, o quizá para sugerir que esta mujer en particular está más allá del orden que administra la economía de las palabras y las cosas) y que *destruiría* a cualquiera que se acostara con ella a sus espaldas. Por supuesto, algo así dicho por Jimmy Volga es creíble, una amenaza instantánea ante la que Percy, sin embargo, se sabe sin poder, sin capacidad de acción. Está, por así decirlo, paralizado ante la muerte, de pie ante el tsunami. Y en efecto es demasiado tarde.

En el mundo todavía conectado de los noventa, Vladimir Vladivostok no necesita esforzarse demasiado para dar con Percy, donde sea que se esconda. ¿Pero acaso no vale la pena esa vida? Percy se lo pregunta, aunque sabe que la acción no dependerá de la respuesta porque él ya no es capaz de decidir, nunca lo fue, o al menos no desde el momento en que la rubia se bajó del auto y lo miró, para volver un par de horas después a buscarlo. Así que Percy no hace nada, hasta que una noche la rubia lo llama a su casa y le dice Jimmy sabe y le propone encontrarse en un hotel de las afueras, ya cerca del desierto. Percy imagina las alternativas: quizá días atrás Mig Bobine le había ofrecido una última oportunidad, confesá y te perdono la vida por honor —o algo por el estilo—, aunque deberás abandonar esta ciudad y no volver nunca, etcétera. O quizá él mismo podría haberlo llamado: sí, señor Jimmy, sí Mr. Spook, esa rubia que estaba con usted en el auto hoy temprano volvió hace un rato y me propuso cosas raras, yo preferí avisarle a usted; no, ya se fue; no, yo me quedé acá, en el taller. Gracias, señor Jimmy, un placer, señor. Pero no debía ser así, no *podía* ser así, porque la de Percy es la historia del simple, del insensato, que siempre avanza hacia el abismo y a veces (solo a veces, pero Percy entiende que no será su caso) tiene suerte y evita la muerte. Y se pregunta una vez más qué vio la rubia en él y qué no deja de ver él en la rubia; es, en cierto modo, como si ella no fuese realmente de este mundo, sino que viene de una realidad superior, en comparación con la cual todo lo de esta Tierra no es otra cosa que *ersatz*, un facsímil borroneado, una mala imitación. Pero cuando se la encuentra en el hotel al borde del desierto pasa algo raro: ella le despliega un plan insólito, ajeno por completo a lo que él la hubiese creído capaz de concebir, y también habla raro, con otra fijeza de la voluntad, otra fuerza. No parece la misma persona, piensa Percy, no viene de otro mundo superior o, quizá, no hay tal mundo; pero ya es demasiado tarde, así que no hay más remedio que darle vida al plan de la rubia, tomar por asalto la casa de Amadeo Sargas, un millonario medio perverso al que ella conoce quién sabe cómo y de cuya casa, es más, sabe señalar las entradas posibles. Ella procurará distraerlo, pero en el peor de los casos él podrá hacerse pasar por Carlos, uno de los fiolos y dílers a los que recurre Sargas, y así… En fin, es fácil imaginarlo. Pero, claro, todo sale más o menos mal y Percy mata a Amadeo Sargas, lo cual parece no perturbar ni siquiera mínimamente a la rubia, fija en la concreción de su plan. Y entonces Percy, sobrio o lúcido por primera vez (porque acaba de matar a un hombre) mira a la rubia, la observa, la contempla, y descubre que hay algo muy extraño ahí, donde estaba la que él creía que era la rubia. Ahora es otra persona, ¿o quizá siempre lo fue? Lo siente en su cuerpo. Un cuerpo que, por supuesto, ha conocido al de la rubia. Esas cosas que se dan en la intimidad, anticipar respuestas, observar reacciones, suscitar cambios. Cada persona, y quizá eso significa *persona*, es un conjunto de respuestas y tendencias, zonas donde la probabilidad de *esa respuesta específica* tiende al máximo. Pero un comportamiento por completo diferente se vuelve aberrante, un atractor emplazado en el cero. ¿Cómo puede ser? Porque se trata de otra postura corporal, de otras expresiones, otra mirada. Y, sin embargo…, ¿será que no había visto bien, que no había mirado *de cerca*? Había visto lo que había querido ver. ¿No es esa la historia de todas las parejas? Eso y lo que uno modifica en el otro. Y en medio de todo esto, un proceso que quizá no lleve más de unos pocos segundos, el Percy lúcido tiene lo que podríamos llamar una epifanía: entiende que hay dos clases de personas en el mundo, dos especies quizá: las que son capaces de empatía y las que no; y que ambas clases se distinguen a todos los niveles, porque las delatan signos tan pequeños como la postura corporal, la mirada y las expresiones. Ahora de pronto lo lee todo en la rubia y entiende de qué lado de esa división están los dos, esos dos tipos de personas que debieron cumplir papeles específicos en la historia, no solo en la universal y la evolutiva, sino en la suya particular, que es la que le importa. Porque juraría que la primera rubia era de la primera clase y esta que tiene ahora enfrente es de la segunda, por lo que, en efecto, deben ser gemelas, deben haber mantenido en secreto su duplicidad, la rubia buena y la rubia mala, la rubia y su *doppelgänger*. En fin, también es una historia conocida, no es que esto, dice Enrique, haya tomado un camino tan extraño.

—Pero ¿qué pasa después? —pregunta Federico.

—Bueno, todo depende de cómo contestemos a la pregunta más importante que quedó planteada. Pero la solución más fácil, hasta donde soy capaz de ver, es así: después de huir de la casa de Sargas con su dinero y su auto, empieza la parte *road movie* de esta historia, y eventualmente Volga Vladimir los persigue con su propio auto —o uno que Percy jamás había visto, más poderoso, armado como un carro de combate, un verdadero tanque de guerra—; y está por arruinar el autito de morondanga de Amadeo Sargas, cuando interviene la suerte y todo se resuelve en persona, cuerpo a cuerpo, una pelea en la que la juventud vence a la maldad y Percy acaba por asesinar al Ruso. Pero la cosa no termina tan fácilmente, porque la rubia —que ya sabemos bien que es en realidad la Rubia Mala— se encarga de dejar inconsciente a Percy de un culatazo o simplemente una piña, y nuestro protagonista queda ahí tirado, en el desierto, al lado del cadáver del Oso Ruso; y cuando llega la policía nadie sabe nada de ninguna rubia ni hay más huellas en el auto de Sargas ni, por supuesto, en la casa de Sargas, sino que la policía forense encuentra nada más que las de Percy, perfectamente inculpado, encerrado en la celda a la espera de prisión perpetua o sentencia de muerte y con todo el tiempo del mundo para preguntarse por qué no se quedó con su noviecita en vez de tratar de tocar esa luz extraterrestre que era la rubia; o también dándole vueltas a la pregunta más incómoda, la que sabe que contestará siempre con un sí: si es que, al final, todo valió la pena. Y mala o buena, una rubia o dos rubias, Percy siente que por un momento tocó esa otra realidad superior, que en efecto esa realidad superior *estaba ahí*, que la rubia era la puerta y él avanzó hacia el afuera. Y, por un momento, se repite en la celda —entre chinches y presos programados para violarlo todas las noches— que vio eso que está más allá, como cuando Ahab fijó los ojos en la blancura de la ballena.

—¿Eso es todo?

—No, mirá para allá.

Federico obedeció. Era un ramal del río, un arroyito que se abría casi perpendicular a la corriente y se alargaba bajo un túnel de sauces. Pero había algo más, algo al fondo, de un verde más oscuro y de una textura que hizo entrecerrar los ojos a Federico, para enfocarla. Parecían cosas entrelazadas, lianas, pedazos de madera. Estaba demasiado lejos como para que esos fueran detalles reales, de todas formas; pero fuese lo que fuese que conformaba aquella estructura, así era cómo se veía a la distancia. Debía ser un efecto óptico, una especie de epifenómeno, como los espejismos en la carretera que recordaba de su niñez, de camino a Punta de Piedra.

—¿Te fijaste en la altura? Mirá por encima de los sauces, apenas. Y lo que se ve más allá. Apurate que ya lo estamos pasando.

Federico aguzó la mirada. Lo que había tomado por aquel anudarse de lianas o cortezas de árbol era, le pareció, una empalizada grandísima, más alta, en la perspectiva, que los sauces y los otros árboles que se adentraban en la selva o el bosque o lo que fuese que poblaba el Valle. Y entonces entendió: era el muro, una parte o costado o faceta del muro, y más allá estaba la maraña, o Moby Dick, o el Kraken

—Lástima no haber traído binoculares. En ese tramo la maraña sale del otro lado y desborda. ¿Nunca viste cómo sale la vegetación de un baldío y rebosa la pared que lo separa de la calle? Es algo así. Los que andan más cerca lo describen como una enredadera que va derramándose por la muralla.

Enseguida dejaron atrás el arroyo y la selva se interpuso ante la visión del muro, pero aquellos minutos escasos dejaron su impresión, como si Federico hubiese pasado un par de segundos mirando directamente al sol y ahora, con los ojos cerrados, le buscase formas y colores a esa muesca de luz que permanece en la retina. Sabía que aquello a lo que había apuntado Wollfig era un muro, una pared, una construcción de una simpleza arquitectónica enorme, elemental, incluso primigenia. Y, si bien debía llevar allí emplazada no mucho más de diez años, lo que decantó en la sensibilidad de Federico fue la sensación de algo antiguo en extremo, como si él y Wollfig fuesen nómades de ocho mil años atrás que de pronto se topan con los muros de Çatalhöyük, de Ur, de Uruk o Jericó y solo pueden sentir que esa civilización —que para nosotros, de este lado de la historia, estaba apenas comenzando— es en verdad vieja, sucia y perversa, cargada de todas las maldades que fueron atraídas desde tiempos todavía anteriores.

—Bueno, estamos por llegar —dice Wollfig y, en efecto, el puerto está ahí nomás, en una vuelta del río.

—¿Le puedo preguntar algo, Wollfig? ¿Por qué me contó la historia? —Y Federico piensa un segundo y agregá:— Esa historia en particular, la del muchachito.

—¿Esa historia? Es que en realidad no hay muchas. Hay variaciones, claro, pero las historias son pocas. Está la del muchachito y la rubia, que es la que acabo de contarte, está la de la muchachita que vivía a la vuelta de la esquina, está… En fin. Renart e Ysengrin, el Príncipe y la Perla. Vos tenés que saber alguna, ¿o no?

—Sé la del ictiosaurio, que en realidad no tiene sentido.

—¿Cómo es esa?

—El ictiosaurio era un borracho de mierda y ningún animal quería que se salvara del diluvio, pero aun así le tendieron la mano y le dijeron vamos a estar acá, en el arca, y vamos a aguantar hasta que pare toda esta mierda de pandemia o catástrofe. Pero el ictiosaurio dijo que no, que él no quería saber nada con ninguna salvación y que simplemente iba a ir allí donde lloviera más fuerte.

—¿Pero el ictiosaurio no era un reptil de mar? ¿O era el plesiosaurio?

—¿A usted qué le parece?

—Yo pienso que, si la podemos contar, es una de las historias; y uno podría pensar, cuando alguien pregunta que para qué contarlas, que la respuesta más fácil es que las historias nos dicen quiénes somos, nos hacen sentir que somos *alguien*. Como cuando la gente lee la descripción de su signo zodiacal: es reconfortante que te digan que sos, que tenés tal y cual característica, que te podés identificar con esas virtudes y ponerte en plan desafiante con los defectos. Pero esa es, como te dije, la respuesta fácil. Yo tengo otra teoría.

—¿A ver?

—¿Qué opciones tenía Percy en la historia? De hecho, tramposamente, dije más de una vez que él era capaz de reflexionar sobre el curso de los acontecimientos, pero que por una razón o por otra, o por ninguna razón, siempre seguía más allá, se metía en la boca del lobo, bajaba al sótano embrujado. A lo mejor va por ahí lo del ictiosaurio. ¿No será eso lo más importante? Para el ictiosaurio no es la estupidez de que se salve subiéndose a un barco gigante, sino que pueda dar esa respuesta magnífica, la de la lluvia. ¿No vendrá por ahí esa pregunta que tenemos que hacernos para empezar a contestarnos cómo termina la historia? A lo mejor no es tan simple como que hay una rubia mala y una rubia buena. Pueden ser las dos malas, por ejemplo. O podemos pedirle en este caso a la rubia que cuente la historia; la rubia mala se la cuenta a la buena, o viceversa. Yo tengo una teoría, como decía recién. Y mi teoría es que las historias sirven para hacernos entender que, en el fondo, como los personajes, no podemos decidir jamás, porque siempre estamos en una de esas historias y es una ilusión creer que vamos viviéndolas y eligiendo. Al revés de lo que diría el sentido común, Percy puede *creer* que decide, pero en tanto es el protagonista de una historia que yo me invento o que yo repito, en realidad no tiene otra opción: le va a pasar lo que pasa en la historia.

Wollfig hace una pausa.

—¿A vos te importan los sueños? ¿Los recordás? Bueno, en los sueños uno no es libre, ¿no? Nunca elige lo que hace: se hace lo que se hace y el sueño es como es. Cuando uno sabe que está soñando y elige qué hacer, en realidad sueña con eso, con la consciencia, con la libertad. Pero la vida de todos los días es igual. Uno no hace nada, uno no elige nada, pero sueña que sí.

—¿O sea que contamos historias para saber quiénes somos y, a la vez, para entender que no tenemos opción?

—Algo así. Por contradictorio que parezca. Crear la ilusión de ser alguien, alguien específico, libre, con voluntad y deseo, y dejar a la vista el pliegue que oculta la otra verdad: que somos parte de una historia.

—¿Y quién cuenta esa historia?

—Eso es otro asunto, no menos intrigante. ¿Quién la cuenta? ¿Y para quién? Yo, por ejemplo, no cuento la historia de Percy. Yo puedo ser el vehículo de la historia, sí, yo le pongo palabras en el momento, pero no estoy eliginedo nada. Nada importante, al menos. La estoy contando *como la sé,* como se la contó miles de veces en el Valle, con todas sus pequeñas variaciones. En una de esas nadie cuenta las historias: las historias, entonces, están allí, y nosotros adentro de una, nos demos cuenta o no. Y esto tampoco es nuevo. Que sean más reales que nosotros, es decir. Nuestras historias, la mía con mi estirpe y la luna de los lobos, la tuya con la gira y el piano y todo lo que decís que perdiste.

Para cuando escucha eso de *nos demos cuenta o no,* Federico entiende que la historia de Enrique se ha desvanecido en el aire, y no tiene ganas de andar buscando fragmentos para unirlos y dar comienzo a algo nuevo. Además, han llegado al puerto y Enrique está ocupado en atracar. Ya habrá tiempo para preguntarse por qué esa historia y si acaso hay una clave de significados: Federico Stahl como Percy, Ramírez como el Ruso, ¿y quién como la rubia o las rubias? ¿Y Sargas?

Sin embargo, Enrique Wollfig sigue hablando.

—¿Y la historia del hombre que cuidaba animales de circo? ¿La sabés? Era un hombre, vamos a llamarlo Igor, que vivía en un país eslavo, del bloque soviético. Por decir algo. Igor está desempleado pero no es idiota. Sabe hacer muchas cosas, tiene aptitudes. Para el cálculo, la poesía, lo que quieras. Esos detalles no importan, pero sí que, si hay algo así como la basura humana sobre la Tierra, él no tiene nada que ver con esa gente. Basura, digo, gente que no sirve para nada, incapaz de *hacer,* de cuidar de un bebé o de terminar un trabajo. Gente que desperdicia recursos, que solo sigue adelante porque nos han hecho creer que todas las almas son únicas y valiosas y bla bla bla. No es así, te puedo asegurar. Hay gente que vale mierda, pero Igor no es de esa clase de personas. Aunque lamentablemente tiene que vivir con gente así, porque el mundo siempre estuvo más allá de toda noción de justicia o injusticia.

Enrique le ha tendido la mano a Federico, ya desde el muelle, y lo ha ayudado a dejar el barco. Ahora caminan por la zona portuaria, entre nubes de olor a frito, a pescado viejo y a una bebida dulce que todo el mundo compra en un puesto pequeño, atendido por una señora mayor, de ojos como ranuras finísimas y sonrisa de mármol. Caminan hacia una arboleda por un camino de tierra y algunos de los árboles lucen sendos mapas del Valle, con la maraña remota dibujada como una criatura reptante.

—Todos hemos tenido que vivir con gente así en algún momento de la vida; yo, por ejemplo, todos los días. Pero aprendí a mantener la mierda a raya, cosa que no había aprendido a hacer Igor. Entonces, en contacto con lo peor de la especie humana, consigue un trabajo, el tipo de trabajo que aparece allí donde se junta mucha mierda. Aunque el trabajo en sí no es malo, son las circunstancias lo que lo complican. Porque sus jefes son gente violenta, han matado siempre para llegar a donde están y seguirán matando para quedarse allí o para irse a otro lado que estimen mejor. Es algo que no les importa, como matar a un mosquito, y como son fuertes o pueden hacer que los fuertes los obedezcan, siempre se han salido con la suya. Siempre. Igor acepta el trabajo porque lo necesita, en una de esas mantiene a una hija a cientos de quilómetros de distancia. Además, como buen hijo pelotudo de la clase media, no puede evitar *alegrarse* por haberlo conseguido, un trabajo después de todo fácil, y después el circo dejará el pueblo, él tendrá un cierto dinero para ir tirando, conseguir algo mejor… Los primeros días todo sale bien; el circo recorre la zona, hace sus funciones en distintos pueblos, en algunos casos a escalas menores, no con el plantel completo de animales, pero Igor siempre tiene algún animal que cuidar en lo que podríamos pensar como la base zonal del circo. Y los animales son interesantes: los osos, los leones, los chimpancés; por momentos, hasta empieza a sentir que los comprende, que los observa razonar, salir de situaciones complicadas a su propia, peculiar y extrañísima manera de animal. Así que está todo bien, por un tiempo, pero un día Igor se duerme, toma demasiado, se distrae. Todo esto sucede en los años noventa, así que Igor tiene su televisor prendido todo el tiempo. Son las diez de la noche y empieza una película, una que cuenta una historia atrapante, la del muchachito que repara automóviles y se enamora de la amante del mafioso, y mientras Igor piensa que él mismo podría ser la variante de una historia parecida, quizá la del hombre que ganaba siempre al póker, alguien le roba los animales. Los detalles no importan: si estaban en un corral, abren las portezuelas y se los llevan a todos. Él se ha quedado dormido o en el trance perfecto del entretenimiento supremo, así que no escucha nada. Quizá se había fumado unos porros, quizá puso el volumen muy alto porque está medio sordo. Finalmente, cuando sale de noche a chequear que todo siga como corresponde, encuentra que su mundo se cayó a pedazos. Evidentemente lo van a matar, es el tipo de cosas que no pueden pasarse por alto. ¿Qué hacer, entonces?

Y, además, ¿cómo pudieron haber desaparecido *todos*? Igor mira el espacio que ocupaban los animales y solo encuentra el vacío, la oscuridad, la sospecha. Los árboles, el viento, la noche estrellada y de luna creciente, el cielo azul oscuro, las nubes negras, los grillos, las lechuzas. En fin, todo menos sus animales y, por eso, todo menos su vida. ¿Y qué hace? Sabe que la gente del circo o, quizá, la gente que está detrás de la gente del circo, los que lo contrataron, tienen más medios para hacer las cosas que la gente normal, más medios que él, más recursos, más inteligencia para cosas tan específicas como encontrar al tarado que se dejó robar los animales. Huir, en principio, no tiene sentido; además, a lo mejor, todo es una especie de trampa, un fraude al seguro, una operación que demanda un chivo expiatorio. Pero, por otro lado, ¿qué otra cosa hacer? Esta gente no tiene código de honor, piensa Igor; no puede comprometerse a trabajar todavía más para pagar ¿qué?, ¿cuánto cuesta un oso, un par de leones? Quizá, imagina, termine enredado en algo más complicado aun, en el robo de animales de un zoológico, por ejemplo. O quizá simplemente lo maten. No sabe, y como no sabe nada, su vida se ha terminado. Haga lo que haga, pase lo que pase.

—¿Usted qué haría en esta situación, Wollfig? —se las arregla para preguntar Federico.

—Esa es otra buena pregunta. En una de esas, ya empezaste a notar los parecidos. En ambas historias, la del muchachito que arreglaba automóviles y la del hombre que cuidaba animales de circo, hay algo más poderoso que un hombre o un muchachito, algo que amenaza, precisamente, a ese hombre y a ese muchachito. La rubia, por ejemplo, ¿no será parte de una conspiración?, ¿no será el instrumento de otros hombres o mujeres que querían deshacerse del Ruso Volodine? ¿Y no habrá algo parecido en la historia de Igor? Los dueños del circo, los dueños de los dueños del circo. Quizá Igor logra escapar de alguna manera; puede descubrir, pongamos, que en esta especie de base de operaciones del circo hay una caja fuerte. Es un tipo inteligente, no nos olvidemos de eso, y se las puede arreglar para robar dinero de esa caja. El dinero lo lleva a la ciudad, en la ciudad se toma un avión. Todo pasa en cuestión de horas y, cuando queremos acordar, Igor está en, pongamos, Los Ángeles. O Nueva York. ¿Pero qué pasa si aun ahí lo encuentran? ¿Si una noche lo encierran unos gorilas en un callejón y resulta que son estos tipos del circo? ¿Y si hubiera algo sobrenatural? ¿Hipnotizadores, funámbulos, mesmeristas, zombificadores? Una mañana Iván despierta y está en el pueblo: nunca se ha ido y está atrapado. Quiere salir de la base del circo y agarra un camino, corre todo lo que puede, pero pronto ese árbol resulta familiar, ese cartel, el mapa del Valle clavado en un pino, y resulta que ahí está de nuevo la base, como si hubiese corrido en un círculo. Esa historia también es vieja.

—A mí me parece que ahí estaríamos complicando a propósito, ¿no?

Wollfig sonríe:—Bueno, como *complicar,* sí, un poco... Pero ¿qué hacemos? Ramírez no está. —Federico asiente, nervioso—. Tranquilo, hombre, te va a encontrar, estés donde estés. A Stahl, *el Descomunal,* como dice él. ¿No querés ir a casa? Tomamos un trago, seguimos la conversación. Es más, tengo algo que mostrarte.

No hay mucho más para hacer; es eso o quedarse a la intemperie, y ha refrescado. Probablemente llueva, piensa Federico, y le dice a Wollfig que sí, que no estaría mal esperar a Ramírez tomando algo caliente.

La casa de Wollfig es ahí nomás, no tienen que caminar mucho. No hay calles, apenas espacios entre árboles, entre las lomas, con la tierra descubierta y el césped más ralo. No es una casa grande, aunque tiene dos pisos, el de arriba notoriamente un agregado posterior. Hay también una parrillada, un corral de gallinas en el fondo y dos perros que parecen cimarrones atados contra una cerca. Wollfig se les acerca y lo reciben con alegría y ladridos.

—Los voy a soltar, pero se portan bien, ¿eh?

Después entran a la casa y Federico piensa en la caverna donde hiberna un oso u otro mamífero grande. Todas las paredes cargan con estantes atestados de libros y grandes mesas de artista o arquitecto apenas dejan espacio para caminar. Wollfig arrima una silla, aparta unos papeles y le dice a Federico que lo espere, que volverá con un té y le mostrará lo prometido.

Los libros parecen interesantes. Casi todos son técnicos, de consulta, pero también hay unos cuantos de historia, enciclopedias, clásicos de la literatura y la filosofía y lo que parece una sección de biografías. No hay mucho tiempo para investigar: Wollfig aparece con el té y Federico se sienta para beberlo. Tiene gusto amargo y también a yuyos.

—Fuerte, ¿no?

Federico asiente. Wollfig termina su taza, la deja sobre la mesa de dibujo y le hace un gesto a Federico con la cabeza:

—Es por acá. —Lo guía hacia la habitación contigua donde, para sorpresa de Federico, hay una puerta abierta que da a una escalera. No era el tipo de casa que parecía tener un sótano, pero allí está, y bajan, Wollfig con prisas—: Mi laboratorio.

Es otra caverna, pero a medida que Wollfig enciende los faroles Federico empieza a asustarse. Hay algo allí, en efecto, algo que late en el centro del recinto, en lo que parece una campana de vidrio.

—¿Sabés algo de fluidos no newtonianos?

Federico, ya más cerca, descubre que lo que contiene la campana es un líquido viscoso de color verde oscuro, suspendido en otro líquido más claro, cuya presencia solo era delatada por diminutas formaciones de burbujas pegadas a las paredes de vidrio.

Se ha acercado, alarga una mano, no se anima a tocar el vidrio. Algo en los movimientos de la sustancia lo fascina: es una deriva lenta, compleja, acaso cíclica. Si tan solo pudiera encontrarle el patrón, la pauta. Hay algo hasta *musical* allí.

—Lo que ves ahí es simplemente maraña en un estado viscoso o de tiempo acelerado. Es bastante fácil generarla, aunque me llevó años darme cuenta. ¿No te hace acordar al petróleo? Estoy a punto de llegar, a punto. Imaginate eso, en todos los vehículos, en todas las industrias. La nueva vida. Si el petróleo hizo a la industria, si fue el alma de la máquina, y eso hizo al mundo del siglo XX, imaginate lo que podrá ser el siglo XXI con esto en sus motores.

El fluido verde late despacio, como una criatura perezosa. Bosteza, mira a su alrededor, se estira. Después acelera. Federico siente que su mirada es atraída como hacia un pozo gravitatorio. Es una cosa cosmológica, piensa. ¿O será cosmo*gónica*? Wollfig ríe, o sonríe con una sonrisa (naturalmente) de lobo, o abre la boca en un aullido que se confunde con un ruido instalado de pronto en el recinto. Como si siempre hubiese estado ahí, siente Federico, como si todo hubiese estado aullando desde siempre, en particular la maraña, que ahora gira a toda velocidad y parece licuarse y brillar y cristalizarse y facetarse y estallar en miles de esquirlas o planos o caras, por las que Federico, por un instante, juraría que puede ver imágenes en movimiento, películas diminutas, escenas de vidas del Valle aceleradas hacia un futuro o hacia distintos futuros, todos dispuestos en la pauta en rotación de la maraña. Hay maquinarias extravagantes, hay bestias prehistóricas que tiran de viejos misiles o cargan con pedazos de la antigua industria. Por aquí se levanta una torre de maraña, por allá alcanza a ver una guerra en el bosque. Cree ver a Agustina, que recorre una vieja carretera en ruinas, arriba de un caballo gigantesco; más allá ve una pared derrumbada y el cuerpo de Ramírez, maltrecho y ensangrentado; y cree encontrarse, sobre un auto, dormido en el calor y el aire salado y luminoso de una playa.

8

Una noche, no mucho después del episodio del laboratorio de Wollfig, Ramírez se apareció mucho antes de lo planeado en el teatro donde Federico daba el último de una serie de conciertos planeados en un triángulo de pueblos no muy lejos del Valle. Era una noche de las buenas, quizá la mejor: Federico se había divertido, se había relajado, acomodado sobre el instante con un vaso de gin tonic a mano, un libro sin prisas y todo el tiempo del mundo; el placer de constatar que las manos tocaban solas, que la música fluía de su piel, sus músculos y sus nervios, y que él podía simplemente pensar en otras cosas, en otra música, por ejemplo, y mientras tocaba un nocturno de Chopin pensaba en sonidos, en timbres, en una composición que prescindiera de la melodía y del ritmo y no fuese otra cosa que el devenir de una armonía por un espacio de texturas. Una pieza musical a la que influir con presencias, con personas, con máquinas que la alteraran y la sacaran a pasear por otras tierras, sin aventura, solo disfrute, aceptación, disolución de la voluntad en el reconocimiento de un mundo sin pasiones ni significados. Qué bueno sería poder seguir así, pensó. Qué bueno sería poder hacer de la vida eso y nada más, sin importar dónde, sin importar cómo; porque si se le había dado la posibilidad de contemplar o imaginar esa música dulce y perfecta, no había más que pedirle a la vida, aunque, por más que se le pidan cosas, como es sabido, la vida no escucha ni puede escuchar.

Pero ahí estaba Ramírez, y junto a él aquel imitador de Michael Jackson, sumido en su personaje y de cara preocupada, la cara de un Michael Jackson envejecido con dignidad, un Michael Jackson que no ha dado la espalda a su estilo y ha entendido cómo modularlo a la edad madura; quizá, podía pensarse, el tipo de artista viejo en que muchos querrían convertirse, por fuera del ridículo, por fuera de la ansiedad, por fuera de la repetición inane. Federico terminó de tocar, saludó brevemente al público y bajó del escenario, rumbo a Ramírez y al imitador de Michael Jackson, que lo esperaban en la puerta, una puerta alta y estrecha que daba a la calle y a un baldío sobre el que se desplegaba el atardecer, violeta y frío, de estratos múltiples en una geología distante.

—Murió Neumayer —dijo Ramírez, mientras tomaba del brazo a Federico y lo llevaba por la acera lejos del teatro improvisado, en dirección al centro—. Vamos a tomarnos algo por ahí y te contamos.

El imitador de Michael Jackson asintió con la cabeza.

—Tampoco es el fin del mundo.

Estaban los dos un poco borrachos y querían seguir tomando, escapados de un funeral, llevando el funeral a otra parte para volver a desplegarlo. Después resultó que había que cuidarse del *fuego cruzado* entre las bandas rivales escindidas del *imperio del alemán* (términos del imitador de Michael Jackson). Todo esto sorprendió a Federico; no es que Neumayer fuera un tema recurrente de reflexión o conversación, pero si Ramírez lo evocaba aparecía el recuerdo de aquella noche en la mansión y la historia terminaba asentándose en la figura de un tipo con plata que controlaba una flota de vehículos y ejercía cierta influencia sobre el comercio de combustibles, nada más que eso. Ahora, de pronto, todo había cobrado dimensiones mitológicas, como si se tratara de la estirpe licantrópica de Wollfig, y Ramírez y el imitador se contaban anécdotas del Gran Hombre levantando vasos de caña para brindar por tiempos mejores. Federico trató de divertirse con la zona elegíaca a la que había sido arrastrado, pero no tardó en aburrirse. Era como si estuviese materializándose a su alrededor un pasado extravagante del que jamás había sabido nada: la intrusión repentina de otro mundo, una realidad alternativa sacada de una saga familiar de mafiosos, nazis refugiados en la Patagonia y demás mitos pintorescos. Se habló de AMRITA y de la hija y los hijos de Neumayer, de traiciones y juramentos, y pronto todo se pareció demasiado a una mala puesta en escena de *El Rey Lear*, en la que Neumayer pasaba de sabio a payaso y de demente a visionario.

—Una vez —contó el imitador—, Neumayer me encontró deprimido en un rincón y me preguntó qué pasaba; le conté así nomás, con pocas palabras, y se rio. ¿Por qué la risa?, le pregunté. Porque siempre es igual, dijo, siempre me vienen con esto de que la vida es una porquería. ¿Y no lo es?, le dije, ¿no es la vida al final una verdadera mierda, una miseria terminal? ¿Y comparada con qué?, me preguntó. Y no sé, le dije, con… Ahí me quedé callado. ¿Ves?, dijo, no tenés con qué compararla. Con la muerte, le dije, pero ahí me empecé a dar cuenta de a dónde me estaba llevando. ¿Cómo la muerte? La muerte es la nada, dijo, y vos, Federico, imaginate el acento alemán, ¿no? Yo no soy bueno imitando acentos, imagínátelo vos. La muerte es la nada, dice de repente, me interrumpe. Vos no podés comparar la vida con la muerte porque es como comparar una manzana con que no haya manzana. Y, bueno, le dije, es mejor que haya manzana a que no haya manzana, sobre todo si uno tiene hambre. Sí, pero esa comparación no está planteada en términos de la manzana en tanto manzana...

—Ah, pero se ponía filosófico el amigo Hans Neumeyer —dijo Ramírez, y añadió una guiñada que Federico no entendió.

—Todo el tiempo —dijo el imitador, y prosiguió su historia—. La manzana, siguió diciendo, se compara con otra manzana, una es más dulce o más firme, la otra más arenosa o más ácida. Si nosotros supiésemos de otra vida, en otro lado, podríamos comparar, pero no sabemos nada. Por tanto, no hay con qué comparar la vida, excepto, y acá está la clave de lo que le pasa a usted, mi amigo, excepto con lo que uno quiere que sea la vida. Yo agarro ahora una manzana, le clavo el colmillo y la encuentro sin sabor, sosa, no me hace mella en el gusto, o agarro una rosa y no le siento el perfume y para colmo es la más espinosa que haya crecido por ahí.

—¿Hablaba así en serio? —pregunté, pero no me hicieron caso.

—Uno compara la vida con lo que pretende que la vida sea —seguía el imitador de Michael Jackson— o, peor, con lo que cree que la vida debe ser. ¿Pero por qué la vida debería ser algo en especial? Porque uno cree que tiene derecho, porque uno cree que el mundo debería reconocer ciertas obligaciones para con uno. Para con nosotros, ¿no? Y créame, amigo: esa es la fuente de tanta amargura en el ser humano. Esperamos que las cosas sean como creemos que las merecemos o que las mereceríamos; creemos, en suma, que hay una pauta o una lógica, que tal y cual cosa nos hace preciados o preciosos y que, por tanto, merecemos el trato que les damos a las cosas preciadas o preciosas, una primera edición, un vino ilustre, un lienzo de algún gran maestro, un autógrafo del negro Jackson. Creemos que somos esas cosas, únicas, valiosas, irrepetibles, pero no somos nada de eso, ¿vio? Y no es que no podamos pretender merecer lo que queremos merecer, porque si pensamos así diríamos bueno, a lo mejor no yo, pero a lo mejor alguien sí merece, algo lo merece, hay algo ahí afuera, un ángel, un extraterrestre, que se presenta sin mácula, perfecto y luminoso. Pero no hay nada, amigo, solo hay moléculas, átomos y cosas así. Yo entiendo que ustedes los artistas levantan catedrales, edificios, puentes sobre esa base de que el dolor significa algo y que la vida no es forma de tratar a un animal, pero la verdad es que les pagamos para que nos cuenten ese cuento sabiendo que no es más que un consuelo, una manera de pensar eso que le decía recién, ese bueno, si no es para mí al menos será para otro. O, peor, el si no es para mí que no sea para nadie; y eso te lleva al odio, pero también te hace creer que tu vida tiene sentido. Y ese es el error. Ustedes los artistas nos vienen a decir que hay sentido y significado; a lo mejor sin ustedes las cosas se habrían caído a pedazos hace tiempo, pero el precio que pagamos es el de la niñita que sufre porque no es una princesa o porque no hay hadas madrinas. ¿Y sabe qué hacen muchas, y muchos también? Se imaginan que son adoptadas o adoptados, que sus padres sí eran reyes, solo que algo terrible los arrancó de ahí y los arrojó a este mundo, un mundo de mierda, por supuesto. Es lo mismo. Y no se crea que le estoy queriendo dar una lección, amigo; si lo fuera, a lo mejor sería la lección más difícil de aprender. —Ramírez suspiró y miró el vaso, ya sin caña:

—Ahí habría que haberle contestado, haberle dicho a veces uno quiere que la vida sea mejor porque la vida lo trata con injusticia. Hay que pensar en hasta qué punto el viejo Hans podía comprender eso. No voy a decir que no peleó, que no trabajó…

—Nadie puede decir eso, Walter…

—No, claro que no, pero las cosas son así: ¿para qué va a querer el privilegiado cambiar las cosas como son? Las revoluciones las hacen los maltratados y los sensibles al maltrato, los que saben que la vida puede ser mejor. Ese es el motor de la historia.

—¿Y te parece que Hans Nuemeyer no trabajó para mejorar la vida?

—Su vida sí, la de los que trabajaban con él, los que trabajaban para él. Con todo lo que se le debe, Nuemeyer solo trabajó para que las cosas volviesen a ser como eran antes, cuando gente como él se beneficiaba del trabajo de los oprimidos y apretaban cada resorte y cada tuerca de la gran máquina del mundo para hacerlo permanecer como es, injusto, desigual. El verdadero trabajo, después de todo lo que pasó, sería no volver al mundo que dejamos atrás, sino a uno mejor…

—Ah, pero no empecemos con política —dijo el imitador de Michael Jackson—. ¿Y vos? —miró a Federico—, ¿qué opinás?

—¿Sobre la vida?

—Sobre sea cual sea el tema del que estamos hablando en este momento.

—Bueno, supongo que estoy de acuerdo con Neumeyer: todos queremos que haya algo más, todos pensamos que podría haber habido algo más, y eso equivale a pensar que ese algo más está de alguna manera ahí, disponible o accesible, y que si no lo alcanzamos es por circunstancias adversas, porque no le caímos bien a los que tienen el poder de decidir quién pasa al VIP y quién no.

—¿Esa es su experiencia de vida, después de tantos años de pensar en lo que pudo haber sido su carrera de haber continuado lo que hizo en los noventa? Sé muy bien cómo fue todo, estimado Stahl, he llegado a admirar mucho esos tres discos que grabó en su momento.

Federico puso cara de no tener nada más que decir. Pero solo hicieron falta media hora y dos gin tonics más para cambiar la situación, de manera que, recién después de un buen rato de historias y anécdotas y décadas y recuerdos, Federico repara en que le ha contado todo al imitador de Michael Jackson, que se ha vaciado para él, exprimido incluso, rascado en el fondo de la lata. Le ha contado tanto que ha terminado por inventar, pero en esas invenciones, cuando Federico empieza a recordarlas, a caer en lo que ha dicho, reconoce otras tantas verdades. Le contó, por ejemplo, de aquella ciudad-cráter con la máquina en el centro y el zumbido, de las criaturas que se acercaban, altas como montañas, y del desfile al que se habían sumado; le contó del sótano de científico loco de Wollfig y de los giros de la maraña líquida en aquel cilindro de cristal; le contó de Marcos y Agustina y de la influencia del playmobil; le contó de la mujer que le regaló el playmobil y de cómo creyó verla en tres ocasiones y en pueblos distintos; le contó tanto del momento en que los pueblos parecieron repetirse, aunque sus nombres cambiaban, como de aquella línea o constelación de pueblos cuyos nombres no cambiaron, pero que no podían ser más diferentes entre ellos, en su arquitectura, en la textura de sus calles, en los cuerpos de sus habitantes, en los acentos de sus voces, en los sonidos de las esquinas y la maquinaria de la vida; le contó de aquella pareja de avistadores de ovnis, que recorrían las carreteras del Valle en su vieja camioneta Combi adaptada a alcohol de caña, y cómo los encontraron a él y a Ramírez aquella noche en que su vehículo falló miserablemente; le contó al viejo imitador de Michael Jackson todas las historias que les había contado aquella pareja hasta que él detuvo la Combi y se durmió contra el volante, mientras su mujer seguía hablando, lenta, pausadamente, con la voz más suave y más cálida que Federico había escuchado jamás, una voz que se detenía solamente para beber más té, un té suave, dulce y cálido, hasta que Ramírez también se durmió y solo permanecieron despiertos en la noche él y la mujer. Ella, que se llamaba Ángela Galaxia, tomó el volante y condujo la camioneta hasta la ciudad más cercana, a la que entraron cerca del fin de la noche, mientras Federico le contaba de Agustina y de su vida en una casucha al borde de la maraña, con sus caminatas entre aquel rizoma de plástico y desvida, esas tardes en que Federico tocaba el piano con los ojos fijos en la profusión de la maraña, perdido en ese tiempo atrapado, en todos sus mundos. Cuando terminó la historia, todas las caras, las fachadas de las casas y los planos más amplios de los edificios centelleaban con la luz cenicienta. Ángela Galaxia había comenzado a responder con otra historia, a cantar su balada del Valle y la maraña, y Federico sintió que había llegado a la última estación de su viaje, por fin.

9

Pero solo hay torbellino, solo hay huracán. El viaje ha seguido más allá de los sueños y las pesadillas, los pueblos se suceden con la fijeza calcinada de la vigilia; algunos se aglomeran en ciudades, las ciudades se desintegran. Ramírez solo habla de los balnearios, donde deberían estar esperándolos, aunque después de la muerte de Neumeyer quién sabe. Pero para Federico lo único que hay es el círculo insalvable de los pueblos, pueblos y más pueblos, carreteras perdidas, calles infestadas de agujeros y de túneles. No se le había ocurrido a Federico que un giro inesperado pudiera llevarlos a él y a Ramírez fuera del Valle, hacia el desierto. Entonces, cuando llegan a lo que debería ser la penúltima etapa del viaje, solo puede pensar en una historia que lo evade. ¿Cómo pasó todo, cómo se llegó aquí otra vez? Están en el desierto, entre dunas, todavía lejos del mar, y Federico se pregunta por qué no hay más que dunas y cielo donde debía haber tantas cosas distintas. Ramírez aclaró que lo que ellos buscan estaba todavía un poco más allá, tras murallas y vigilancia, y que da lo mismo si lo que rodea esos recintos es una jungla tropical, una sabana, un desierto, o favelas y cantegriles.

Pronto empieza a configurarse la historia, el pasado inmediato. Había sido un tren, hasta el final de la línea, y allí un pueblo en construcción o quizá las ruinas de una ciudad reducidas a un montón de casas bajas, una calle central pavimentada y caminos de tierra que surgían en ángulos dispares. A Ramírez estaba esperándolo uno de sus contactos de AMRITÀ, de la facción que, al menos hasta ese momento, se había hecho con el control del imperio de Neumeyer. Sorpresa: no se trataba de la hija.

El hombre le entregó un manojo de llaves y lo condujo hasta un garaje en el que se alineaban nueve camionetas del mismo modelo, algunas severamente deterioradas.

—Esas de ahí deben haber conocido toda esta zona. Mejor aquella, ¿qué te parece?

La voz de Ramírez sonó cansada, como si hubiese sido capaz de ver el futuro para después referir a lo visto, no con el significado inmediato de sus palabras, sino con el timbre cascado y la enunciación lenta. Federico asintió. Cargaron las cosas y se subieron a la cabina maltratada. Llevaban un par de bidones de etanol, pero era por las dudas, ya que el viaje no debía prolongarse más de dos días, y eso como mucho. Pero ¿y la maraña?, preguntó Federico, y Ramírez le mostró un mapa rutero desplegable, muy viejo, como de fines de los ochenta, en el que una mano algo temblorosa había dibujado con lápiz una serie de zonas grises que, cabía adivinar, equivalían a las ocupadas por la maraña. Había una trayectoria simple, una línea de escape, y terminaba en la costa, en los balnearios. Pero puede ser un mapa demasiado viejo, dijo Federico.

—Esas cosas no han crecido. En realidad, se han retirado. Ya dejamos atrás esa zona.

Durmieron en la camioneta, Federico acostado en los asientos traseros y Ramírez sentado en el lugar del piloto. Cuando se levantaron la mañana siguiente y caminaron un poco para estirar las piernas, Federico se sintió invadido por el olor de la vegetación sucia y seca.

—No me gusta nada este lugar —dijo Ramírez.

Subieron a la camioneta y se pusieron en marcha. El día anterior habían parado ya demasiado tarde, en la oscuridad casi total, y por eso el paisaje sorprendió a Federico en la mañana. No era el monte enmarañado que habían atravesado intermitentemente ni tampoco las paredes de selva a ambos lados del camino; era una versión retraída de todo aquello, poblada por ramas contorsionadas y espinosas, una vegetación gris que hacía pensar en un laberinto de huesos y de uñas.

—Esto es tierra muerta.

—¿Pero qué dice el mapa?

El mapa no decía nada. La costa, a juzgar por la escala, no podía estar a más de quinientos quilómetros: un día de viaje lento. Se habían despertado más tarde de lo planeado, como si les hubiese costado descansar o se hubiesen dormido a una hora más avanzada de la que habían creído leer en sus relojes. Para el mediodía sintieron que habían avanzado poco. La camioneta parecía resistirse, a Ramírez le costaba entender la relación entre las marchas, lo impráctico del camino y la velocidad que creía llevar. Había que parar de vez en cuando y volver a arrancar el motor. Federico aprovechó una de esas paradas para bajarse y mirar de cerca. Las ramas no tenían nada de raro. ¿Qué había esperado? Eran árboles secos o arbustos crecidos. Parecía que había andado el fuego por ahí, y Federico pensó en un incendio, no mucho tiempo atrás, pero sí lo suficiente como para permitirle a la vegetación adaptarse, sanar hasta cierto punto. Le parecíó también que había señales de árboles muy grandes: tocones invadidos por hongos y musgo amarillento, como cráteres devorados por la erosión u ocultos por los movimientos de los mares. Estaba nublado y se había levantado algo de viento, que hacía crepitar las ramas como en un concierto de élitros tan grande como el día. Más allá, hacia el este, había una claridad dorada. Se la señaló a Ramírez. Debe ser el mar, dijo, el reflejo del sol en el mar, o las nubes que venían del mar. Se sintió incómodo, otra vez. Ramírez bajó de la camioneta con dos botellas de cerveza.

—¿Sabés lo que sería una locura encontrar? Una ballena. Una ballena varada, muerta, el esqueleto de una ballena ahí, en la arena.

—O los restos de un ictiosaurio…, ballenas varadas ya vi. Una vez, en Punta de Piedra, cuando yo tenía nueve años. Se la llevaron a Montevideo después de dos días del cuerpo ahí, en la arena. No sé si lo soñé o lo inventé después, pero ahora lo recuerdo como si fuera real: la gente de Punta de Piedra se había llevado pedacitos de la ballena, y después, en todas las casas, estaban esos talismanes.

—Esta cerveza es de la buena. La venía guardando para algún momento tranquilo del viaje. —Tenía gusto a trigo, a cereales, y muy poco alcohol. Se había mantenido fría, eso sí, y Federico sintió un pequeño brote de placer—. En unas horas llegamos. Estamos ahí nomás. Es una buena historia esa de los pedacitos de la ballena, pero ya la conozco, se la contaste al Negro aquella noche, ¿te acordás? A lo mejor vos le erraste de vocación. Con todo tu talento para el piano, en una de esas tendrías que haber sido escritor. Quién sabe.

—Los sueños de la carne, *für das Hammerklavier*

Pasaron esas horas de viaje y no llegaron a la costa, pero se las arreglaron para parar poco después del atardecer, cuando todavía había luz. Ramírez desplegó una parrillita en un claro a la derecha de la camioneta. Arrancó algunas ramas y las roció con etanol. El fuego prendió como una explosión diminuta.

—Y pensar que hace nomás dos días comíamos en los mejores restaurantes.

Ramírez lo miró, contrariado.

—El viaje es así, Descomunal. Ya vamos a llegar a un lugar mucho mejor que todo lo que venimos viendo.

Sacó unos chorizos de la heladerita enchufada a la batería de la camioneta y los colocó sobre la parrilla.

—Vas a ver cómo se hacen enseguida.

Tenían algo de pan, y Federico recordó los cumpleaños del padre de Agustina. El resplandor del fuego en las caras de los niños que se acercaban al mediotanque, el olor de la grasa quemada y el retumbar de la cumbia en la calle; todo ese mundo de bolsillo le pareció cercano, como si no hubiesen pasado más de veinticinco años, sino apenas unos meses, los que los separaban de las últimas fiestas, de la última Navidad. Canturreó parte de una canción, la de *no la dejes ir, no la dejes ir, por qué, te lo digo yo*, y Ramírez se le unió, riéndose: *mira cómo se menea, cómo le gusta caminar, suavecito como la marea, su mirada te puede matar*. Estaba sentado en el piso, apoyada su espalda contra una de las ruedas delanteras de la camioneta. Levantó su cerveza en un brindis.

—Por los viejos tiempos.

Federico asintió y bebió el último trago de la lata. Ramírez se incorporó y abrió la heladera para sacar otra botellita, esta vez de refresco de naranja.

No hablaron mucho más esa noche, pero ambos parecían a gusto. Federico volvió a dormirse en el asiento trasero y Ramírez permaneció despierto un buen rato más, mirando el mapa bajo la luz de su linterna. Pasó buena parte de la noche y Federico se despertó con ganas de mear. Ramírez ya se había dormido, sentado como la noche anterior y con el mapa desplegado sobre su pecho. Afuera, la oscuridad era una pared. ¿Cuándo había estado Federico ante una oscuridad así, absoluta, total? Debía estar nublado, debía ser una noche de luna nueva. Abrió la puerta lentamente y salió con miedo. Jamás. Esa era la respuesta. La oscuridad de Punta de Piedra no podía compararse; los árboles en la noche, el lado contrario al del mar, apenas iluminado por faroles en la distancia, o llegar a casa y caminar en la oscuridad porque en su ausencia no habían encendido el farol del jardín: nada de eso se acercaba siquiera a lo que tenía Federico ante sí. Incluso despertar en su cuarto en medio de la noche le pareció diferente, porque allí siempre se colaba alguna luz tenue por los marcos de la ventana, las persianas no siempre cerradas o incluso el piloto rojo brillante del televisor de su cuarto, que solo se apagaba cuando el aparato estaba desenchufado. Y era un interior, además; de haber perdido la visión, entendía, su cuerpo habría sabido dónde estaban las cosas, tentativamente, sin verdadera precisión, pero al menos con el recuerdo de la piel de las paredes, las estanterías. Tendría que haber sido un despertar brutal, uno de esos momentos en que se ha olvidado todo, el pasado inmediato, el lugar en el tiempo, el propio nombre. Y, aun así, en esos casos, que Federico había experimentado unas pocas veces —despertando en casa ajena tras una borrachera, por ejemplo—, no solo la información acudía de inmediato a su mente para ordenarle el presente, sino que siempre había manera de sentirse adentro, entre paredes, bajo techo.

Pero al abrir la puerta de la camioneta todo le dijo que estaba afuera. O, mejor, que no había nada salvo una brisa fría, mínima, con olor a mar. Se aferró a eso, a esa cercanía, y manoteó el asiento trasero en busca de su linterna. Fueron diez o quince segundos, nada más, pero bastaron para que, en medio del miedo, Federico sintiese que todo había terminado, ya no la sensación de alcanzar el final de un camino, sino más bien lo contrario: que el cuerpo siga, pero no haya espacio ni tiempo por el que avanzar. Cuando sintió el frio del metal y movió el interruptor, la sensación no lo abandonó: había creado un mundo diminuto, una supervivencia más allá del cero, y a su manera era penosa, humillante. Movió el haz de luz hacia el más allá y creó los espectros de las ramas, como manos contorsionadas. Todo podía ser una pesadilla en su casa del barrio Atahualpa, o una de su padre, que lo había devorado por fin. Un sueño o la locura, el delirio final, como si él también se hubiese contagiado de la enfermedad allá por el 2004 y en su confusión ulterior imaginara toda una vida que terminaba en la ruta, el medio de la nada y el culo del mundo. Pero el pensamiento de las ramas se le impuso. No pudo entender a qué distancia estaban; de hecho, le parecieron demasiado próximas, casi a centímetros de su cara, y alargó la mano para tantear, para separarlas de sí. Pero no había nada. La luz de la linterna le dejó ver su mano desteñida, casi blanca, la mano de un muerto o un vampiro, y solo más allá estaban las ramas. Armó una bola de voluntad y avanzó: las ramas permanecían a la misma distancia. Sintió un escalofrío, pero descubrirse asustado o inquieto lo centró, le dio un propósito. Era él, después de todo; la oscuridad no lo podía invadir y él seguía estando allí, brazos y piernas, capaz de moverse y caminar. Alargó otra vez una mano y no alcanzó a tocar las ramas. Dio unos pasos más y sintió que caminaba sobre arena compacta, sobre nada más que eso, sin hojas ni ramas caídas, sin pasto, solo arena apenas húmeda, como la de esa zona intermedia de las playas, no tan cerca del mar como para ser arena mojada y blanda, ni tampoco tan lejos, allá en los médanos, como para ser fina, suelta y caliente. Era como si no pesara, como si algo en el suelo venciera la gravedad y estuviera a punto de suspenderlo en el aire. Sintió la tensión en sus hombros, en su pecho. Alargó el brazo por tercera vez y lo logró: las ramas estaban allí, finas y ásperas, como una red de capilares. Sacó la pija y se aflojó.

Volvió rápidamente a la camioneta y cerró la puerta. Ramírez se quejó.

—¿Todo bien?

—Sí, sí, salí a mear nomás…

Se acomodó en el asiento, pero no logró dormirse. Seguía en medio del miedo, incapaz de olvidar la oscuridad. Nunca se había sentido así, comprendió, y la novedad de la sensación lo repelía tanto como lo fascinaba, algo demasiado vasto e incomprensible, inmanejable. Estaba afuera, por primera vez, lejos de cualquier presencia humana, rastro o indicio. Y pensó que lo mejor que podía hacer era permanecer despierto, mirar hacia afuera y esperar. No podía demorarse la luz del día, después de todo, no tanto, e incluso el resplandor más tenue le serviría para ahuyentar a los fantasmas. Pero el tiempo pasaba con una lentitud espantosa. Afuera no había nada, nada visible al menos, y la consciencia de Federico eligió migrar hacia la memoria.

Se encontró pensando en los últimos días y después en la semana anterior, en Marcos y Agustina, pero de pronto dio un salto de décadas y recordó ciertas mañanas en Punta de Piedra, las de su llegada al pueblo, el siete de enero. Lo levantaban temprano, antes de las cinco, y se subía al auto del abuelo todavía entre sueños, con un pedazo de pan marsellés en la mano y una mochila llena de libros en los hombros. Después volvía a dormirse, al abandonar Montevideo, y la abuela lo despertaba a las ocho, cuando entraban a Rocha por la ruta nueve y bajaban a comprar empanadas en el lugar de siempre. Quedaban todavía dos horas de viaje, o poco menos, pero Federico ya no se volvía a dormir. En el primer tramo, hasta Castillos, trataba de leer alguna historieta de las que llevaba en la mochila junto a su transformer favorito, pero le costaba concentrarse. Era como si el paisaje lo llamara y él entendiese que para viajar de verdad había que dar cuenta de todo lo que quedaba atrás, postes, cerros, pueblos, de retenerlo todo en la memoria, en su acumulación, su signo de distancias recorridas. Después seguían hasta Santa Teresa y de allí a Punta de Piedra. Llegaban a las diez y, mientras los abuelos descargaban, él se ponía a jugar con Marcos, quien ya solía estar allí, generalmente desde fin de año. Cuando por fin llegaba el mediodía y la hora de comer, parecía que en esa mañana se apilaban días enteros; sentado ante la mesa con un churrasco y ensalada, o con un poco de arroz y tres rebanadas de *corned beef*, pensaba en el momento más remoto del día: las imágenes de aquel madrugón, la despedida de sus padres y la sensación que le daba llevar su mochila y su pedacito de pan, como debían sentirse los exploradores que saben que han reunido todo lo que necesitan para comenzar el viaje. Y podía precisar ese momento del viaje en que había sido capaz de sentir la distancia en la acumulación de lugares y espacios distintos; ahora lo que se aglomeraba en su consciencia era el tiempo, esa expansión de tiempo que se subdividía por su cuenta en etapas y períodos. Estaba la prehistoria, un tiempo incierto, de contornos borrosos, imágenes de Montevideo en la madrugada y el auto que arrancaba y parecía aún algo frío y ajeno. Después estaba el viaje propiamente dicho, en el que brillaban las novedades del recorrido, alguna casa en construcción en la que reparaba el abuelo, un anuncio nuevo en la carretera, los cambios que pudiera detectar en aquellas ciudades enanas y feas. Seguía la llegada, la vuelta que pegaba el auto para atravesar el puentecito de la cuneta y entrar al jardín, el abuelo que aplaudía, gritaba ¡llegamos! y se hacía el tonto bajando del auto para ponerse de rodillas y besar la arena en su lugar favorito del mundo. Y al final, después de jugar con Marcos y empezar a contarse cosas del año, de la escuela, de las películas que habían visto y los juguetes que les habían regalado en Navidad y en Reyes, en ese momento en que terminaba de almorzar se asomaba por primera vez el cansancio, como si todo el tiempo de la mañana y el viaje fuesen demasiado peso para él. Pero no era de noche aún, sino que recién empezaba la tarde; y Federico presentía que habría todavía más, quizá la playa, quizá el Club Punta de Piedra y alguna maquinita nueva, para terminar el día con un asado, invitado por los padres de Marcos o por otros vecinos, y recién ahí, al acostarse, sabría del volumen completo de tiempo que había atravesado.

Muchos años después, Federico leería que la densidad del tiempo de la infancia es diferente a la de la edad adulta, porque se empoza de otra manera, aplasta capas y capas de memoria para confundir los veranos y fundirlos en uno vastísimo y único y lleno de maravillas, hasta que de pronto todo se vuelve más lineal y se hacen nítidas las cronologías, el recuerdo exacto de qué pasó tal mes o tal año y qué vino después. Quizá, entonces, esos tres o cuatro años de la niñez, entre los seis —cuando la memoria empieza a ser la propia y no la de un yo que todavía está procurando aglomerarse como un planeta en eras tempranas de la formación de su sistema estelar— y los nueve —cuando se ha atisbado la economía del tiempo en el mundo—, valen por diez o quince años de adulto. Y, por esa razón, apenas Federico se reencontró con aquella sensación de los días en que llegaba a Punta de Piedra y la extendió sobre su vida en el camino, fue como si todo hubiese pasado el mismo día: uno de esos días largos de madrugada, viaje en auto, llegada a casa, reencuentro con Marcos, almuerzo, playa y asado. Es decir, había salido de Montevideo, había tocado el piano, había llegado al

Valle, tocado en la casa del finado Neumeyer, probado los caramelos, conocido a Wollfig, remontado un río demasiado inmenso en el recuerdo, para reencontrarse con ese mismo Marcos de la niñez y también con Agustina, después había vuelto a la carretera para caer en lo más hondo y muerto de la noche, el estado final de energía mínima. Porque así quedaba cifrada su vida; y, en efecto, ahora, acostado en el asiento trasero, comparecía su final. No porque fuera a morir, no necesariamente al menos: era más bien que nada de lo que vendría después podría sumarse a su vida, que se había cerrado por fin, que había cancelado todo contacto posible con la novedad. O al menos eso le pareció.

Después sopló el viento. ¿Cómo podía habérsele cristalizado la vida, si en rigor jamás había estado más afuera que en este momento? Pero seguía oscuro y el viento movía ramas invisibles. O cosas incomprensibles. ¿Y no era eso una vida en bruto, aún no digerida, no clasificada, una vida más real? En tanto conociera, en tanto comprendiera, no podía sino ser lo mismo, una vez más. Quizá eso es lo que se ha terminado; quizá es la sucesión de lo mismo lo que no tiene futuro y no hay más remedio por tanto que dar cuenta de la siguiente variación, hacia lo raro. Federico se acomoda una vez más, entonces, y trata de relajarse. Le ha parecido que desde el parabrisas se acerca un resplandor; aguza los ojos, recuerda sin querer las mañanas en la academia y las noches con los padres de Agustina, recuerda a su abuelo en su lecho de muerte, recuerda la máscara de su padre y los dibujos en las paredes. Recuerda a su abuela, recuerda lo último que le dijo su madre —en aquella fase del contagio en que llegó a suponerse que la enfermedad se propagaba también con las palabras de los enfermos—, y se queda allí ante el recuerdo como ante un enigma: no juegues entre las tumbas le había dicho. Y ahora Federico está solo en un baldío, mirando el fondo atestado de cachivaches de una casa, entre una heladera rota, un calefón herrumbrado, un par de sillas y el esqueleto de un Volkswagen escarabajo. Ahí habrá otras personas para recordar, cada vez más desdibujadas, cada vez más parecidas, hasta que se queda dormido.

La luz ha descubierto un paisaje aun más desolado. Ramírez se apura en decir que la vegetación es la típica de la costa y Federico ensaya su hipótesis del incendio, como si ambos retrocedieran hasta el día anterior para evitar referirse a una noche que harían mejor en olvidar. Pero están cerca o eso han pretendido creer. Por delante, el terreno se ondula en lomas pequeñas y una vegetación aun más rala. Ramírez, que parece preocupado apenas agarra el volante, confiesa que había imaginado más civilización, paradores al menos, señales de pueblos, cruces de caminos. A eso de las once rebasan una caseta de vigilancia vacía; no la invade la vegetación ni luce los vidrios rotos u opacados, el techo poblado de hierbas o derrumbado hace tiempo, sino que está simplemente vacía, como si quien debía atenderla hubiese decidido tomarse el día libre. La puerta, sin embargo, está abierta y se mueve con el viento.

—Mala señal.

Al rato avistan el mar. La playa se abre en una blancura artificial y el cielo indaga en un azul más oscuro.

Federico mira hacia atrás: han rebasado un mundo de arbustos secos y árboles esqueléticos y, más allá, lo que parece un bosque entre los cerros, cubierto por la niebla. ¿Era así? ¿Es así como lo recuerda? Pero Ramírez piensa en el futuro.

—Ahora vas a ver cómo el camino da una vuelta y agarra una costanera.

Federico no sabe si debería hacerse el incrédulo.

—Vos ya anduviste por acá, imagino…

—Hace muchos años. Todo está un poco cambiado.

La costanera aparece y Ramírez la toma limpiamente. Es una carretera pavimentada, con mojones a ambos lados, saturada por la luz del mediodía. Federico recuerda una tarde en Piriápolis, de visita en la casa de una tía de Agustina. Más adelante, a lo que debía ser un quilómetro o poco más, se adivinan las formas de una construcción.

—Antes de llegar vamos a tener que pasar por un peaje; con el resplandor no se debe ver, pero tendría que estar ahí nomás.

Llegado el momento a Federico no le sorprende descubrir que no hay tal peaje. Dejan atrás dos casetas más, igualmente vacías, y Ramírez empieza a tartamudear. Las formas de la construcción que habían entrevisto hacía no más de veinte minutos se vuelven nítidas. Aparecen tejados, chimeneas, una torre o edificio de cuatro o cinco pisos, un muro…

Y todo está en ruinas.

—No puede ser.

No importa quién lo dice. Puede ser Ramírez, puede ser Federico, pueden ser ambos, cada uno por sus propias razones o con su propio significado. Lo que cuenta es que el viaje se ha evaporado y Federico se siente otra vez en el vacío de los días en su casa. Todo ha sido en vano —entiende—, toda la reiteración o repetición de pueblos y música y selva y caminos, todo ese *loop* vastísimo solo podía tener una salida, y era esta: que iba a ser *siempre* en vano, y es esa certeza lo que brilla sobre la arena y lo que termina de avanzar ahora como una horda zombi sobre una ciudad. ¿Cómo podía ser diferente? ¿Cómo podía *haber sido* distinto? Cómo había podido creer él, Federico, que Ramírez en efecto podía *hacer* algo, sacarlo del vacío y llevarlo a la plenitud, fuese la clase de plenitud que fuese, completa, incompleta, oscura, luminosa, cualquier cosa que en el fondo respondiese que sí hay algo en lugar de nada, cuando lo más sensato —entiende Federico, concluye Federico ante la muralla en ruinas— es pensar siempre que lo que hay es la nada, el vacío completo de significado. No viajó. No llegó a ninguna parte. Estaba en el desierto y está en el desierto; en el medio, dice de pronto, o no sabe si dice o si piensa, se demoró un desfile de fantasmas, de espejismos de carretera, como aquellas criaturas altísimas. Y él siempre lo había sabido. ¿Bajo qué clase de estupidez, de qué influencia idiota, había llegado a pensar que *al menos* estaba en el camino, tocando por ahí, y que eso era mejor que dejarse perder lentamente en su casa? No, Federico, no lo era. No lo es. Porque nada de eso sucedió, en el fondo. Ya lo sospechaste más de una vez: estás en tu casa, no saliste al mundo. Y eso, simplemente, porque ya no hay mundo. La noche anterior te había revelado la clave: estabas en la oscuridad, rodeado de absolutamente nada, atravesado por sonidos tenues que ya no hacían sentido, incapaz de percibir la cuadrícula tridimensional del espacio. Había sido una premonición, solo que no se trataba de ver un desarrollo futuro, sino de remover ese cristal turbio y colorido por el que habías ejercido la acción de ver y creído estar ante un mundo. Pero no. Te lo repetís. Lo decís en voz alta, lo gritás. O a lo mejor lo pensás, no parece que fueras de los que gritan en momentos así, se doblan sobre su panza arrugada, levantan los puños al cielo y claman ante la injusticia como si merecieran otra cosa, como si se mereciera algo. Y Ramírez no reacciona. ¿Qué podría decir?, ¿qué podría hacer? El suelo bajo sus pies desapareció. Pero, sin embargo, aparece, persiste, se configura desde la nada: debe haber otro balneario más allá, deben haber reconstruido, dice, no puede ser que esto no esté, debemos haber mirado mal en el mapa, debimos haber terminado en otra parte, en ruinas viejas. Puede ser al sur, puede ser al norte, pero era en la costa, tiene que ser en la costa, allí era donde estaba todo, eso que no pudo desaparecer, cómo podría, eso tiene que estar, más allá, más lejos…

Federico está sentado en la arena. Ha estado intentando reírse, ver el chiste en el fondo de la situación, pero no le sale. Es como esas noches en que se vuelve solo, con todos los planes quemados en el aire, aleteando como papeles en cenizas. Ramírez, por su parte, mira el mapa, se hace preguntas, se responde, viva imagen de la derrota, como si todo lo de animal que pudiera haber dado cuerpo a su tenue fantasma, espejismo o impostura de hombre, se hubiese evaporado al calor del hallazgo y la falla en los viejos planes. La muralla está derrumbada, así que podrían entrar al recinto si quisieran, y Ramírez quiere, no puede hacer otra cosa en este momento, salvo entrar y mirar las paredes derrumbadas, los espacios vacíos. Se trepa a una caseta de vigilancia, mira en la distancia, no ve nada, insiste en ver. Y ver, piensa Federico, es lo que nos ha traído aquí: ver, porque se había creído que había algo allí, algo que habían visto. Pero, a la vez, había escuchado otras historias. Había visto a Agustina y a Marcos. Podría haberse quedado allí, podría volver allí antes que a Montevideo. Quizá lo que debía desmoronarse —o ya se había desmoronado— era esa historia que había creado Ramírez, la apoteosis de su gira en los balnearios, entre los ricos, los últimos Señores del Mundo; esa historia en la que, es verdad, Federico jamás debió haber creído y que, en el fondo, jamás llegó a creer. Esa historia solo podía terminar ante una ruina. ¿Qué otro final era concebible?, ¿que tocase una vez más sonatas de Beethoven o nocturnos de Chopin en el último bastión del mundo civilizado, un palacio rodeado de la muerte roja o, mejor, de todo lo que quedó después de que la muerte roja pasara por allí y se perdiera en la distancia? Baile de máscaras en el búnker de occidente, las murallas de la ciudadela, los bárbaros que la asedian. Eso que para Ramírez debía ser un comienzo tanto como un retorno, ese último hogar en un mundo agreste, no podía ser otra cosa que una ficción, y Federico lo había sabido desde el comienzo.

Ahora mira el sol en las paredes. Las variedades de la experiencia arquitectónica, piensa: esa piedra, esa cosa mineral allí dispuesta, indiferente a él y su memoria, a él y cualquier nostalgia, anhelo o inquietud. Y pensar, le dice a un Ramírez que no puede oírlo, que hay gente que se pregunta por la realidad de las cosas cuando no las percibimos: eso es lo único real, precisamente, lo que no nos involucra, lo que no nos compete, aquello que no nos necesita. Solo eso puede ser verdad, insiste, el problema había sido buscar un significado cuando lo real es aquello que queda más allá, aquello que no guarda relación alguna con el significado. Se pone de pie y le dice a Ramírez que ya está, que ya terminó, que hay que volver o seguir tocando, o buscar otra cosa para pasar el tiempo. Que nada importa, en el fondo. Todo da exactamente lo mismo, porque no hay nada mejor ni nada peor.

Pero algo está por pasar.

Ramírez lo ha escuchado, como un trueno leve y persistente, quizá también lo ha visto: una polvareda, allá en la distancia. No hay epifanía, Federico, no hay revelación posible, salvo en las novelas, porque pensar que ante la nada, en la noche más oscura, se llega a comprender la clave de las cosas es expulsar el significado por la puerta para hacerlo entrar por la ventana. Eso le diría si yo fuera alguien, si estuviera allí con ellos, pero no soy otra cosa que este orden emergente en palabras y su capacidad de producir la ilusión de una historia y sus protagonistas, así que no puedo hablarle ni gritarle ¡alarma! o ¡ayuda! al oído, no a Federico al menos, sino apenas dar cuenta de esa polvareda, de esa verdad última de lo inesperado. Es la única verdad, después de todo: que las cosas, sean cuales sean (y nunca son las que esperamos), terminan siempre por pasar.

Pero Ramírez ha comprendido; se acerca a Federico a toda prisa, lo agarra del brazo, lo empuja hacia la camioneta. Hay que huir porque vienen los piratas. ¿Piratas?, dice Federico, y se ríe. ¿Cómo piratas, como quien dice *ninjas* o *los caballeros del rey Arturo* o *los sobrinos del Pato Donald*? Y solo puede pensar en playmobils, en galeones de plástico marrón, y ya no sabe en qué historia está, a qué historia terminó por caer. Es tarde: Ramírez intenta maniobrar y los nervios se le imponen. Son dos camionetas, más grandes, peligrosas. Los encierran en cuestión de segundos y una se instala justo delante, expulsada de una historia de supervivencia tras la catástrofe, de otro rincón del mundo. Metal, cráneos, cuernos, si se prefiere, o camuflaje, cañones, mecanismos de una tecnología grotesca y jamás vista. Los han seguido, quizá, o han adivinado el logo de AMRITA, o simplemente pasaron por allí de regreso a su bastión. Quizá ayude gritar el nombre de Shauna o el Dzuba, quizá *piratas* no sea el término más adecuado, pero es el que eligió Ramírez. Y no tiene importancia. Quizá no es la primera vez que se ha encontrado con ellos o con los que son como ellos, y Federico ve ahora los machetes, las escopetas, aunque algo en él persista en ver el pelo de plástico, los ojos algo despintados, la medialuna de las sonrisas y los bracitos derechos. Tuaregs, piensa, tuskens, nómadas de la desolación. Jamás había pensado que algo así pudiera ser real, mucho menos que pudiera pasarle a él. ¿Dónde está la vida de conservatorio, de academia, la civilizada interpretación del piano ante un público esteta e intelectual, o ante los viejos de la cátedra, los tipos y tipas dañados que se aferran a aquella vieja idea de la cultura? ¿Esa vida fue la suya alguna vez? Quiere pedirle a Ramírez que deje de gritar, le encantaría que el tiempo se enlenteciese y pudiera bajarse de la camioneta en medio de un torbellino en cámara lenta, caminar entre explosiones con los ojos fijos en un objetivo preciso; pero lo que está pasando, en cambio, es rápido y atroz. Ahora lo han arrancado del asiento y arrojado a la arena, un golpe, un zumbido, la visión que se aplana, un grito, otro grito, después nada.

Camina, se despierta, se pierde en su memoria, se despierta una vez más, camina, se descubre en el piso, se descubre de pie, apoyado contra un tronco, vuelve a caminar.

Non senza fatiga si giunge al fine.

Todo ocurre en oleadas, en mareas de consciencia, cada vez más cerca de un lugar al que no va. Se pregunta cómo llegó, se maravilla de su impulso. Ha recordado —no él, en realidad, sino los espasmos de su memoria— las pocas veces que fumó marihuana. En una ocasión había entrado con Marcos y Agustina al casino del Gran Hotel, en Punta de Piedra. Ellos estaban bien; Marcos habría podido manejar bajo el efecto de lo que fuese y Agustina pertenecía a ese subconjunto de la humanidad al que la marihuana relaja y hace reír. No así Federico: había quedado sepultado, diría después, como si su percepción implicase un grueso cristal a través del cual contemplar el mundo, enturbiado por los efectos de la marihuana y también ensanchado, tanto que la luz se ramificaba por su interior, se abría en halos, en iris, en *artifacts*, se demoraba en deformaciones, destiempos y bilocaciones. Entonces Federico sentía el peso de ese medio nuevo, arrinconado por su propia percepción, convertido en un lémur o un tarsero, con su tronco minimizado por la torsión —piernas, brazos y dedos estirados y divididos por articulaciones nuevas—, a la vez que sus ojos avanzaban por el rostro como lagos gemelos alimentados por una inundación. Después volvería a esa imagen en sus recuerdos, la emergencia de una criatura adaptada a un mundo de radiaciones débiles, la tierra en los últimos tiempos de su vida: un planeta de brasas moribundas bajo un cielo dominado por los círculos concéntricos del sol enorme y carmesí. Pero lo más interesante era lo que había pasado con el tiempo. Cada cosa tenía de pronto su tempo específico y él se plegaba a cada velocidad; algunas lo erosionaban más, lo repelían, como intensidades que se descubría incapaz de tolerar. Otras lo atraían, cóncavas como pozos húmedos, y allí permaneció buena parte de la extensión del efecto: la máquina de su consciencia abría espacios nuevos en cada segundo, más amplios, más detallados, y a Federico se le iba el tiempo en la contemplación de esa riqueza inusitada. Sin embargo, no había lentitud en sus movimientos ni vacilación; de haber sido posible verse desde la mirada de los demás, nada habría parecido distinto, porque cada tarea era llevada a cabo sin diferencia con lo usual. Era fácil pensar que su cuerpo había salido adelante en piloto automático, mientras su mente se perdía en las vaguedades de la experiencia minipsicodélica, pero esa era una explicación demasiado simple. En el fondo, comprendió después, la clave era el tiempo. El tiempo y la ilusión de la voluntad, sin mente, solo cuerpo.

Ahora recuerda esa experiencia y piensa que debió ocurrirle también tocando el piano. Pero ¿cuándo? Había que pensar en puntos clave de su carrera, aunque en el fondo esa era otra ilusión. ¿Dónde estaba la verdadera importancia, más allá de lo que él había podido percibir? Quizá tocar para aquella casa de la cultura del pueblo donde vio la maraña por primera vez había sido mucho más importante que su examen final en la academia o la grabación de su primer disco. ¿Qué quería decir *importancia*, después de todo, y qué importaba ahora, que estaba solo, perdido en un bosque, sin esperanza alguna de sobrevivir? Debía haberle pasado con el piano en esos momentos especiales en que todo se disipaba en la música, en las relaciones entre las notas, en las texturas y los timbres. Un efecto de la concentración, quizá, *in the zone*, anulada la *counterforce*, pero no podía recordarlo. Había siempre un pulso de metrónomo pautándole la ejecución. Podía permitirse cierta flexibilidad en virtud de las convenciones de la ejecución relativas al período de la pieza, pero nunca llegó a dejar que eso se hiciese visible o que llamara la atención. Y en realidad tampoco importa: está caminando sin pensar en un destino, pero también seguro de que al final habrá habido siempre una dirección. Avanzará, llegará y solo después entenderá que siempre se había encaminado hacia allí, como si dijera que primero se habla y luego aparece el sentido, en vez de a la inversa.

Camina entre árboles que bien podrían ser pinos, acacias y eucaliptos, como en Punta de Piedra, salvo por algo que parece haberlos infectado, un hongo quizá, aunque en los troncos más grandes esa presencia invasiva se vuelve más compleja, se ramifica y distribuye en lo que parecen venas, nervios o cables. Además, parece que a medida que avanza esa infección es más fuerte: sus colores se notan más, las texturas son más rotundas. Pronto cederá al hambre. Busca unas raíces, elige las más tiernas y bulbosas. Son amargas, pero no lo repelen. Prueba unas hojas manchadas por ese hongo o infección y les siente un gusto metálico envuelto en un dejo cítrico, un sabor parecido al del cilantro. Sigue caminando hasta que el hambre, horas después, vuelve a hacerlo buscar más comida. Ha recordado de dónde viene y qué pasó con Ramírez y los piratas, y no se preocupa demasiado por el hecho de que probablemente haya recibido un buen golpe en la cabeza. Lo han dejado vivir, piensa, pero debieron llevarse todo, los bidones de alcohol, las valijas, el teclado de práctica. Federico, entonces, piensa en el playmobil. Si no se lo hubiese dejado a Agustina ahora se lo habrían robado. ¿Y si era eso lo que estaban buscando? Parece una estupidez, pero a la vez está claro que el juguete tuvo un efecto en la enfermedad de Agustina y, por lo tanto, que guarda algún tipo de relación con el virus y la maraña. Pero no. Estaban atrás del alcohol y de cualquier cosa de valor que pudieran tener, decide. Y la camioneta, evidentemente. ¿Qué habrá sido de Ramírez? Está muerto, concluye, y lo sorprende no sentir gran cosa, como si hubiese sido siempre una presencia demasiado tenue en su vida.

La zona todavía a oscuras era la salida de las ruinas y la playa: Federico podía ver el momento en que los piratas —y no puede evitar pensarlos nuevamente como playmobils con cimitarras, parches y tricornios— entraron en escena y, después, el avance, atravesado por otras tantas instancias de recuerdo, como si él mismo no hubiese sido otra cosa que una máquina de recordar apagada violentamente y que, al momento de encenderse una vez más, repasa todo lo almacenado para verificar la integridad de la información. Los efectos de ese proceso, con las primeras imágenes de su memoria que fueron apareciendo, se superponen al avance. Ha dejado atrás la zona de las ramas y los arbustos secos y espinosos. Sigue una pradera y después un pastizal, hasta que aparece el bosque, y Federico piensa que debe estar recordándolo mal, que el avance gradual desde el desierto hasta los árboles no puede ser sino una construcción de su memoria dada a extrapolar y rellenar las fisuras. Entonces comprende que lo que tomó por una infección o peste de hongos en realidad es la maraña, y también que ha vuelto al Valle.

Parece una ola sólida, un desmoronamiento estático, alto como una pareja de dinosaurios que lo reciben a un mundo más extraño aun. Hay árboles y arbustos, pero todo está atrapado dentro de la maraña, atravesado por la confusión de raíces, tallos o zarcillos. Federico sigue adelante, aprovechando aquellos agujeros y túneles. Pronto ya no huele ni a tierra ni a bosque, y lo que atraviesa es el perfume del nailon con el que su madre le forraba los libros y los cuadernos o el de las páginas satinadas de los *Pupil's book* y *Activity book* de sus clases de inglés, y en esos aromas están también el tacto suave del plástico de sus primeros robots, Gordian, Líder 1. ¿Dónde estaban esos juguetes, dónde habían ido a parar? ¿Habían sido digeridos por la maraña, reducidos a su esencia, a su perfume, disperso por el mundo como un cuerpo vastísimo por el cual se abre camino? A medida que se adentra, se le vuelve más sencillo encontrar nuevas formas: torres de maraña que remedan pinos altísimos o secuoyas, brotes de maraña que parecen arbustos y, más allá, los cuerpos de animales hechos de maraña, todavía algo indiferenciados, podrían ser rinocerontes, hipopótamos, ballenas primitivas, mastodontes. La escala es problemática, además, porque los animales son gigantescos, altos como árboles, y Federico siente que al caminar entre sus patas de maraña accede a un espacio nuevo, en el que la luz habita las cosas con un zumbido dulce y metálico. Algunos insectos diminutos se dejan ver en los haces de luz, como las motas de polvo en el aire de su casa en Montevideo, y si aguza el oído alcanza a percibir los sonidos de otros tantos animales, ratones o pájaros pequeños. Muchos han de vivir aún en los árboles atravesados por la maraña, y quizá solo sea cuestión de tiempo para que se los copie, altere y mejore.

Pronto son casas con paredes de maraña, techos y pisos de maraña, y Federico ha perdido la capacidad de diferenciar entre la altura real y la relativa a la distancia. Las cosas no cambian a medida que se les acerca: para Federico toda visión está ahí, fija en la trama nerviosa de una vida que no es vida y de ese plástico que no es plástico. Hay pasillos y calles; los últimos restos de vegetación han quedado atrás y la maraña se sostiene sola, en sus propias cavernas, edificios y catedrales. Se trata de seguir caminando. Tiene hambre una vez más, pero esta vez solo hay maraña para comer. Lleva un pedacito a la boca: es sorprendentemente blanda, le recuerda el sabor de aquel dulce probado meses, días, semanas atrás. Bastan tres de esas ramitas para saciarlo, y ahora piensa que el zumbido que escuchó debió ser causado por el movimiento del aire entre la maraña: cada cosa vibra con un armónico y la superposición de todos esos sonidos en notas y en acordes dispone una armonía inmensa e intrincada. Sigue escuchando. Los acordes se deshacen en melodías, pequeñas canciones que se deslizan por las paredes de la maraña. Reconoce ecos, lee variaciones. Ha llegado aquí mismo también desde otra historia distinta, otra gira, otra búsqueda de Agustina o descenso a la isla; y, tras dar con la catástrofe, se refugió frente a un bosque de maraña donde construye una cabaña, hace suyas las costumbres locales y se funde con los nativos como un antropólogo enviado a una tribu remota o un emisario del imperio que prefirió no regresar a la capital.

Años atrás descubre las *Goldberg* en su casa de Montevideo. Es una partitura viejísima, de papel apergaminado y olor a humedad, regalada por una vecina a la que se le había muerto la madre, profesora de piano. Empieza el aria, luego dos variaciones y un canon, luego dos variaciones más y otro canon. No le ha costado tocarlas, bosquejarlas; en una primera instancia, incluso creyó encontrar el *cantabile* que, supone, demanda la ejecución. Pero pronto empieza a investigar, a leer, y llega a la historia del clavicembalista prodigio y el noble que no lograba dormir: la música ideal para un insomnio ideal, la monotonía que postula y construye el trance. Pero no, claro que no, no las había tocado bien. No es ni por asomo tan sencillo. Consigue discos, escucha a Landowska y a Gould. Si las *Goldberg* eran una imagen, la clavicembalista polaca y el pianista canadiense habían logrado una reproducción casi acertada, como un cuadro pintado por un buen falsificador, mientras que él había trazado nada más que garabatos, la versión de un niño de nueve años de *La rendición de Breda*. Pero por momentos cree y creerá entender qué se representaba allí. Podía ser un rompecabezas: la imagen conectaba las variaciones, les disolvía diferencias y semejanzas en una composición más amplia, un retrato, un paisaje, quizá una naturaleza muerta. Habría que tocarlas comprendiendo exactamente qué llevaba de una a la otra: habría que entender por qué la variación quinta era la quinta y por qué en su lugar no podía haber una diferente. Otros le elogiarán sus intentos, le hablarán de instintos y él empezará a creer que puede oír la melodía detrás de las variantes, escondida o disimulada por la pirotecnia, la facilidad contrapuntística, la exuberancia melódica. Debe ser simple, una canción, el equivalente de un rostro, un ramo de flores o un claro en el bosque. Pero, si bien creerá ser capaz de intuir esa imagen, nada de lo que hace lo acercará a ella. Soñará, fantaseará todo el tiempo con la clave de las *Goldberg*. La historia del insomnio debía ser falsa, debía ser un invento, pero precisamente en que a la hora de inventar se inventase esa historia, y no otra, debía ocultarse una pista más. Tras la crisis, tras el virus, tras la muerte y la locura, en la soledad de su casa, Federico hará el último esfuerzo. Pero no logrará nada, ni ha avanzado desde sus primeras interpretaciones; podía hacerlas sonar mejor, más al gusto del público especializado, pero aún no era capaz de entender. No logró explicar por qué ese orden, por qué esa pauta; una y otra vez su entendimiento chocó con una pared que empezaba a adivinar indestructible.

Ahora camina por un palacio de maraña o una ciudad de maraña. Cruza las calles, atraviesa las plazas, las pagodas, se maravilla ante las torres que le hacen pensar en grandes arrecifes de coral, verticales en un desierto turquesa. La luz y el zumbido se despliegan y alcanza a apreciar un poco más a cada paso. Hay imágenes en la maraña, como si desde todas partes fueran proyectadas decenas de películas. Pero no es exactamente que él las mire; más bien lo atraviesan, se miran entre sí, y Federico se adentra en su luz, tan intensa que le vuelve el cuerpo transparente. Y es como si fuera dejando por ahí sus fragmentos, sus imágenes o facetas, como si los perdiera, los abandonara entre los árboles, colgados de las uñas de la maraña. Allí maneja una moto poderosa, algo le sale al cruce, maniobra torpe, apresuradamente, y cae por la banquina. Más allá está sentado ante lo que parece una computadora. Teclea rápidamente, sin mirar el teclado. Tiene los ojos clavados en la pantalla, en las letras que van apareciendo. Hay otro aparato, además, que parece un equipo de audio. Suena una música fuerte, plena de graves, y ese Federico canta o tararea mientras escribe, desafinado. De pronto aparece una niña. Tendrá seis o siete años, alta para su edad y también delgada. Tiene ojos grandes y verdes, y Federico, entre la maraña, reconoce los rasgos que la hacen su hija y la replican en el sueño. Ahora están los dos en un parque. La niña le pide que la ayude a trepar a un árbol y él asiente, la toma en brazos y la levanta: una erupción de felicidad, de alegría, un chisporroteo de electricidad en sus nervios.

Más allá hay otro Federico, y otro. A veces está la niña, a veces Agustina, a veces no hay sino paisaje o incluso oscuridad. Esas imágenes lo atraen; no es que las busque o decida moverse hacia ellas: está simplemente allí, sumido en ellas. Es la oscuridad de una habitación que no reconoce, no del todo completa, ya que la luz entra por las rendijas de una persiana y traza líneas oblicuas en una pared blanca y vacía. Piensa en el cuarto de sus abuelos en Punta de Piedra, en las noches de su infancia más remota, cuando dormía con ellos. Era la misma orientación: la ventana a su izquierda, la pared adelante, solo que en ese cuarto no era una simple extensión blanca, sino que la luz de las rendijas se agrietaba sobre la madera de un placar. Es otra parte de su vida, es otra vida, como lo había sido la escena con la niña en el parque. Y más allá hay otra variante o variación (*variatio 6 a 1 clav, canone alla seconda*), con la niña alta y de ojos verdes, pero también con una más pequeña que sigue a su hermana y la llama y protesta papá, papá, la hermana no quiere. O aquella otra (*variatio 10 a 1 clav, fughetta*): el auto arruinado en la carretera, la cabeza de Agustina sin mandíbula inferior, el cuerpo reducido a un montón de trapos ensangrentados. O esa (*variatio 22 a 1 clav, alla breve*) en que un Federico moribundo, casi sepultado por la nieve, yace ante un avión gigantesco adornado por estrellas soviéticas. O aquella otra en que camina por las ruinas de un anfiteatro (¿o es un cráter?) y descubre que se acercan otros hombres y mujeres, absortos o aterrados. Son él mismo, una vez más, más jóvenes, más viejos (*variatio 30 a 1 clav, quodlibet*), todos él.

Pero la visión no es sucesiva: es simultánea, y ya no sigue un camino entre los mundos representados sino que comprende haber accedido a todos, o al menos a buena parte de ellos, a cada vez más de ellos. Una mancha de tinta que se expande por un papel fibroso o por los capilares de un sistema complejo. Un mapa, pero no hay en verdad una orientación. Todo se pliega y se repliega en torno a un punto o un eje o un círculo, y Federico comprende que ese eje termina por ser él, a veces su cuerpo, a veces su nombre, a veces una historia que siente suya. Pero siempre en variaciones. No hay en verdad un orden, solo una arborescencia, un entrecruzamiento. Ha estallado, pensaría si se tratara de armar un relato: se ha dispersado en miles de fragmentos, imágenes en facetas, reflejos en espejos astillados.

Estoy en la maraña, se repite, y siente que una de las imágenes está acercándosele. O quizá lo asedia, como un predador. La perspectiva varía en su punto de vista hasta alcanzar una superposición: ve con sus ojos y ve desde el afuera, como en algunos sueños, y ve a dos niños. Reconoce a uno de ellos, el más bajito. Es Marcos, vestido con una remera de manga corta y un short celeste. El otro niño, comprende, es él. Están en Punta de Piedra, o quizá sea otro balneario de la costa, más agreste, más denso en vegetación. Han llegado a una laguna o quizá es un arroyo que se ensancha, rodeado de acacias. Sobre la arena ocre hay rastros de espuma y un montón de ramas y hojas. Se acercan y descubren que no es lo que habían creído ver, sino más bien un tronco carcomido por la humedad y los insectos, y el morbo de darlo vuelta para encontrarlo infestado de gusanos hace que se acerquen. Marcos toma un palo y toca el tronco. Federico ha demorado más en llegar, pero ahora está tan cerca como su amigo. Y no es un tronco, es algo hecho de carne y pelo, el cadáver de un animal, un perro o un carpincho. Marcos grita. Hay dientes y patas, pero todo parece cambiar de posición o de forma con el paso del tiempo o de perspectiva. Lo rodean, lo miran desde todos los ángulos, como si le hallaran o trazaran facetas con la mirada: a veces parece un auto chocado o un castillo, un camello o una comadreja o una ballena. Ya intolerablemente cerca, Federico descubre que parte de su cuerpo se prolonga en raíces o filamentos. Retrocede para descubrir la maraña que mana de esa imagen, de ese momento en quién sabe qué mundo, para abrirse camino hacia los más cercanos y todavía más allá, como la fuente de una infección o el ojo de un huracán.

En otra parte hay una escena similar: dos niños encuentran un lobo de mar muerto en la playa de Punta de Piedra, o una ballena varada, o un perro muerto en el monte, o un hombre asesinado donde no ha llegado la maraña excepto a modo de marco, de conexión entre todas esas imágenes. Es este, finalmente, el momento en que Federico entiende las variantes, el juego de las diferencias y las conexiones que trama la maraña, al que le da sustento; pero la visión cambia una vez más: se expande, adquiere capas de imágenes, piel, órganos, estratos. Federico presiente un orden, repara en que en una de las imágenes la música parece volverse visible. Una vez más, esa pieza que toca con placer, intrincada en sus voces. Y la reconoce. Es una de las variaciones, la veintiuno, *canone alla settima*. Tantas veces la había saboreado como la más gozosa y grave de las variaciones, la más amplia y elegante, como una habitación futurista donde relajarse para leer o escuchar música. Pero más allá es otra variación, en otro estrato, y otra todavía más allá. Coinciden, pero no se superponen; se articulan, pero no se invaden, y la música fluye de una a otra, nota que mira a nota, que le hace señales. Hay una armonía, entiende Federico de pronto, una adecuación perfecta. Son treinta y ese límite está presente en cada una de ellas. Ese límite, comprende, es lo que las conforma, lo que las produce. Querría detenerse y pensarlo bien, pero es imposible: él ya es el avance y las percepciones son el enjambre que atraviesa, hecho de cosas, de mundos, de objetos y materia. Él podría simplemente no estar allí: nada lo requiere, las cosas se dan y lo proyectan en su avance como un efecto óptico, un arcoíris sobre el agua de una catarata o un halo alrededor de la luna. Pero persiste en pensar en su consciencia, en sus percepciones. Ahora es capaz de abarcar las treinta variaciones como un centro de la multiplicidad de imágenes y de mundos; un centro o una cifra, más bien, una clave. Y eso está más allá de Bach, comprende, es simplemente un mecanismo que replica el del mundo, un modelo de una maquinaria más vasta, a escala reducida, pero no por ello menos funcional. No tiene palabras más directas, más específicas, sino una intuición a la que le adivina su textura, quizá una resistencia al pensamiento. Y vuelve una y otra vez a las treinta. No son una sucesión, comprende; son un plano. O quizá no ocupan un plano sino una multiplicidad de capas, un volumen. Un espacio que es tiempo, que es otros tiempos. En ellas caben los mundos que ha percibido y que ahora vuelven: el de la niña en el parque, el de la habitación a oscuras, el de los niños que encontraban un cuerpo imposible, el de él y Ramírez en el desierto, o él y Ramírez en presencia del imitador de Michael Jackson, o él y Ramírez en el Valle. Los dibujos en las paredes de su padre. El día de la muerte de su abuela.

Su abuelo que vuelve de la playa con la pesca del día. El olor a fritura de las mojarritas, el color amarronado de la harina a punto de quemarse, el chisporroteo del aceite, la saliva en su boca, los piratas.

Quizá más allá estén los otros, piensa, ese lugar crepuscular donde no soy solo una variante de mí, sino otro más lejano, una hija de los Wollfig, un niño prodigio del clave reclutado por un noble para paliar o alimentar su insomnio.

Si tan solo pudiera tocar, piensa, si pudiera alargar mis manos hacia un teclado; y allí están las teclas frías y suaves, el olor a vieja, el piano de su profesora, su primer órgano Casiotone, las partituras fotocopiadas. Si pudiera sumirme en la música y ser el canal por el que se dispone la música, aunque la música esté allí, sin mí, en sí misma, inalterable y dispersa en miles, en cientos de miles de variaciones; ser eso en lo que piensa la música, el medio donde la música piensa y habla y sueña. Quizá haya un piano y esté esperándome el Bösendorfer, la mujer del playmobil o Agustina; y quizá pueda volver por un lado del camino, un atajo, de vuelta a todas esas noches y tocar allí las *Goldberg*, tocarlas de verdad, tocarlas ahora que las comprendo, que sé cómo son y sé que son todas las cosas y las cosas entre las cosas, como si cada una de ellas proyectara todas mis variantes, mi vida con Agustina, mi vida con la niña, mi vida de pianista, mi vida sin virus, sin maraña, todas las vidas, todas a la vez.

Ahora camino, se dice, se repite, ahora camino, atravieso esta maraña. Habita una imagen, pero están todas ahí, visibles en su plenitud. Avanzo, dice, avanzaré, y se abre camino como una rata por un laberinto de cables.

Pronto llegará a una apertura en la maraña. Apenas tendrá fuerzas, pero deberá seguir y seguirá. Sabrá al suelo de maraña, de maraña compacta, y verá más allá un muro de maraña como la falda de una colina, una colina habitada, excavada por los que viven en los cerros, y las torres y pagodas. En el corazón de la maraña encontrará a los habitantes y sus refugios; lo recibirán y lo pasearán por sus caminos. Llegará allí el día del festival y verá niños y niñas con maraña en el cuerpo, con ropas de maraña y maraña en los cabellos, y los niños y las niñas y los hombres y las mujeres lo tomarán de la mano y bailarán con él y le señalarán, entre la música y los bailes, el camino hacia el centro del pueblo, donde han levantado un órgano de maraña, con cañones de maraña y teclado de maraña; y tocará allí las variaciones del alemán y las suyas propias, y borrará sus límites y las hará más de lo mismo y las hará diferentes. Pero llegará también al final, a tocar la última de las piezas, y se levantará de su lugar ante el teclado y una niña en la que podrá reconocer a su hija lo tomará de la mano y lo guiará más allá, al corazón, donde habrá un globo aerostático junto a un hueco en la maraña, un pozo aun más profundo; y allí verá una escalera y deberá decidir entre subir al globo y cortar amarras, o llevar los pies al borde del pozo y su escalera y emprender el descenso en espiral hacia lo más profundo, hacia la fuente, donde podrá por fin ser como ellos, ser en la maraña, ser sus ramas y su trama, ser todo y también, por fin, no ser.

Agradecimientos y nota final

La idea básica de *Un pianista de provincias* germinó allá por julio de 2019, mientras respondía a una serie de preguntas que mis queridos amigos y editores de Vestigio, en Bogotá, tenían para hacerme sobre mi novela *Las imitaciones*, que ellos mismos habían publicado en abril de ese año. El libro —o ciertas partes del libro— era tan enigmático para mí como para ellos, así que no había respuesta posible que no fuera en verdad un nuevo proceso de creación. El resultado inmediato fue creerme en posesión de una idea para una secuela de la novela; si en esta Federico Stahl es una estrella del pop en un mundo que ha sobrevivido a una catástrofe nuclear en la década del cincuenta, ahora quería pensar a un Federico que había brillado en el mundo de esa música a la que ciertas personas (y yo detesto el término) llaman *culta*. Una obsesión de veinte años con las *Variaciones Goldberg* compareció de inmediato, como si me dijera, firme en su desprecio por mi haraganería, que ya era hora.

La cosa, sin embargo, no prosperó.

Meses más tarde, en enero de 2020, leí un texto periodístico sobre bacterias capaces de digerir ciertos plásticos. Mi primera reacción fue escribir un libro que debía titularse *Historia natural del plástico*, en el que se pensara en los polímeros y su evolución —desde los bosques del Carbonífero hasta la IG Farben—, sin recurrir a la gastada y problemática distinción entre lo natural y lo artificial o entre lo vivo y lo inanimado. Ese libro tampoco prosperó (al menos hasta ahora), pero la idea de una entidad proliferante ni orgánica ni mineral, *evolucionada* a partir de la industria petroquímica, empezó a crecer en mis notas.

El resto fue unir la idea del Federico pianista con la de la *desvida* del plástico, y allí también apareció la necesidad de pensar un marco de historia alternativa, en el que la catástrofe ambiental que todos damos por comenzada ahora ya hubiera ocurrido para el fin del siglo XX. Una primera versión de la novela fue comenzada en febrero y abandonada en marzo. En agosto fue retomada, pero ya bajo otros códigos (acaso más *weird*) en cuanto al tono deseado para la escritura y la voz del narrador; y para fines de septiembre otra versión de la novela estaba más o menos lista.

Siguió un proceso de reescrituras y correcciones, que se prolongó hasta estas mismas fechas, fines de junio de 2022. Y ahora es el momento de agradecer a todos los amigos que intervinieron en la escritura, tanto sugiriendo cambios como comentando ideas o, simplemente, queriendo saber más (y, por tanto, obligándome a improvisar explicaciones que luego fueron incorporadas al texto). Toda mi gratitud, entonces, a Diego Cepeda, Rodrigo Bastidas, Hank T. Cohen (*aka* Camilo Ortega), Flor Canosa, Juan Andrés Ferreira, Maielis González, Marcelo Acevedo, Romina Wainberg, Bruno Pozzolo, Leandro Caraballo, Mateo Piaggio, Federico Fernández Giordano,

Amy Ireland, Francisco Álvez Francese, Carolina Bello, Luis Carlos Barragán, Víctor Raggio, Orlando Bentancor, Gustavo Verdesio, Francisco Jota-Pérez y Germán Sierra. Además, y muy especialmente, a Beatriz Vegh, en cuyas clases de literatura francesa para la licenciatura en Letras de la Facultad de Humanidades y Ciencias de la Educación, entre 2001 y 2004, descubrí las *Goldberg* y a la belleza infinita o inagotable de *En busca del tiempo perdido*.

Naturalmente, este libro no existiría de no ser por sus editores; muchísimas gracias, entonces, a Julián Ubiría, que leyó una primera o segunda versión a comienzos de 2021 y decidió incorporarla al catálogo de Random House, y a Luisina Ríos Panario, cuyo entusiasmo, trabajo, dedicación y sugerencias siempre pertinentes terminaron por darle a esta novela la forma que todos queríamos que tuviera o creíamos que podía tener. También quiero agradecer a Florencia Eastman Ruegger, por su atentísima y esclarecedora labor de corrección, y a Gabriela López Introini, por su hermoso diseño de portada.

Finalmente, y como siempre, todo mi amor para Fiorella Bussi, Amapola Sanchiz y Margarita Sanchiz. Este libro fue escrito entre sus risas, sus palabras, sus juegos, su calidez, su frescura y su amor capaz de brotar una y otra vez de todas las grietas.

Proyecto Stahl

El Proyecto Stahl es una macronovela que narra las diversas alternativas en la historia personal de su protagonista, Federico Stahl. Encadenando novelas y relatos autónomos en un esquema de divergencias que los trasciende, el Proyecto es también un proceso de escritura y una máquina de contar historias. En alguna de ellas, Federico Stahl es un pianista virtuoso; en otras, un especialista en aviación militar de la Guerra Fría atrapado en una isla de plástico; o bien una *drag queen* determinada a transicionar a reina alien o un divulgador científico deprimido.

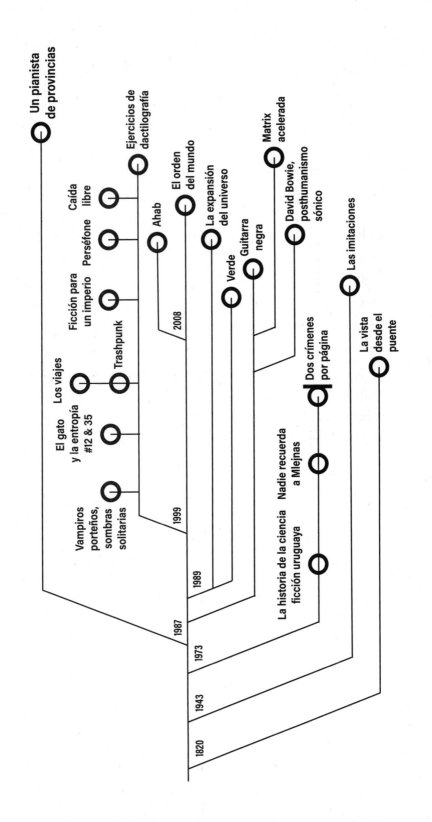

Un pianista de provincias

Ejercicios de dactilografía

Caída libre

Perséfone

Ficción para un imperio

El gato y la entropía #12 & 35

Los viajes

Vampiros porteños, sombras solitarias

Trashpunk

Ahab

El orden del mundo

La expansión del universo

Verde

Guitarra negra

Matrix acelerada

David Bowie, posthumanismo sónico

Las imitaciones

Dos crímenes por página

Nadie recuerda a Mlejnas

La historia de la ciencia ficción uruguaya

La vista desde el puente

2008

1999

1989

1987

1973

1943

1820

MAPA DE LAS LENGUAS UN MAPA SIN FRONTERAS 2023

RANDOM HOUSE / CHILE
Otro tipo de música
Colombina Parra

RANDOM HOUSE / ARGENTINA
Derroche
María Sonia Cristoff

RANDOM HOUSE / ESPAÑA
La bajamar
Aroa Moreno Durán

ALFAGUARA / ARGENTINA
Miramar
Gloria Peirano

RANDOM HOUSE / COLOMBIA
Cartas abiertas
Juan Esteban Constaín

ALFAGUARA / MÉXICO
La cabeza de mi padre
Alma Delia Murillo

RANDOM HOUSE / PERÚ
Quiénes somos ahora
Katya Adaui

ALFAGUARA / ESPAÑA
Las herederas
Aixa de la Cruz

RANDOM HOUSE / MÉXICO
El corredor o las almas que lleva el diablo
Alejandro Vázquez Ortiz

ALFAGUARA / COLOMBIA
Recuerdos del río volador
Daniel Ferreira

RANDOM HOUSE / URUGUAY
Un pianista de provincias
Ramiro Sanchiz